불과 해류

火と汐

해문

마쓰모토 세이초 단편소설
이하윤 옮김

불과 해류
火と汐

차 례

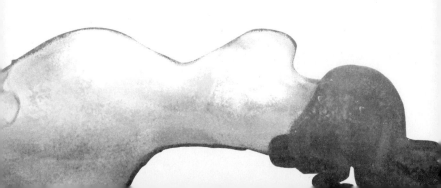

불과 해류

1

하루 머문 방이지만 외출했다가 돌아온 눈에는 마치 자택의 거실처럼 보였다. 침대 커버 무늬, 경대 겸용 책상, 작은 원탁과 두 개의 의자 위치, 교토 풍경을 목판화로 표현한 벽걸이 액자, 창에 쳐놓은 하얗고 얇은 커튼 너머로 보이는 고명한 사원의 하얀 벽과 돌담. 소나무 앞에 주차된 관광버스의 수가 줄어가는 것은 저녁이 되었기 때문이다. 관람시간은 오후 6시까지다. 하지만 8월 중순의 6시는 대낮이나 매한가지였다.

미야코는 의자에 기대 앉아 사원 지붕을 보고 있었다. 무더위 속을 돌아다닌 후의 호텔 냉방은 숨통을 트이게 해준다. 나무그늘에 들어가 초록색 미풍에 잠겨 있을 때처럼 기분 좋은 게으름을 몸 안에 풀어놓은 느낌이다.

소네 신키치는 상의를 옷장 안에 벗어놓고 의자에 앉았다. 담배를 권했지만, 미야코는 미소만 지을 뿐 고개를 가로저었다. 귀찮다는 동작이었다.

신키치는 담배 연기를 내뿜으며 등을 기댔다. 미야코가 원탁 맞은편에 다리를 꼬고 앉아 있었다. 스타킹을 신은 두 허벅지가 빈틈없이 밀착되어 하나의 형태를 이루고 있다. 몸만 작을 뿐, 26세 여인의 충실함이 그곳에 과장되어 나타나 있었다. 평소에는 가늘고 말라 보이는 몸이지만, 이렇게 있으니 무릎에 볼륨감이 넘쳐흐른다. 그 볼륨감 위로 얇은 녹색 원피스 자락이 말려 올라가 하얀 속옷의 레이스 끝자락이 비어져 나와 있다.

미야코는 그것도 모른 채 양손을 팔걸이 위에서 놀리고 있었다. 본인이 모른다는 점이 매력적이다. 신키치는 눈길을 창으로 돌렸다. 절의 지붕에 와 닿는 햇볕이 약해지고 튀어나온 처마 밑에 짙은 그림자가 드리워지기 시작했다. 미야코는 슬립이 보인다는 사실을 모르는 게 아니라, 옷매무새를 가다듬는 게 귀찮은 게 아닐까라고 신키치는 생각했다. 여자는 남자의 시선에 민감하다. 미야코 역시 석 달 전까지는 신키치 앞에서 그랬다. 그렇다면 지금 미야코가 다소 신경을 쓰면서도 피로에 몸을 맡긴 채 옷자락을 그대로 놔두는 것은 더 이상 그의 시선을 타인의 것이라고 느끼지 않기 때문일지도 모른다. 타인이 아니게 되면 여자는 남자 앞에서 수치심을 느끼지 않는다.

게다가 그녀의 의식 속에 오늘 또 하룻밤을 그와 호텔에서 보내야 한다는 사실이 내재되어 있어서, 그 무릎과의 경계를 그대로 방치하고 있는 것인지도 모른다. 유부녀지만 남자에 대해 의도적으로 계산하고 있다는 생각은 들지 않았다. 미야코는 그렇게까지 교태를 부리는 데 능숙하지 않았다. 도취에 몸을 연 것도 신키치를 알고 나서부터였다. 시바무라와 결혼해서 4년 동안 뭘 한 것이냐고 묻고 싶어졌다. 지금 그녀가 허벅지 위에 속옷 끝을 무례하게 내놓고 있다는 것을 스스로도 느끼고 그대로 두고 있는 것이라면, 남자의 정감情感의 반사를 바라고 있는 것 같기도 했다. 그녀는 적어도 거기까지는 진전되어 있다고, 신키치는 절

위의 하늘을 바라보며 생각했다.

하지만 신키치는 곧 생각을 바꿨다. 그녀의 반쯤 풀어진 상태는 오로지 무더위 속에서 교토의 절들을 보고 돌아다니다 온 피로의 결과만은 아닐 것이다. 또한 무릎 위에 비어져 나온 슬립 자락을 방치하고 있는 건 아주 무의식적인 의도만도 아닐 것이다. 그녀의 커다란 눈동자에는 구름 틈새로 바다에 떨어지고 있는 화살 같은 저녁햇살이 비춰지고 있는 건 아닐까. 수평선 한쪽은 어슴푸레하게 어둑한 하늘과 합쳐져 있고, 다른 한쪽은 붉은색으로 가장자리가 물든 보랏빛 구름이 겹쳐져 있다. 저녁놀 지는 바다 위를 하얀 돛 몇 개가 비스듬하게 기울어져 달리고 있다.

미야코의 녹색 옷 밑으로 살짝 보이는 하얀 속옷이 신키치로 하여금 바다 위를 미끄러지는 삼각형 돛을 연상하게 만들었으나, 그녀를 의식하고 상상한 것은 아니었다. 확실히 미야코의 지친 얼굴에는 그것과는 다른 나른한 표정이 드러나 있다. 흐트러진 모습을 바로잡는 것조차 잊어버린 건, 그녀가 현재 시간에 맞춰 쉬 지지 않는 바다 위의 돛을 응시하고 있기 때문은 아닐까.

신키치 역시 시바무라의 요트는 어디쯤 달리고 있을까 생각했다. 그는 머릿속에서 해도를 펼쳤다. 오늘 오후까지는 미야케지마를 완전히 일주하고 돌아오고 있는 중일 것이다. 이 시간이면 미야케지마의 북쪽, 니이지마의 동쪽 앞바다가 아닐까. 시바무라의 요트가 선두에 서지 못했다면 예상보다 더 남쪽에 있을 것이다. 시바무라의 레이스 솜씨가 좋다고는 할 수 없었다. 요트를 조종하기 시작한 지 3년이지만, 외양경기에 나간 건 이번이 두 번째였다. 같이 탄 우에다 고로도 시바무라와 마찬가지였다.

니이지마보다 남쪽이라고 하면 코즈시마의 동쪽 앞바다이다. 미우라 반도의 아부라츠보와 미야케지마 사이에는 북쪽에서부터 차례로 오오시마, 토시마, 니이지마, 코즈시마 네 개의 섬이 끼어 있다. 미야케, 미쿠라, 하치조 섬 세 개를 더해 이즈7도伊豆七島라고 한다. 코즈시마는 북위 34도 13분, 동경 139도 10분이다. 미야케지마를 일주하는 북쪽 직선 코스니, 시바무라의 요트가 코즈시마의 동쪽을 달리고 있으면 북위는 그대로고 동경은 약 139도 30분이 된다. ─ 그렇다면 시바무라의 요트가 아부라츠보의 출발점에 도착하는 것은 내일 오전 11시나 정오 정도일 것이다. 이건 지금까지의 레이스를 미루어보아 예상한 시간이다.

여름에는 아부라츠보에서 미야케지마까지 가는데 약 40시간이 걸린다. 귀로는 훨씬 빠르지만, 그래도 왕복 65시간 이상은 잡아야 한다. 시바무라는 이틀 전인 14일 저녁 7시에 다른 요트와 같이 아부라츠보를 출발했다. 출발할 때는 미야코도 배웅했다고 한다. 시바무라는 올리브 하버 클럽의 멤버로, '우미나리'호라고 이름 붙인 20피트 크루저를 소유하고 있었다. 같은 크기의 크루저 7척으로 아부라츠보에서 미야케지마까지 왕복하는 레이스가 올리브 하버 클럽에서 열렸다. 시바무라는 우에다와 팀을 이루어 이 레이스에 참가했다.

신키치가 시바무라의 아내 미야코와 이 호텔에 들어온 어제 오후 6시경에는, 시바무라는 이곳과는 정반대로 니이지마에서 미야케지마를 향하고 있었다. 그리고 지금은 그 지점에서 아부라츠보 방향으로 달리고 있다. 대체적으로 이 계절에는 남풍이 강해지기 때문에, 보통 귀로는 왕로보다 속도가 붙었다. 그럼에도 불구하고 레이스의 선두에 선 요트조차 내일인 17일 오전이 아니면 아부라츠보의 도착지점에는 입항하지 못할 것이다.

신키치의 머릿속에 펼쳐진 해도에선 몇 척의 요트가 하얀 돛에 바람을 가득 품은 채 각자의 페이스로 달리고 있었다. 선두를 달리고 있진 않을 테니 중간쯤이거나 뒤쪽에 시바무라의 우미나리호가 있다. 밖을 바라보는 미야코의 눈동자는 그런 하얀 돛을 보고 있는 것 같다.

신키치는 이 이야기를 하려 했다. 시바무라의 요트는 지금쯤 어디를 달리고 있을까 같은 말을 태연하게 해보고 싶었다. 어쩌면 이건 그녀에게는 잔혹한 질문이 될지도 모른다. 하지만 그렇다고 미야코가 시바무라에게 참회하며 신키치의 눈앞에서 일어서는 일은 결코 없었다. 그 질문에 울지언정 그녀의 죄의식은 신키치에게로 몸을 던져오는 것이었다. 지금까지 그래왔듯이, 앞으로도 좀 더 깊은 감정을 동반한 채 정열적으로 몸을 던지리라.

하지만 신키치는 지금 그 말을 하는 것은 부적절하다고 생각했다. 그런 그녀의 비애와 정열을 이끌어내는 것은 좀 더 어두워진 다음이다. 밖의 해가 완전히 사라지고 실내에 어스름한 룸램프가 켜졌을 때를 골라야 한다.

"피곤해 보이는군."

신키치가 말을 걸었다.

"응, 좀."

미야코의 눈은 다른 사람에게 흔들려 잠에서 깬 것 같았다. 그 순간 시선이 바뀐 표정에 신키치는 자신의 상상이 틀리지 않았다고 생각했다. 이렇게 나오면 좀 더 일상적인 이야기를 해야 한다.

"역시 교토의 여름은 더워. 절을 둘러보기엔 별로야."

미야코의 말은 여태 저물지 않는 이즈의 바다에서 되돌아왔다.

"교토는 분지니까 정설定說처럼 여름은 푹푹 찌는 찜통이지. 밤에도 더위가 가시지 않아."

신키치가 뭐 시원한 것이라도 들겠냐고 묻자, 미야코는 손목시계를 보더니 슬슬 식당으로 내려가는 게 좋겠다고 했다. 이 방에서 마시는 것보다 밝은 샹들리에 아래의 테이블에 많은 손님들이 앉아 있는 레스토랑이 더 기운이 날 것 같다고 했다. 신키치도 찬성했다.

의자에서 일어난 그는 상의를 옷장에서 꺼내 걸쳤다. 넥타이를 고쳐 매고 있으려니, 시선이 벽에 걸린 목판화에 가서 머물렀다. 오층탑 배경에는 완만한 산이 있었고, 그 녹색 바탕에 '犬'라는 글자가 노란색으로 그려져 있다. 이 그림도 어제부터 눈에 익어서 그런지, 외출했다가 돌아왔을 때 제집 같은 느낌을 주는 것 중 하나였다.

"8시부터네."

미야코가 그 그림을 보고 말했다. 오늘, 8월 16일 밤은 '다이몬지大文字'였다. 히가시야마 뇨이가타케부터 시작되는 고잔오쿠리비 五山送り火, 다이몬지 오쿠리비. 교토의 대표 여름 축제. 일본 명절인 오봉 때 불렀던 영혼을 다시 극락세계로 보내는 의미의 종교행사. 8월 16일 오후 8시부터 진행. 다섯 개의 산에 각각 대(大), 묘(妙), 법(法) 글자와 토리이, 좌대문자, 배의 형태로 배치한 등불에 차례로 점화이다.

"천천히 밥 먹고 가면 대충 맞겠군."

신키치는 고개를 끄덕였다. 이 말에 의해 미야코의 마음은 바다에서 멀어진 것 같았다.

교토의 다이몬지 오쿠리비를 보는 것이 미야코의 오랜 희망이었다. 예전부터 그것을 보고 싶어 해서, 이번 여행을 교토로 택한 것도 미야코의 부탁 때문이었다. 처음으로 둘이서 도쿄 밖으로 나온 여행이었다. 신키치는 이를 위해 열흘 전부터 이 호텔 방을 예약해 두었다. 오늘 밤은 도쿄 방면에서 온 손님으로 가득할 것이다.

"어디서 봐야 제일 잘 보일까?"

미야코가 물었다. 신키치는 3년 전에 오쿠리비를 이마데가와에 있는 여관 정원에서 봤다.

"역시 카모가와 옆에 있는 산조 근처가 좋지 않을까. 하지만 사람이 많겠지."

"사람이 많은 게 좋아, 축제 기분이 들잖아."

미야코가 활기를 띠었다. 억지로 이즈의 바다를 마음에서 지

우려는 것인지도 모른다.

문에서 노크소리가 나더니 메이드 두 사람이 얼굴을 내밀었다.

"잠자리를 봐드려도 될까요?"

신키치는 그러라고 대답했다. 두 메이드가 실례합니다, 라며 민첩하게 들어왔다.

"손님, 다이몬지를 보시나요?"

얼굴이 동그란 메이드가 신키치 뒤를 따르는 미야코에게 물었다.

"네, 밥부터 먹고요."

미야코가 미소 지으며 대답하자, 메이드가 어설픈 표준어를 쓰며 말했다.

"호텔 옥상에서도 잘 보여요. 옥상이 제법 높거든요."

"아, 그렇군."

대답한 건 신키치였다.

"미처 생각을 못했네. 그럼 사람들 사이에서 부대끼며 굳이 밖에 나갈 필요 없겠어."

2

3층의 식당은 늘 그렇듯 손님이 많았다. 보아하니 도쿄에서 온 손님뿐 아니라 교토와 오사카 사람들도 많았다. 이 호텔 옥상에서 다이몬지를 보기 위해 온 것이다.

"이래서야 옥상도 붐비겠는걸."

신키치는 빙글 둘러보며 말했다.

"좀 여유롭게 올라가서 보자."

미야코는 오랜 희망이었던 만큼 들떠 있었다.

이 이야기가 나왔을 때 신키치는 왜 시바무라와 보러 가지 않았냐고 물었다. 그러자 미야코는 시바무라에게 한 번 말한 적이 있긴 하지만, 별로 흥미를 보이지 않아서 흐지부지하게 끝났다고 했다. 3년 전 일이라고 한다. 시바무라에게는 애원할 정도의 애정이 없었다는 말도 했다.

신키치가 시계를 보자 7시 반이었다. 미야코는 커피를 반쯤 남기고 일어났다. 실제로 식당 손님들이 왁자지껄 나가는 모습이 많이 보였다.

엘리베이터 앞에는 백화점처럼 사람들이 모여 있었다. 손에 빨간 티켓을 들고 있는 사람이 제법 됐다. 신키치는 그 티켓이 무엇일까 생각했다.

"옥상에서 구경하실 분께는 따로 입장권을 드리고 있습니다."

엘리베이터를 정리하고 있는 호텔 직원이 신키치의 질문에 대답했다.

"그럼 우리도 입장권을 사야 하나?"

"아뇨, 투숙객은 괜찮습니다."

직원은 방 번호를 물었다. 신키치가 주머니 속의 열쇠를 보여주자 직원은 신키치와 미야코에게 메달을 건넸다. 호텔 투숙객이라는 표시였다.

엘리베이터를 타고 11층에서 내려 계단을 이용해 옥상으로 올라갔다. 옥상에 나가자 별이 가깝게 보였다. 사람들도 많이 모여 있었다. 아이를 데려 온 방문객도 있었다. 미야코는 신키치와 함께 건물 가장자리로 다가갔다. 1미터 정도 되는 높이의 벽으로 둘러싸인, 호텔 넓이만큼 꽉 차는 옥상이었지만 중앙에 판잣집 같은 작은 건물과 난방용 굴뚝, 동력실 등이 있어서 원래의 호텔 넓이보다는 좁았다. 옥상은 중앙에 한 단 높이 설치된 굴뚝과 동력실을 경계로 양쪽으로 갈라져 있었다. 하지만 어디서나 교토 거리의 불빛은 볼 수 있었다. 고풍스러운 기와지붕이 모여 있는 길을 부채를 든 사람들이 줄지어 걷고 있었다.

"15분 정도 남았네."

미야코가 옆에서 손목시계를 비춰보며 말했다.

"8시부터 높은 곳에 있는 네온이 꺼져."

신키치는 같은 높이의 호텔과 백화점 지붕의 네온을 보며 말했다.

"전부 다?"

"높은 곳은 전부. 밑에서 구경하는 사람들도 다이몬지가 잘 보이도록."

"그럼 이 옥상 불도 꺼지겠네?"

"당연하지."

"깜깜해지겠구나."

"1시간 정도는 암흑이야."

미야코는 신키치와 함께 있으니 괜찮다고 했다. 즐거워 보였다. 밤하늘 아래에 있는 새까만 히가시야마를 보며 어느 부근부터 다이몬지가 시작되는지를 묻기도 했다.

"불 붙었다."

옥상 한 구석에서 젊은 여자의 목소리가 들려왔다. 사람들이 술렁거리기 시작했다. 두 사람 주변에선 온통 칸사이 사투리밖에 안 들렸다. 신키치가 히가시야마의 검은 한 점에 붙은 붉은 불꽃을 가리켰을 때, 상하좌우에서 빨간 점을 일으키며 불이 차례로 연결되어 갔다. 그 순간 주변이 어두워지며 '대大' 자 획에서 타오르는 불이 선명해졌다. 사람들이 웅성거리기 시작했다. 옥상의 불이 꺼졌을 때 미야코도 조그맣게 소리를 질렀다. 여태 높은 곳에서 빛나고 있던 거리의 모든 네온사인과 조명이 꺼졌다. 교토가 갑자기 낮아졌다. 평면 바닥에서 거리의 자그만 불빛들이 기어갔다.

'대' 자가 까만 산에서 급속도로 형태를 이루기 시작했다. 연기가 피어오른다. 연기에 불의 색이 비쳤다. 장작 타는 소리가 들리는 것만 같았다.

"어쩜, 아름다워라."

미야코가 옆에서 말했다. 두 사람의 양옆과 등 뒤에도 구경꾼들이 모여 있었다. 얼굴은 모른다. 다들 검은 그림자로밖에 안 보인다. 목소리와 발소리만 움직일 따름이었다.

불꽃의 '대' 자가 완전한 형태를 갖추고 유지하며 불타오르고 있을 때, 주변 사람들이 이동하기 시작했다. 주변이 점점 썰렁해졌다.

"웬일일까?"

미야코가 이상하다는 듯 좌우를 둘러보며 물어보았다.

"키타야마에서 좌대문자左大文字가 시작된 거겠지."

"키타야마?"

"낮에 갔던 킨카쿠지 방향. 여기랑 반대쪽이야. 그러니까 다들 저쪽으로 자리를 바꾼 거고. 토리이鳥居 신사 입구에 세우는 두 기둥 문 모양이랑 묘법妙法 글자랑 배 모양 글자도 저쪽이 잘 보이거든."

"나도 가고 싶어."

미야코가 말했다. 다소 흥분한 상태다.

두 사람은 반대쪽으로 향했다. 검은 혼잡 속을 걷는 것 같았다. 중앙에 굴뚝과 동력실이 있어서 그 옆은 골목길처럼 좁았다. 발치만 겨우 보이는 조명이었다.

옥상 광장의 새로운 곳은 서쪽과 북쪽의 산들을 보기에 편리했다. 하지만 그곳에는 어마어마한 군중이 몰려 있었다. 처음부터 그 자리에 진을 치고 있던 사람들 — 히가시야마 다이몬지 구경을 희생하고 서쪽과 북쪽 산의 점화를 기다리던 사람들 뒤로 다이몬지를 다 본 사람들이 이동해 오는 바람에 수가 늘었다. 서로의 얼굴이 안 보이는 어둠 속에서의 일이다. 코앞에 있는 사람의 얼굴 정도만 저 아래쪽에서 올라오는 거리의 불빛과 옥상의 작은 전등빛으로 식별 가능한 정도였다.

신키치는 미야코와 검은 사람들의 벽 뒤로 다가갔다. 미야코는 신키치 바로 옆에 있었다. 하지만 검은 인간 벽에 가로막혀 키타야마에서 시작된 '좌대문자'의 점화가 잘 보이지 않았다. 낮은 곳에서 산을 올려다보는 것과 달리 30미터 높이의 호텔 옥상에서는 산이 수평으로 보이기 때문에 야기되는 불행이었다. 인간 벽을 뚫고 앞으로 나가지 않으면 불로 만든 글자의 전체를 알 수가 없었다.

"내가 먼저 갈 테니까 떨어지지 않게 바짝 따라와."

신키치가 미야코에게 말했다.

"응."

미야코가 어둠 속에서 고개를 끄덕였다. 신키치는 억지로 앞을 헤치며 들어갔다. 사람들이 불평했다. 약간 화를 내는 사람도 있었다. 신키치는 실례합니다 혹은 죄송합니다라며 조금씩 앞으로 나아갔다. 그는 불꽃 글자가 잘 보이는 자리에 오면 뒤따라오던 미야코와 자리를 바꿀 생각이었다. 글자는 앞 사람의 어깨 틈새로 어느 정도 보였다. 하지만 충분하진 않았다. 글자의 왼쪽 반이 보이지 않았다. 좌대문자는 '대' 자가 뒤집어진 형태로 왼쪽 삐침 획이 길다. 이 특징을 못 본다면 아무런 의미가 없다.

하지만 더 이상 앞으로 나갈 수 없어진 신키치는 그 자리에 멈춰 서서 기다렸다. 마츠가사키의 '묘법' 글자, 니시가모 묘켄야마의 배 모양 불은 이미 꺼지기 시작했다. 다음이 이 '좌대문자'로 지금이 한창 불타오를 때다. 앞으로 10분 정도 지나면 왼쪽 토리이 모양의 불이 오를 것이다. 구경꾼의 이동은 그 전부터 시작되니 앞이 빌 것이다. 그럼 뒤에 있는 미야코를 앞으로 보내줄 수 있다. 지금은 자리를 바꿔주려 해도 좌우에 사람들이 빼곡히 들어차 있어서 꼼짝도 할 수 없었다.

옴짝달싹 못한 채 신키치는 붉게 타오르는 좌대문자의 반쪽을 응시했다. 불의 점이 이어져 문자를 이루고 있다. 그 점을 보는 사이 신키치에게는 완만한 검은 산맥이 밤바다로, 빨간 점이 하얀 삼각돛의 곡선으로 보였다. 물론 어두운 바다에서는 절대 돛이 보이지 않는다. 하지만 리턴 지점인 미야케지마에서 바람의 힘으로 경주하며 돌아오는 일곱 척의 요트 중에서 시바무라의 우미나리호 돛만 하얗게 떠올랐다.

갑자기 그 하얀 돛이 빨개졌다. 돛이 불탄다. 검은 바다 위에서 말이다. 연기에 불꽃색이 비친다. 시바무라의 요트가 불에 휩싸여 있다. 신키치는 그것을 보고 있었다.

시바무라의 우미나리호는 순조롭게 가면 내일 정오까지는 아부라츠보의 항구에 도착할 예정이다. 미야코는 내일 아침 6시 20분 교토발 초특급 열차를 타고 9시 넘어 도쿄역에 도착할 것이다. 그리고 요코스카선을 타면 11시경에는 아부라츠보에 갈 수 있다……. 그곳에서 시바무라를 맞이한다. 그럴 계산으로 신키치와 교토에 온 것이다. 남편이 70시간, 바다를 달리는 사이 고등학교 동창회의 친구들끼리 나라奈良를 돌아보고 온다는 것이 그녀의 구실이었다. 시바무라는 아내의 행동을 추궁하지 않는 편이었다. 신용하고 있는 것이다. 동창회 일행의 이름을 물어보고 맞춰보는 일은 절대 없었다.

우미나리호가 불타면 — 하고 신키치는 공상했다. 시바무라는 어두운 바다에 빠지고 말 것이다. 시바무라는 수영이 특기였지만, 밤에 먼 바다에서 빠지면 수영 기술이 과연 얼마나 도움이 될까. 지금까지의 요트 조난 사고에서 수영을 잘하는 크루crew들의 익사는 많았다. 날이 밝기 전에는 수색도 불가능하다. 그때까지 시바무라의 체력이 버틸 수 있을까. 요트를 전속력으로 모는 것에 온 힘을 쏟은 후다. 밤바다에서는 익사 비율이 높은 편이다.

3

신키치는 미야코가 내일 아침 일찍 교토를 출발해 남편을 맞으러 아부라츠보에 가는 것이 마음에 들지 않았다. 그녀의 마음이 시바무라보다 자기에게 훨씬 더 깊숙이 들어와 있는 것을 알아도 역시 불만스러웠다. 석 달 전부터는 육체관계도 맺고 있다. 그건 신키치의 오랜 기대이기는 했지만, 한 번 그렇게 되고 나자 미야코는 버팀목을 잃은 듯 신키치에게 기대왔다. 일주일에 두 번 만난 적도 있었다. 그런 미야코를 알아도, 그녀가 남편인 시바무라를 맞이하기 위해 아부라츠보로 가는 것은 불쾌했다. 미야코는 시바무라와 같이 있는 한 그건 명목뿐인 아내의 역할일 뿐이라고 말하며 신키치의 가슴에 두 손을 얹었으나 신키치의 마음은 썩 개운하지 않았다. 물론 신키치도 미야코 앞에서 그런 불쾌함을 드러내지는 않았다. 그녀가 어쩔 수 없이 시바무라 옆에 머무르고 있는 동안에는 별 수 없다고 대답했다. 하지만 마음으로는 미야코가 아부라츠보의 햇볕에 그을린 남편의 육체를 맞이하러 가는 것이 불만스러웠다.

신키치는 억지로 미야코를 여기에 붙들어놓고 아부라츠보에 보내지 않으리라는 결심까지는 하지 않았다. 만약 그녀가 아부라츠보에도 가지 않고 집에도 돌아가지 않겠다고 하면 그녀의 앞으로의 거취는 그 순간 결정되어 버린다. 신키치는 그녀를 '떠맡는' 수밖에 없다. 신키치에게는 그 정도의 결정적인 용기는 없었다. 33살의 분별력이 발동하고 있었다. 무모한 정열에 들떠 후회를 부를 나이는 아니었다.

하지만 내일 아침, 시간을 신경 쓰느라 제대로 잠도 자지 못한 채 일찍 일어나서 교토역으로 달려가는 미야코를 보는 것은 싫었다. 유부녀의 위선을 미워할 정도로 어려서가 아니다. 질투라는 명확한 형태도 아니다. 그는 시바무라에게 우월감을 갖고 있었기 때문에 그런 비굴함은 없었다. 시바무라에게 뭔가 뜻밖의 사태가 일어나 아부라츠보에 간 미야코가 남편과 만나지 못하면 좋겠다 — 말하자면 이런 심술 비슷한 마음이었다.

주변에서는 예쁘다는 칭찬들이 끊임없이 터져 나왔다. '좌대문자' 불은 아직 밤하늘에서 기세 좋게 타오르고 있다. 토리이 불이 늦어지는지 구경꾼들은 움직이지 않았다. 신키치는 의연하게 불의 점들을 바라보았다. 우미나리호의 삼각형 돛이 불타고 있다.

요트 사고 중에 화재가 없는 건 아니었다. 실제 사례도 있다.

요트에는 간단한 취사가 가능한 주방이 있다. 취사에는 프로판가스를 사용한다. 프로판은 보통 가정에서도 때때로 폭발하지만 요트에서도 가끔 폭발한다. 이런 사고는 수십 년 동안 요트를 조종했다 하더라도, 크루가 지쳐 쓰러진 경우 아주 사소한 부주의로 일어나기 쉬운 법이다.

하지만 지금까지의 요트 조난 사고는 대부분 돌풍이나 폭풍으로 한정된다. 폭풍의 경우, 기상관측이 발달해서 기상상황을 시시각각 라디오로 체크하기 때문에 대부분 일어나지 않지만, 돌풍은 거울처럼 잠잠한 바다에서도 느닷없이 발생한다. 전복 사고는 이런 경우에 많다.

지금 '좌대문자'로 불타는 하늘에는 온통 작은 별들이 흩뿌려져 있었다. 구름 한 점 없다. 이 교토 하늘과 북위 34도 33분, 동경 139도 30분 지점의 기상 차이가 그리 클 것이라는 생각은 들지 않았다. 사고가 일어난다면 폭풍이 아니라, 예상치 못한 돌풍의 습격일 것이다. 와일드 자이브라는 것도 있을 수 있다. 이건 요트가 순풍을 타고 달릴 때, 갑자기 바람의 방향이 바뀌는 바람에 돛이 엄청난 기세로 반대쪽으로 뒤집어지면서 일어난다. 바람이 강할 때 이런 일이 발생하면 굵은 돛대가 부러져버릴 때도 있다. 그보다 무서운 건 이때 활대에 머리를 맞아 물에 빠지는 것이다. 뇌진탕을 일으킨 채로 바다에 빠진 사람은 대부분 살아

나오지 못한다.

신키치도 예전에 크루를 주인공으로 연극 대본을 쓴 적이 있는 데다, 시바무라에게 들은 적도 있어서 이 정도 지식은 갖고 있다.

— 앞에 있던 사람 벽이 움직였다. 고잔오쿠리비 중 마지막인 만다라야마의 토리이 모양 불이 시작된 모양이다. 왼쪽에서 사람들이 소리를 질렀다. 이쪽에 모여 있던 구경꾼의 이동이 시작됐다.

신키치는 공상에서 깨어나 뒤를 돌아보았다. 미야코를 앞에 세워줄 생각이었다. 좌대문자 불은 아직 꺼지지 않았다.

바로 뒤에는 남자가 있었다. 여태 미야코가 조용히 서 있을 것이라고만 생각했는데 착각이었던 모양이다. 신키치는 좌우를 둘러보았다. 어둠 속에서도 가까이 있는 얼굴 정도는 알아볼 수 있었다. 온통 모르는 사람뿐이다.

미야코가 어디 갔을지 생각했다. 어쩌면 좀 더 불의 형태가 잘 보이는 자리로 말없이 옮겼을지도 모른다. 하지만 신키치에게서 멀리 갈 리가 없었다. 특히나 여긴 불이 꺼진 옥상이다.

신키치는 사람들의 얼굴을 들여다보며 조금씩 그 주변을 돌아다녔다. 신키치 역시 그리 멀리 갈 수는 없었다. 반대로 미야코가 자신을 찾고 있을지도 모른다고 생각했기 때문이다. 그녀에게 이곳은 처음 오는 낯선 곳이다.

신키치가 아무리 근처를 찾아 돌아다녀도 미야코는 보이지 않았다. 화장실이라도 간 걸까 싶어 원래 장소로 돌아와 한참 서 있었다. '좌대문자'의 불꽃도 점점 사그라지고 있었다. 하지만 그녀는 돌아오지 않았다.

반대쪽에서 토리이 모양이 선명하게 타올랐다. 사람들은 그곳에 까맣게 무리지어 있었다. 신키치는 그곳에도 가서 찾아보았다. 불편하지만 소리쳐 부를 수는 없었다. 미아를 찾아다니는 게 아니다. 여자의 이름을 부르는 게 창피했다. 그 안에서도 그녀의 얼굴은 찾지 못했다. 원래 어둡기도 한 데다 다들 산 쪽을 보고 있었기 때문에 뒤에서는 알아볼 길이 없었다. 옷차림으로 구분할 수는 있다. 하지만 사람들 중에 미야코의 특징을 보이는 뒷모습은 없었다.

신키치는 이리저리 돌아다닐 수도 없었다. 미야코가 이전 위치로 돌아오면 그를 찾아 헤맬 것 같았다. 이 어두운 옥상에서 엇갈려서 술래잡기를 하는 꼴이 될 것이다. 그는 담배를 피우면서 제 위치에 서 있었다. 좌대문자의 불은 끝에서부터 점점 꺼졌다. 깜깜한 해상의 요트 화재도 신키치의 눈에서 사라졌다.

그곳에 10분 정도 서 있었지만 미야코는 돌아오지 않았다. 신키치는 그녀가 속이 안 좋아져서 방으로 돌아갔을지도 모르겠다고 생각했다. 하지만 그렇다면 신키치에게 말을 하고 그 자리를 떠났을 것이다. 또한 728호실 열쇠는 신키치의 주머니에 있었다.

미야코는 그리 튼튼한 편이 아니었다. 몸도 가냘프다. 소원하던 '다이몬지'에 흥분했지만, 무더위 속에서 절을 보고 돌아다닌 데다 옥상에 오래 서 있느라 지쳤을지도 모른다. 실제로 밖에서 돌아와 피곤해하던 그녀의 모습을 보았기 때문에 이런 생각이 들었다. 그렇다면 방 열쇠가 없는 그녀는 한 층 아래의 엘리베이터 옆 의자에 앉아 그가 옥상에서 내려오기를 기다리고 있을지도 모른다.

이렇게 생각한 신키치는 서둘러 옥상을 가로질렀다. 희미한 전등은 발치를 어슴푸레 비추고 있었다. 걷기 힘든 곳을 잰걸음으로 달려 11층으로 내려왔다.

하지만 그곳에도 미야코는 없었다. 엘리베이터 앞에는 혼잡을 피해서 일찍 옥상에서 내려온 구경꾼들뿐이었다. 신키치는 약간 당황하여 다시 옥상으로 돌아갔다. 자기가 없는 새에 미야코가 원래 장소로 돌아와 그를 찾고 있을 것만 같았다. 이렇게까지 당황할 일은 아니다. 그녀의 모습이 보이지 않게 됐다고 해도, 이 호텔에서 나갈 필요는 없다. 결국은 방에서 만나게 될 것이다. 하지만 역시 느긋하게 있을 수만도 없었다. 그녀가 애타게 자신을 찾고 있으리라 생각하면 도저히 가만있을 수 없었다.

신키치는 옥상의 원래 위치로 돌아갔다. 아까보다 사람이 훨씬 줄었지만 한눈에도 그녀가 없다는 것을 알 수 있었다. 그러고 보니 계속 타오르던 토리이 불도 기세가 잦아들기 시작하고 있었다. 옥상의 구경꾼들도 점차 줄어갔다. 신키치는 약간 자포자기 심정이 되어 그 부근을 돌아다녔다. 귀에 들어오는 소리는 죄다 모르는 사람들의 이야기소리뿐이었다. 눈이 뜨인 것처럼 옥상 조명이 들어왔다. 거리에도, 잇달아 높은 곳의 네온사인이 들어오기 시작하더니 다시 교토의 야경이 되돌아왔다. 고잔오쿠리비 행사는 끝났다.

밝아지자 그녀를 찾기 편해졌다. 그만큼 그녀가 없는 것이 확실해졌다. 구경을 끝낸 손님들이 엘리베이터를 기다리며 무리를 이루고 있었다. 신키치는 7층까지 한 층씩 계단을 걸어 내려왔다. 내려오면서 미야코를 만나면 이런 일로 사람을 걱정하게 만든 것에 대한 불평을 해 줄 생각이었다. 실제로 여간 초조한 게 아니었다.

그는 7층에 내려와서 불이 켜진 서비스 스테이션 앞으로 걸어갔다.

옥상에서 속이 안 좋아진 미야코는 그 사실을 신키치에게 말하려 했지만, 어둠 속에서는 모습을 알아볼 수 없자 어쩔 수 없이 말을 못하고 7층으로 내려왔다. 방 열쇠는 신키치가 갖고 있지만 서비스 스테이션에는 여벌 열쇠가 준비되어 있다. 미야코는 메이드에게 말해서 여벌 열쇠로 방에 들어가 침대에서 쉬고 있을지도 모른다고 생각했다.

하지만 이 상상도 창구에서 얼굴을 내민 메이드의 대답으로 깨졌다. 일행은 돌아오지 않았다고 했다.

신키치는 열쇠로 문을 열고 방으로 들어갔다. 불가능한 일이었지만 아무튼 그녀의 짐이 있는지를 확인해보기 위해 로커를 열었다. 커다란 수트케이스는 그대로 놓여 있었다. 시커먼 가죽에 빨간 줄 하나가 들어가 있는 것이다. 정말 미야코다운 수트케이스였다. 안에는 그녀의 옷 두 벌과 그 외 다른 물건들이 들어 있다.

그것이 앞에 얌전히 놓인 채 그의 눈에 들어왔다.

신키치는 창가 의자에 앉았다. 문도 반쯤 열어 놓았다. 금방 그녀의 발소리가 입구에서부터 들려올 것만 같았다. 미안하다고 사과하고 헤어지게 된 이유를 웃으며 설명하는 소리까지 당장에라도 귀에 들어올 것 같았다. 하지만 1시간 정도 담배를 피우며 기다려도 아무 일도 일어나지 않았다.

메이드가 반쯤 열린 문틈으로 얼굴을 내밀더니 홀로 앉아 있는 손님의 모습을 의아하다는 듯 보고 지나갔다. 옆방에 외국인 부부가 돌아왔다.

4

신키치는 프런트에 전화를 걸었다. 그는 다른 이름으로 이 호텔에 들어와 있었다. 미야코의 이름도 가명이었고 주소는 카나가와 현 후지사와 시로 해두었다. 아내가 외출한 것 같은데, 프런트에 전언을 남겨놓지는 않았는지 물어보았다. 프런트에서는 없다고 대답했다. 어느 정도는 예상한 대답이었다.

12시가 다 되어 갔다. 옥상에서 미야코를 놓친 후로 4시간가량 지났다. 신키치는 의자에 앉은 채 거리의 불이 쓸쓸해져 가는 것을 보면서 모든 사태를 가정해보았다.

미야코가 신키치와 호텔에서 또 하룻밤을 보내는 것에 공포를 느껴서 무단으로 도쿄로 돌아갔다는 것이 그중 하나였다. 그러려면 이 호텔 안에서 지인과 우연히 만났을 사건을 고려해야만 한다. 다이몬지 오쿠리비 행사에는 도쿄에서 온 관광객이 많다. 당황한 미야코가 바로 도쿄로 도망치듯이 돌아간 것이다.

하지만 이건 부자연스러운 가정이었다. 설령 그런 일이 있었다 해도 그에게 말없이 상경할 리는 없었다. 게다가 여벌 옷이 들어 있는 그녀의 수트케이스는 방 안에 고스란히 남아 있다. 그녀가 가지고 간 것은 손에 들고 있던 핸드백뿐이다.

미야코는 동창회 때문에 칸사이에 온 것으로 되어 있다. 그러니 그녀가 교토 호텔에서 오쿠리비를 보고 있었다고 해도 부자연스러울 이유는 없다. 만약 그녀가 지인과 만났다고 해도 그건 옥상에서뿐이다. 그전에는 신키치도 계속 그녀와 함께 있었고, 그런 변화는 없었기 때문이다. 옥상이 비록 깜깜하긴 했지만 바로 코앞에서 딱 마주치면 서로의 얼굴은 알아볼 수 있다. 그때, 신키치는 '좌대문자'를 바라보며 미야케지마에서 바람의 힘으로 달리고 있을 시바무라의 요트를 상상하고 있었다. 그러는 동안 미야코는 당연히 뒤에 있으리라는 생각에 돌아보지 않았다. 대화도 하지 않았다.

무슨 일이 일어났다고 하면, 바로 그 사이일 것이다. 미야코의 지인이 우연히 근처의 구경꾼들 사이에 있다가 그녀의 어깨를 가볍게 두드린다. 미야코는 놀란다. 그리고 아무렇지도 않게 신키치에게서 멀어져 옥상에서 내려온다. 그런 상황이었다면 지인 앞에서 그녀도 신키치에게 말을 걸 수 없다.

미야코의 그 지인이란 신키치도 아는 사람일지도 모른다. 신키치는 계속 상상을 부풀렸다. 나는 극작가다. 아직 젊지만 직업상 극단 관계자들을 많이 알고 있다. 또한 그 관계의 연장선으로 신문사나 잡지사 사람들, 말하자면 문화인이라고 할 수 있는 사람들을 알고 있다.

그런 의미에서 발은 넓지만, 그런 사람들과 미야코는 아무 관계가 없다. 공통 지인이 아니다.

공통으로 아는 사람이라고 하면 시바무라와 자신의 친구들밖에 없다고 생각했다. 시바무라는 부모님께서 물려주신 작은 회사 덕분에 유유자적하며 살고 있다. 사업은 전부터 있던 전무에게 맡겨둔 채, 자기는 술이나 마시며 돌아다니거나 요트를 타고 노는 것이다. 신키치는 시바무라와 대학 동창이었다. 전기 관계 금속 회사를 이어 받았지만 시바무라는 문학부 학생이었다. 학교를 졸업한 후로는 교류하지 않았지만, 바에서 우연히 만난 다음부터는 회사 사람들에게 연극 이야기라도 들려주라며 초대했다. 최근에는 직장에 학자나 평론가, 작가 등을 부르는 것이 유행이다. 하는 김에 사원의 아내들 모임이 있으니 그곳에서도 이야기를 해달라고 신키치에게 제안을 했다. 신키치는 결국 그것을 승낙했다. 그 부인회의 간사가 바로 시바무라의 아내 미야코였다.

이런 이유로 미야코와 신키치의 공통 지인은 시바무라의 회사 사람들이나 그 부인회 사람들뿐이다. 그것도 신키치는 그 사람들과는 이야기 자리에서 한 번밖에 본 적이 없으니 정확히는 지인이 아니라, 그 사람들이 얼굴을 알고 있다는 정도였다.

하지만 미야코는 신키치와 함께 교토 호텔에 있는 모습을 목격당하는 것이 두려웠을 것이다. 그 외에도 신키치는 미야코와 알게 된 후로 한동안 극장 등을 안내해줬기 때문에 그런 관계자는 있지만, 이건 반대로 미야코에게 편하게 말을 걸 수 있는 사람도 없다는 것이다. 역시 시바무라의 회사 관계자일까.

하지만 아무리 그래도 미야코가 이 방으로 돌아오지 않을 리 없다. 어떤 경로의 지인을 만났건 상대가 그녀를 언제까지나 붙들어 놓을 리 없기 때문이다.

그 지인 앞인 옥상에서는 신키치에게 말을 하지 못했던 미야코도 그 지인이 떠나면 바로 신키치 옆으로 돌아올 수 있었을 테고, 만일 그것도 여의치 않았다면 어쨌든 이곳 728호실로 돌아오면 되는 일이기 때문이다.

12시가 되었다. 이제는 미야코가 이 방에 돌아오지 않으리라고 생각해야만 했다. 유괴 같은 걸 생각했지만, 바보 같은 가정이었다. 미야코가 그에게 아무 말 없이 다른 사람을 쫄래쫄래 따라갈 리 없다. 하지만 실제로 여기 남아 있는 것은 유괴 상황이었다. 그녀의 소지품은 고스란히 남아 있다.

신키치는 호텔 사람에게 이 사실을 알릴 수도 없었다. 비밀여행이었다. 무슨 일이 있어도 미야코와 자신의 관계를 공공연하게 알릴 수는 없었다. 호텔 사람에게 알리면 경찰에 연락할 것이다. 그 외에는 호텔로서도 수색할 방법이 없기 때문이다.

미야코가 호텔 안의 그 누구도 눈치채지 못할 장소에 쓰러져 있는 건 아닐까 하는 불안한 마음도 들었다. 옥상에서 속이 안 좋아져서 방으로 돌아오는 도중에 말이다. 하지만 이것도 가능성은 낮았다. 옥상도 11층도 그렇게나 사람이 많았으니 상태가 안 좋아 보이는 미야코를 눈치채지 못할 리 없다. 엘리베이터 속에도 이 7층에도 사람은 있었다. 이 호텔 내부에서 아무도 모르는 곳에 미야코가 혼자 갔다고도 생각하기 어려웠다. 결국 모든 가정이 실제로는 일어나기 힘들다는 것을 알 수 있었다.

지금이 12시니까 미야코가 만약 그 후에 바로 신칸센을 탔다면 이미 도쿄 자택에 도착했을 터이다. 과정에 대한 상상은 그렇다 쳐도, 결과적으로는 그건 전화로 확인할 수 있다. 하지만 신키치는 그 전화조차 여기서는 걸 수 없었다. 시바무라는 바다 위 요트 안에 있으니 집에 없겠지만, 대신 도우미가 두 사람 있다. 심야에 교토에서 온 전화라고 하면 뭐라고 생각할지도 알 수 없을 뿐더러, 귀가한 시바무라에게 이야기할지도 모른다. 다른 이름을 말해도 남자 목소리라는 사실에는 변함이 없다. 비밀 폭로에 대한 두려움은 그 확인전화도 할 수 없게 만들었다.

게다가 미야코가 카미우마 자택으로 돌아갔다면, 그녀가 먼저 전화를 할 것이다. 신키치가 얼마나 걱정하고 있을지는 그녀도 잘 알고 있을 테니 반드시 전화가 와야만 한다. 이건 도쿄뿐 아니라, 그녀가 호텔 밖에 있어도 마찬가지다.

하지만 그 전화는 새벽 1시가 되어도 울리지 않았다. 프런트에서 전언도 오지 않았다. 신키치는 옷도 갈아입지 않은 채 침대에 누웠지만 내내 자지 못했다. 의문과 불안감으로 가슴이 두근거렸다.

신키치가 꾸벅꾸벅 졸기 시작한 건 4시가 다 되어서였다. 모든 것을 포기해버리자 졸음이 밀려온 듯했다. 하지만 6시 반에는 눈이 떠졌다.

그는 세수를 했지만, 거울에 비친 건 피로에 찌든 얼굴이었다. 그는 8시가 되기를 기다렸다가 보이를 불렀다. 자기 짐과 미야코의 수트케이스를 프런트로 가져가라고 했다.

그녀의 가방을 이곳에 두고 떠날 수는 없는 노릇이었다. 보이는 같이 왔던 여자가 없다는 사실에 이상한 표정을 지었다.

계산을 마치고 호텔을 나섰다. 택시를 타고 교토역으로 가서 9시에 출발하는 초특급 열차를 탔다. 자기 짐은 발치에 두고 미야코의 검은 가죽에 빨간 줄무늬가 들어간 수트케이스는 선반 위로 올렸다. 두 사람의 짐을 나란히 선반에 올리는 건 꺼려졌기 때문이다.

신요코하마 근처에 온 것이 정오쯤이었다. 시바무라의 요트는 이제 곧 항구로 들어올 것이다. 제일 빠른 요트는 어쩌면 이미 항구에 모습을 보였을지도 모른다. 차창 밖으로 보이는 아부라츠보 방면에는 시야를 가로막는 완만한 산이 계속 뒤로 도망치고 있을 뿐이었다.

도쿄역에 도착했다. 신키치는 자기 짐을 들었다. 그는 선반에 올려둔 미야코의 수트케이스는 그대로 두고 내릴까 생각했다. 이 수트케이스 처리는 기차에 탔을 때부터 신경이 쓰였다. 그녀의 수트케이스를 가지고 내려도 그 다음 처리가 난감하다. 깜빡 잊은 것처럼 기차에 두고 내리면 그런 번거로움을 해결할 수 있다. 하지만 신키치는 그럴 수 없었다. 주변 사람이 선반에 두고 내린 수트케이스를 보고 주의를 줄 것 같았기 때문이다. 또 차장의 손에 보관된다고 해도 일부러 두고 내렸다는 것이 알려질 것 같은 기분이 들었다. 또 다른 이유는 언젠가 미야코와 만났을 때, 짐을 기차에 두고 내렸다고 말할 수는 없는 노릇이었기 때문이다.

신키치는 양손으로 두 개의 수트케이스를 들고 홈에서 아래로 내려왔다. 이런 모습을 아는 사람에게 들키지나 않을까 조심했다. 한쪽에 들고 있는 건 누가 보아도 여성용 케이스다.

아무리 그래도 그녀의 짐을 집에 갖고 돌아갈 수는 없었다. 친구 집에 맡길 수도 없다. 역시 수하물을 물품보관소에 맡기는 수밖에 없었다. 이렇게 되면 미야코와 만나도 그 수하물을 확실히 그녀에게 넘겨줄 수 있다.

신키치는 물품보관소에 맡기고 받은 교환권을 상의 주머니 깊숙이 넣어 두었다.

메구로의 집으로 돌아온 게 12시 40분이었다. 혼자 사는 그는 가족들을 신경 쓸 필요가 없었다. 빈집을 지키고 있던 쉰 살 넘은 가정부 한 사람이 있을 뿐이었다.

"집 비운 사이에 전화는 안 왔나요?"

"왔습니다. 여기 메모해 두었어요."

가정부는 메모를 가져왔다. 부재중 전화는 5통 정도였다. 하지만 그 안에 미야코의 이름은 없었다. 또 미야코일 것으로 짐작되는 가명도 없었다. 극단관계자의 실명뿐이었다.

"전보는?"

"없었습니다."

신키치는 침실로 들어가 몸을 던졌다. 손목시계를 풀면서 보자 1시 3분 전이었다. 그는 아부라츠보의 항구에 들어와 있을 시바무라의 우미나리호를 떠올렸다.

미야코는 시바무라를 맞이하러 나가 항구 가장자리에 서 있을까.

5

미야코의 행동 전부가 짙은 안개 속에 있었다. 설마 그대로 미야코가 연락을 끊을 것이라고는 생각하기 어려웠다. 하지만 걸려오는 전화는 전부 다른 사람의 것이었다.

신키치는 지쳤다. 시바무라의 요트는 이미 아부라츠보의 항구에 도착했고, 시바무라도 상륙했을 것임에 틀림없다. 만약 미야코가 마중을 나가 있었다면 둘이서 식사를 하고 있을 시간일지도 모른다. 마지막 기대는 미야코가 시바무라와 있을 때 틈을 봐서 전화를 해주는 것이었다. 신키치는 미련스럽게 저녁 5시까지 별 가능성도 없는 경우를 생각하며 기다렸다.

그 이상 집에 가만히 있는 것이 괴로워졌다. 집에 오는 가정부는 신키치가 저녁식사는 필요 없다고 하자 6시 전에 돌아갔다.

신키치는 석간을 펼쳤지만 조그만 활자를 읽을 마음은 들지 않았다. 마음이 동요하고 있으니 신문의 활자가 눈에 부담이 되어 짜증스럽게 보였다. 커다란 광고 글자만 눈에 들어왔다. '실종'이라는 영화 제목이었다. 좋은 평판으로 현재 상영 4주차에 접어든 롱런 하는 영화였다. 외국 영화로, 교회에서 결혼식을 올린 신혼부부가 첫날 여행간 곳에서 실종된다는 줄거리이다.

신키치는 집에 혼자 가만히 있어야 하는 괴로움과 이 영화의 줄거리가 자신의 상황과 비슷하니 영화를 보면 미야코의 실종 수수께끼를 풀 힌트를 얻을 수 있을지도 모른다는 생각에 급히 준비를 하고 집을 나섰다.

도중에 아는 사람과도 만나지 않고 유락초 영화관의 어둠 속에 섰다. 만원이었다. 마침 시작하려던 참이라 처음부터 보았지만, 끝날 때까지 2시간 가까운 시간을 소요했음에도 불구하고 미야코의 경우에 적용시킬 만한 힌트는 아무것도 없었다. '실종'은 웰메이드 영화긴 했지만, 실제 사건 앞에서는 결국 인공적인 것일 뿐이었다. 신키치는 실망했으나, 어쨌든 2시간 동안 오락적인 위안을 받은 것에 대해 약간의 만족을 느끼며 영화관을 나섰다.

집을 비운 사이에 미야코에게서 전화가 왔을지도 모른다는 염려는 영화를 보는 동안에도 계속되었지만, 한편으로는 공허한 부정否定이 그에 대항하고 있었다. 영화관을 나온 후의 마음은 부정 쪽이 강해서, 이대로 집에 돌아가 봐야 아무 소용없다, 소용없다기보다 돌아가는 것이 불안해져서 근처 빌딩 옥상의 비어가든에 들어가 생맥주를 세 잔 마셨다. 여기도 밤의 시원한 바람을 찾은 회사원들로 만원이었다. 그러는 사이 옥상에서 보는 도쿄의 빛과 교토의 빛이 점점 비슷한 느낌이 들기 시작하자 고통스러워진 그는, 서둘러 내려와 택시를 타고 집으로 돌아왔다. 11시쯤이었다. 돌아올 때까지 아는 사람과는 한 번도 만나지 않았다.

돌아오자 어젯밤부터의 수면부족과 피로, 예상 못한 맥주의 취기로 푹 잠들었다. 미야코의 전화는 이제 아무래도 좋다는 생각이 들었다. 그래도 미야코의 꿈만 꾸었다. 그녀는 혼자서 교토의 뒷골목을 걷고 있었다.

신키치는 아침 10시 넘어서까지 잤다. 결국 전화는 오지 않았다. 이제 걱정해봐야 아무 소용도 없기 때문에 신키치는 반쯤 포기해버렸다.

다만 시바무라에게서 미야코가 그쪽으로 가지 않았냐는 전화가 올지도 모른다는 막연한 불안감은 있었다. 설마 그럴 일은 없을 것이다. 처음에는 미야코를 극장에 안내하기도 했지만, 그 후로는 그녀와 전혀 교제가 없는 것으로 되어 있었기 때문이다. 미야코가 자기 입으로 시바무라에게 그렇게 말해달라고 부탁했다. 미야코가 혼자서 이 집에 온 적도 없을 뿐더러, 물론 둘이 밖에서 만나고 있다는 사실을 시바무라는 추호도 상상하지 못하고 있을 것이다.

"안녕하세요."

출근한 가정부가 머리맡에 조간신문을 갖다 놓았다.

"많이 피곤하신지 정말 푹 주무시던데요."

가정부는 8시 반에는 이 집에 와서 여벌 열쇠로 문을 열고 들어와 주방일을 하고 있었다.

"토스트로 드시겠어요, 아니면……."

"아, 토스트로 줘요. 몸이 피곤해서 그런데, 미안하지만 여기까지 좀 갖다 주겠소?"

침대에서 토스트와 커피로 식사하기로 했다. 가정부가 아침을 가져올 때까지 신키치는 조간을 읽었다. 1면의 정치기사는 표제만 죽 훑어보고, 사회면을 펼쳤다. 그 순간, 신키치는 잠이 단번에 깼다.

사회면에는 시바무라의 요트 사고가 실려 있었다. 사진도 나와 있다. 사고를 당한 건 크루인 우에다 고로였다. 표제에는 레이스에 참가했다가 돌아오던 그의 요트가 아부라츠보로 들어오기 전, 해상에서 와일드 자이브를 일으켜 급회전한 주돛mainsail의 하부 활대boom. 돛 하단을 고정시키는 수평 봉에 맞아 바다에 빠지고 말았다고 되어 있었다.

신키치는 이 기사를 읽고 망연해졌다. 그제 밤, 교토 호텔 옥상에서 좌대문자 불꽃을 보면서 공상했던 사고 중 하나가 현실이 되어 여기 실린 것이다. 그때의 환상은 배의 화재와, 강풍에 의한 전복, 그리고 이 와일드 자이브였다. 이게 어제 17일 오전 중에 실제로 미우라 반도의 곶이 보이려는 해상에서 시바무라의 요트에 발생했다는 것이다.

신문기사에는 이렇게 쓰여 있었다 — 올리브 하버 클럽의 주최로 7척의 요트가 미야케지마를 돌아오는 레이스에 참가했다. 최근에는 요트 붐으로 각지에서 요트 레이스가 열리곤 한다. 이것도 그중 하나로 참가 요트 대부분이 20피트급이었다. 조난된 우미나리호가 사고발생지점에 접어든 것은 17일 오전 11시 15분경이었다. 그때까지 우미나리호는 순풍을 받으며 매우 순조롭게 달리고 있었으나, 그 현장에서 약간 방향을 변경하려 했다. 그때 배가 흔들렸다. 우현으로 나와 있던 주돛이 역풍으로 인해 뒤집어졌다. 우에다 고로는 불행히도 그 활대가 닿는 곳에서 작업을 하고 있어서 '마치 공이 튕겨 나가듯' 바다에 빠지고 말았다. 이것은 같이 타고 있던 시바무라의 이야기다. 시바무라는 뒤에서 틸러Tiller. 키(舵)에 달려 있는 T자형 손잡이를 잡고 있었다. 그는 추락한 동료를 구하기 위해 레이스를 포기하고 우에다가 떨어진 곳을 중심으로 요트를 돌렸다. 레이스용 요트라 엔진은 실려 있지 않았다. 돛의 조작만으로 회전시켜야 하기 때문에, 시간이 지체된 것이 더 큰 불행을 불러왔다. 우에다의 몸은 보이지 않았다.

더한 불행은 근처에 다른 참가 요트가 없었다는 점이다. 각 요트의 간격은 출발 후 몇 시간 만에 완전히 시야에서 사라져, 어느 요트에서도 다른 요트를 볼 수 없게 되었다. 우미나리호가 뜻밖의 사고를 일으켰을 때도 같은 상황이었다. 때문에 바다에 떨어진 우에다를 구하기 위해 달려오는 배도 없었다. 또한 부근에는 어선도 지나지 않았다.

시바무라가 이 이변을 알리기 위해 아부라츠보에 요트를 댄 것은 17일 오후 1시경이었다. 그는 요트에서 내려 모두에게 이 사실을 알리고, 피로로 쓰러졌다.

그때부터 대소동이 벌어졌다. 시바무라를 요코하마의 A병원으로 옮기는 한편, 우에다의 조난지점으로 구조선을 여러 척 보냈다. 17일 오후 8시 현재까지의 수색으로는 우에다의 행방을 찾지 못했다. 밤이 되는 바람에 일단 수색은 중단됐으나, 그 생사가 걱정되었다. 하지만 기사를 봐서는 절망적인 상황인 모양이었다.

신문을 읽은 신키치는 상상과 현실의 우연의 일치에 새삼 놀랐다. 설마 교토 호텔 옥상에서 다이몬지를 보면서 한 공상이 그로부터 약 15시간 후에 실제 사고로 발생하리라고는 상상도 못했다. 돌풍과 화재, 와일드 자이브, 이렇게 생각했던 세 개의 사고 중 하나가 적중한 것이다. 교토의 산에서 본 오쿠리비가 지금은 불길하게까지 여겨졌다.

신문에 따르면 시바무라는 피로로 쓰러져 바로 요코하마 병원으로 옮겨졌다고 하니, 현재 시바무라는 그 병원의 한 병실에 몸을 누이고 있을 터이다. 17시간 가까이 요트를 조종한 데다 큰 사고까지 당했으니 충격적인 피로에 빠졌을 것이다. 혼자서 바다에 빠진 동료를 찾아 요트를 조작하는 작업 역시, 정신적인 고통, 초조함과 함께 육체적으로도 커다란 소모를 가져왔을 것이다. 요트에서 내리자마자 기절한 것도 무리가 아니다.

신키치는 바로 미야코에게 생각이 미쳤다. 미야코는 시바무라의 귀가를 아부라츠보에서 기다리고 있었을까. 그렇다면 그녀는 지금 요코하마의 남편 병실에 있을 것이다. 아니면 항구에 마중 나가지 않았더라도 급보를 듣고 병원으로 달려갔을지도 모른다. 둘 중 어느 것이든 그녀가 남편의 사고를 안다면 지금까지 자신에게 전화를 걸지 않았을 리 없다. 병원이라면 어디서든 도쿄로 전화를 걸 수 있다. 2, 30분 정도는 남편 곁을 떠날 수 있을 것이다.

그렇다면 미야코는 병원에 가지 않았을지도 모른다. 이 사고조차 모르는 게 아닐까. 그럼 그녀는 어디 있을까. 오쿠리비를 보던 교토의 호텔 옥상에서 사라진 채 집에도 돌아가지 않고, 아부라츠보나 요코하마에도 가지 않았다면 그녀는 대체 지상 어디에 있는 걸까.

— 신키치는 아직 미야코의 수수께끼를 풀지 못했다. 뭔가 예상도 못한 사태가 그녀에게 닥친 것 같았다. 그 진상은 그의 상상력의 한계를 뛰어넘은 것 같았다.

신키치는 망설였다. 신문에서 봤으니 요코하마 병원으로 바로 달려가야 하나, 아니면 시치미를 떼고 시바무라에게 접근하지 않도록 해야 할 것인가. 어느 것이 최선의 방법인지 알 수 없었다.

일단 신문에 난 요코하마 병원으로 전화를 걸어보기로 했다.

시바무라는 침대에 누워 있으니 그가 전화를 받을 리 없다. 보호자나 간호사일 것이다. 그것만으로도 병실에 미야코가 갔는지 여부는 판명날 것이다. 많은 사람들이 시바무라에게 문안 전화를 할 테니 이게 가장 좋은 방법인 것 같았다.

신키치는 요코하마의 A병원으로 전화를 했다. 시바무라의 이름을 대고 보호자를 바꿔달라고 교환대에 부탁했다.

미야코의 목소리가 나올지도 모른다. 신키치는 두근거리는 가슴을 부여잡고 기다렸지만, 수화기에서 들려온 건 남자 목소리였다.

신키치는 자기 이름을 말하고 신문에서 읽었는데 시바무라의 상태는 어떤지, 일단 그게 궁금해서 전화를 했다고 말했다.

"일부러 전화 주셔서 감사합니다. 덕분에 오늘 아침에는 피로가 회복된 것 같습니다. 인사가 늦었습니다. 전 XX금속의 사원입니다."

XX금속은 시바무라의 회사였다. 비서 같은 사람이 병실에 보호자로 와 있는 모양이었다.

"그 말을 들으니 안심이 됩니다. 그럼 몸조리 잘하라고 전해주십시오."

"감사합니다. 환자에게 전해드리겠습니다."

"저어, 가족 분들은 안 오셨습니까?"

신키치는 빨라진 심장 고동을 억누르며 물었다.

"네, 아직 안 오셨습니다."

비서과 직원은 주저하며 대답했다. 신키치는 그 말투만으로도 미야코가 병원에도 자기 집에도 돌아오지 않았다는 사실을 미루어 짐작할 수 있었다.

하지만 여기서 사모님은 어쩌고 있는지를 물을 수도 없는 노릇이었다. 괜한 말을 하는 것이 두려웠다.

"그럼 사모님께도 안부 전해주십시오."

"일부러 연락 주셔서 감사합니다……"

전화를 끊은 신키치는 한숨을 푸욱 쉬었다. 미야코는 돌아오지 않았다. 혼미함은 그의 가슴속에서 깊어가기만 했다.

6

다음 날 조간에는 조난당한 우에다 고로의 시체가 발견됐다는 기사가 실렸다. 표류하던 그의 시체는 미우라 반도의 한쪽에 표착漂着했고, 어선이 이를 발견했다. 후두부에는 수직으로 커다란 타박상이 나 있었다. 이건 급격한 타격에 의한 것이었다.

우에다 고로는 우미나리호가 와일드 자이브를 일으켰을 때 주돛이 급격하게 돌아오면서 그 돛이 고정되어 있는 활대에 맞아 바다로 떨어진 것이었다.

그 조난지점은 동경 139도 11분, 북위 35도 7분 부근이다. 미야케지마에서 아부라츠보로 돌아오려면 대체로 동경 139도 30분의 선을 따라 북상한다. 이에 조류와 풍향 등이 더해지면서 오른쪽으로 기울어지거나 왼쪽으로 벗어나곤 하는 것이다. 우미나 리호의 경우, 139도 30분의 선에서 다소 왼쪽으로 어긋난 곳에 서 사고를 일으킨 것이다. 이 지점은 마침 사가미가와 만으로 들어간 부분, 히라츠카의 앞바다에 해당한다.

신문에는 시바무라의 담화가 짧게 실려 있었다.

조난 지점에 갔을 때, 난 배 후미의 틸러를 잡고 있었다. 배가 서쪽으로 너무 기울어진 것 같아서 동향으로 바꾸려고 키를 잡았을 때, 역풍이 주돛을 강하게 흔들었다. 그 밑에 우에다가 있었다. 나 도 설마 와일드 자이브가 일어날 거라고는 예상도 못했다. 뭐라 말 할 틈도 없이 돛이 느닷없이 왼쪽으로 뒤집어졌다고 생각한 순간, 우 에다가 공이 튕겨져 나가듯이 바다로 떨어졌다. 나는 재빨리 배를 세우고 우에다가 빠진 곳 근처를 중심으로 찾아보았지만 찾을 수 없 었다.

부디 살아 있어 주기를 바랐던 우에다가 시체가 되어 발견되었 다는 말을 들었을 때는, 뭐라 말로 표현할 수 없는 기분이었다.

이 담화는 요코하마 A병원에서 시바무라가 한 것이었다.

신키치는 이걸로 우에다가 조난된 대체적인 상황을 알게 되었 고 시바무라가 아직 요코하마 병원에 있다는 사실 역시 알게 되 었다.

미야코는 어떻게 된 걸까. 병원에 갔는지 어떤지도 불확실했다.

그녀에게서는 여전히 전화가 걸려오지 않았다.

신키치는 병원으로 문안을 가야 할지 말아야 할지 또 고민하기 시작했다. 신문기자에게 이야기를 할 수 있을 정도이니 시바무라의 건강은 회복되었는지도 모른다. 그렇다면 조만간 퇴원도 할 것이다. 어제 전화로 회사 사람에게 안부를 물었으니 모르는 척 할 수도 없다.

병원에 위문차 가야만 한다고 생각했지만, 만약의 경우를 생각하면 내키지 않았다. 역시 미야코의 소식을 알기 전에는 시바무라와 만나는 것에 마음의 준비가 안 된다. 그래서 오늘 요코하마에 가는 것은 관뒀다. 내일 가자고 생각했다. 내일이 되면 그녀의 상황을 알 수 있을지도 모르기 때문이다.

이렇게 되면 도쿄역의 물품보관소에 놓여 있는 미야코의 수트케이스가 걸렸다. 검은 가죽에 빨간 선이 한 줄 들어간 특징이 두드러진 케이스다. 그것이 미야코의 것이라는 것을 아는 누군가가 보진 않았을까. 물품보관 창구는 맡기는 사람, 찾아가는 사람으로 늘 북적거린다. 기다리는 동안 그런 사람들의 시선이 선반에 있는 어느 특징 있는 수트케이스를 보고 수상쩍게 여기지는 않을까. 미야코가 행방불명된 것을 아는 사람이 그 창구에 오지 않는다는 보장은 없다. 소식이 끊어진 그녀의 짐이 그곳에 있으면, 당연히 그 짐을 맡긴 사람에 대해 물어볼 것이다. 신키치에게 그 가방을 받은 담당자는 네모난 얼굴의 40대 남자였는데, 바쁜 와중에도 물끄러미 이쪽 얼굴을 바라봤던 것 같았다. 인상을 기억하고 있을지도 모를 노릇이다.

신키치는 큰맘 먹고 도쿄역으로 달려가 그 가방을 되찾아올까 생각했다. 그러면 한 번 더 얼굴을 담당 직원에게 보이게 된다. 가방을 되찾아오면 다른 사람이 알아차리진 않을까 하는 걱정은 없어지지만, 빨간 줄이 들어간 수트케이스가 미야코의 행방불명으로 문제가 되었을 때, 수색 대상이 되는 건 역의 물품보관소 창구였다. 담당자에게 수취인의 인상을 너무 강하게 남겨서는 안 된다.

두 번째 문제로는 그 수트케이스 처리가 난처하다. 애당초 도쿄역 물품보관소에 맡긴 것은 그 처치가 곤란했기 때문이다. 자기 집에 가지고 돌아올 수도 없다. 가정부가 모르는 곳에 숨겨두는 것도 가능하지만 만에 하나 경찰에게 의심받는 입장이 되었을 때 가택수색을 당할 위험이 있다.

미야코는 어떻게 된 걸까. 신키치는 그 이상한 현상에 사로잡혀 머리가 이상해질 것만 같았다. 최근 '증발'이라는 말이 유행하는데, 이 정도로 딱 어울리는 사건은 없을 것이다.

바다 위를 항해 중이던 배의 승무원이 가족과 함께 사라졌다는 외국의 실화가 연상됐다. 그건 외국의 사례였지만 자신의 신변에 일어난 일인 만큼 신키치는 불안해서 어찌해야 좋을지를 몰랐다. 무턱대고 다른 사람에게 수색시킬 수는 없는 노릇이다. 혼자 생각하고 혼자 괴로워하고, 게다가 기이한 현상이 지금 당장에라도 자신에게도 일어날 것만 같아서 노이로제에 걸릴 것 같았다.

결국 그는 다음 날에도 시바무라를 만나러 가지 않았다. 전화로 일단 안부인사를 전했으니 그냥 가지 말자고 생각했다. 시바무라와는 그 정도로 친한 사이도 아니다. 십수 년 만에 바에서 우연히 만난 후로 짧은 교제가 시작된 것이다. 짧다는 건 미야코와의 일이 있은 후로 신키치 쪽에서 가능한 시바무라를 가까이 하지 않으려 하고 있기 때문이다.

여전히 미야코의 '연락'은 없었다. 설마 교토 호텔 옥상에서 그녀가 추락해서 경찰이 신원불명 변사체로 처리했을 리는 없을 것이다. 그랬다면 그때 소동이 일어났을 테고 호텔 종업원도 모를 리가 없다. 생각하면 할수록 신키치 자신이 이 현실 세계를 잃어버릴 것만 같았다.

다음 날, 그건 시바무라의 배가 조난당한 날부터 닷새째의 일이었다. 다시 말해 미야코와 다이몬지 오쿠리비를 본 16일로부터 엿새째에 해당하는 21일 오전 10시가 넘었을 때였다. 그는 가정부로부터 시바무라 님의 전화입니다, 라는 말을 들었을 때는 뭐라 형용할 수 없는 어두운 혼란과 밝은 희망이 뒤얽히면서 마비되는 것 같았다.

"여자?"

"아뇨, 남자입니다."

미야코가 아니라는 것을 알았을 때 신키치는 희망이 무너지고, 대신 심한 불안과 공포를 느꼈다. 시바무라가 전화한 것이다. 드디어 올 것이 왔다는 느낌이었다. 그는 어두운 해상에서 휘몰아치는 폭풍을 향해 가는 듯한 마음으로 수화기를 받아 귀에 댔다.

"여, 오랜만이야."

시바무라의 굵은 목소리는 의외로 밝았다.

"아, 자네로군."

신키치는 대답은 했으나 그 뒷말은 바로 나오지 않았다.

"아, 요전에는 바로 안부 전화를 줬다더군. 고마워."

시바무라가 먼저 말했다. 신키치는 겨우 정신을 차리고 스스로 생각하기에도 횡설수설하며 물었다.

"아니, 별것도 아닌데 뭘. 신문을 보고 걱정이 돼서 말이야. 이제 괜찮은가?"

이러면 안 된다. 시바무라가 의심하지 않도록 똑바로 대응해야 한다고 자신의 마음을 질책했지만, 전화가 갑작스러운 만큼 바로 수습이 되진 않았다.

"덕분에 이제 완전히 회복했어. 걱정 끼쳐서 미안하네."

시바무라는 여전히 밝은 목소리로 말을 이었다.

"그거 다행이네. 그나저나 신문을 보니 자네 친구가 그런 일을 당해서. 세상에 어찌 그런 일이 일어난단 말인가. 안타까운 일이야."

신키치는 겨우 평범하다고 할 수 있는 인사를 했다.

"그러게 이번엔 정말 큰일이었어. 요트에는 꽤 자신이 있다고 생각해서, 그런 무서운 사고는 예상도 못했으니까. 우에다에게 어떻게 해줘야 할지 전혀 모르겠네. 가족들에게도 송구스럽고."

여기서 처음으로 시바무라의 목소리가 젖어들었다.

"뭐, 이미 지난 일을 어쩌겠나. 자네 잘못도 아니고, 불가항력의 사고였잖아."

신키치가 위로했다.

"정말이지, 그런 레이스에 나가는 게 아니었는데. 정말 후회막급일세."

시바무라는 그렇게 말한 후 갑자기 입을 다물었다. 뭔가 말하고 싶었으나, 바로는 말이 나오지 않는다는 느낌이 들었다. 그 의미를 안 신키치의 심장박동이 다시 빨라졌다.

"이봐, 실은 말이야."

시바무라가 지금까지 말하던 목소리를 바꾸어 묘하게 낮은 어조로 말했다.

"실은 우리 집사람이 없어졌어."

신키치는 머리를 돌로 얻어맞은 것 같은 기분이 들었다. 언젠가는 시바무라에게서 이 말이 나올지도 모른다, 그럴 일은 없을 거라고 생각하지만 만에 하나 있을지도 모른다, 그때는 어떻게 대답해야 할까 전부터 혼자 생각하고는 있었다.

하지만 시바무라의 목소리보다도 역시 미야코가 사라졌다는 결정적인 사실에 그는 눈앞이 깜깜해졌다.

"그런가."

"아니 뭐, 자네야 알 턱이 없겠지만 혹시나 싶어서 물어본 것뿐이네."

신키치가 대체 어찌 된 건가, 부부싸움이라도 해서 부인이 말

없이 가출했나, 라며 일단 생각해 두었던 질문을 하자,

"아니, 그런 게 아냐. 내가 요트 레이스에 나간 동안 동창회로 나라를 돌고 오겠다고 15일부터 집을 비웠는데, 오늘로 벌써 일주일째야. 그래서 조사해봤더니 동창회 같은 건 없었다고 하지 않겠나. 아무래도 성가신 일이 벌어질 것 같아."

시바무라가 이렇게 대답하더니 음침하게 웃고 전화를 끊었다.

7

처음 발견한 것은 파리였다.

주택지 바로 뒤에 잡목림이 남아 있었다. 메구로의 이 근방에는 거의 다 주택이 들어서 있기 때문에 이렇게 상수리나무가 남아 있는 건 드물었다. 보나마나 땅주인이 장래 땅값이 오를 것을 대비해 그곳만 팔지 않고 쥐고 있는 것이리라. 좁은 면적이지만 쑥쑥 자란 여름풀이 우거져서 따가운 뙤약볕과 눈부심을 막아주었기 때문에 아이들의 좋은 놀이터였다. 그 풀 사이에 엄청난 파리가 무리지어 있었다. 아이가 옆길을 지나가자 화로에 물을 부었을 때 재가 일어나듯이 단번에 날아올랐다. 아이는 집에 돌아가 이 사실을 어머니에게 말했지만 누군가 그곳에 음식물 쓰레기라도 버린 게 아니겠냐며 넘겨버렸다.

그리고 얼마 안 있어 아이의 손에 이끌린 개가 파리가 모여 있는 곳으로 목줄을 힘껏 당기면서 갔다. 개는 그곳에서 땅을 향

해 계속 짖었다.

경찰이 와서 땅을 판 건 개의 후각이 사람들에게 이변을 알려준 지 5시간쯤 지났을 때였다. 그 주변의 좁은 땅만 풀이 없었다. 최근 흙을 파헤쳤다가 그 위에 다시 흙을 덮어놓은 상태라는 것을 알 수 있었다. 부드러운 흙 바로 밑에서 부패한 여성의 사체가 나왔다.

사체는 시바무라 미야코였다. 경찰의 통보로 남편이 바로 뛰어와 신원을 확인해주었다. 그 전날 시바무라는 미야코의 행방불명 사건에 대해 경찰에게 가출인 수색 신고를 막 내놓은 상태였다. 사체를 검시한 법의학자는 사후 5일에서 7일 정도 경과했을 것이라고 추정했다. 교살이었다. 하지만 교살에 사용한 로프나 끈 같은 흉기는 없었다. 흙을 파는 도구도 보이지 않았다. 범인이 가져간 것 같았다. 사체는 감찰의무원으로 보내 해부했다. 결과는 검시와 같은 소견이었다.

경찰의 질문에 남편인 시바무라는 이렇게 진술했다.

— 나는 8월 14일부터 올리브 하버 클럽이 주최하는 미야케지마 왕복 요트 레이스에 참가했다. 미야코는 출발할 때 배웅해줬지만 내가 17일 정도쯤에 도착할 테니, 15일부터는 학창시절 동창생들과 함께 오사카, 나라 방면을 돌아보고 오겠다고 했다. 그리고 내가 귀항하는 17일 정오까지는 아부라츠보로 돌아와 그곳에서 날 맞아줄 예정이었다.

나는 17일 오전에 신문에서도 보도한 것처럼 요트 사고를 당했다. 그 사고 때문에 아부라츠보로 돌아온 것은 오후 1시 반 무렵이었지만, 약속한 아내의 모습은 보이지 않았다. 나는 극도의 피로로 쓰러져 요코하마의 병원에 실려 갔기 때문에, 다른 사람에게 부탁해 집에 전화해보았으나 아내는 돌아오지 않았다고 했다. 병원 보호자 역할은 직원에게 부탁했다.

그 직원이 여러 방면으로 찾아다녔지만 아내의 행방은 알 수 없었다. 동창회에서 나라에 간다는 것도 사실이 아니라는 걸 알았다. 도우미에게 들어 아내인 미야코가 집을 나갈 때의 복장과 수트케이스는 알고 있었다. 특히 도우미의 도움을 받아 수트케이스에 옷 2벌을 쌌는데, 가방도 검은 가죽에 빨간 선이 하나 들어간 특징이 있는 물건이었다.

아내가 왜 거짓말을 하고 여행을 갔는지는 모른다. 아내가 부정한 행실을 저질렀으리라고는 생각하지 않는다. 나와의 사이도 원만했고 아내가 무단으로 가출할 만한 원인도 없다.

"그래서 사모님이 갈 만한 곳은 전부 물어보았습니까?"

담당 형사가 물었다.

"짐작 가는 곳은 전부 조회해 봤습니다. 평소에 별로 가깝게 지내지 않았던 제 친구에게도 물어봤죠. 평소 친분이 두텁지 않은 메구로에 사는 극작가, 신키치에게도 물어봤을 정도입니다. 물론 그 친구도 제 아내의 행방은 몰랐고요."

메구로라는 것을 경찰이 귀담아 들었다. 주소를 묻자 시체가 발견된 잡목림 아래의 주택지였다.

경찰은 소네 신키치의 15, 16, 17일의 행동을 조사했다. 그리고 그가 15일부터 여행을 갔었다는 사실을 그 집에 출퇴근하는 가정부를 통해 들었다. 행선지는 큐슈 방면이라는 것 같았지만, 가정부는 정확히는 모른다고 했다. 소네 신키치가 귀가한 것은 17일 12시 반 정도로, 무척 지친 모습이었다. 짐은 가지고 나갔던 갈색 수트케이스 하나가 전부였다. 그 후로 아무래도 모습이 평소 같지 않았다고 가정부가 진술했다. 매일 생각에 잠겨 있었다. 안색도 좋지 않고 책상에 앉아 있어도 일을 하지는 않았다. 실제로 마감이 다가오는 대본이 있었지만 그걸 몇 번이나 늦춰달라고 전화로 부탁했다. 여태 이런 적이 없는 사람이었다—.

경찰은 소네 신키치를 참고인으로 불러 15일부터 어디에 갔었는지를 물었다. 신키치는 안색이 새파래져서 횡설수설 대답했다. 경찰관의 날카로운 추궁 앞에서 극작가는 아무 힘이 없었다. 그는 시바무라 미야코와의 관계를 고백하고, 15일부터 교토에 가서 함께 머물렀다며 호텔 이름을 밝혔다.

"정말이지 전 영문을 모르겠습니다."

신키치는 16일 밤, 다이몬지 오쿠리비를 호텔 옥상에서 보는 사이 미야코가 한 마디도 없이 사라진 사실을 소상히 말했다. 그리고 상의 주머니에 넣어 두었던 도쿄역의 물품보관소 교환권도 제출했다. 신키치는 이렇게 된 이상 모든 것을 솔직히 털어놓아야 의심에서 벗어날 수 있으리라 각오한 것이다.

경찰은 그의 진술을 뒷받침할 증거를 찾았다. 교토 호텔에 문의하자 신키치의 진술과 거의 맞아떨어지는 것을 알 수 있었다.

호텔 측에서는 미야코의 실종을 확인할 수 없었다. 신키치가 호텔에 아무런 연락도 하지 않았기 때문에, 증명할 도리가 없었다. 다만 728호실에 15일 밤부터 남녀가 묵었고, 17일 오전에 그 남자 손님이 계산을 마친 후 2개의 수트케이스를 양손에 들고 현관을 나섰다는 것만은 확언했다. 그 수트케이스 중 하나는 검은 바탕에 빨간 줄이 들어간 여성용이었다. 16일 밤은 오쿠리비를 보는 사람들로 저녁부터 9시 반까지는 프런트 앞과 현관 모두 붐볐기 때문에 설령 그 사이 그 여자 손님이 나갔다고 해도 알아차릴 수 없었을 것이라고 호텔 측은 말했다.

신키치는 교토역에서 탄 신칸센 초특급 열차를 말했다. 경찰은 그 열차 전담 차장에게 물었지만 기억나지 않는다고 대답했다.

경찰은 소네 신키치를 유치했다. 도쿄역 물품보관소 창구에는 신키치의 말대로 확실히 마흔 정도 되어 보이는 네모난 얼굴의 직원이 있었다. 하지만 직원은 매일 어마어마하게 많은 고객을 만나기 때문에 신키치의 얼굴은 기억하지 못했다.

8

수사본부가 극작가 소네 신키치를 시바무라 미야코 살해 용의자로 인정한 것은, 대충 다음과 같은 이유 때문이었다.

신키치는 미야코와 관계가 있었다. 두 사람은 시바무라가 요트 레이스에 참가하는 기간을 이용해 교토로 비밀여행을 떠났다. 이건 신키치가 술술 자백한 내용이다.

그나저나 신키치는 호텔 옥상에서 다이몬지를 보는 사이 미야코가 느닷없이 사라져 버렸다고 했으나, 이건 부자연스러웠다.

가령 그녀가 혼자 어딘가 갔다 해도, 그전에 반드시 그에게 말을 해야만 한다. 이 점은 용의자인 신키치도 이상하다고 말하고 있었다. 설령 옥상에서 아는 사람을 만나 신키치와 함께 온 사실을 들키는 게 두려워 일단은 도망쳤다고 해도, 나중에 돌아오지 않으면 안 된다. 게다가 그녀는 수트케이스를 방에 남겨둔 채였다. 이건 신키치와 마찬가지로 수사진 역시 이해하기 어려운 부분이었다.

하지만 그녀가 옥상에서 실종됐다는 사실은 그 누구도 모른다. 오로지 신키치의 진술뿐이다. 그는 그 사실을 호텔 사람에게는 말하지 않았다. 다음 날 아침 8시경, 여자의 수트케이스와 자신의 것을 양손에 들고 호텔을 떠날 때까지 일언반구도 하지 않았다.

이건 부자연스럽지 않은가. 신키치의 말마따나 비밀여행이라 다른 사람에게는 말할 수 없었다는 심리를 모르는 바는 아니다. 하지만 다른 것도 아닌, 여자의 행방불명이다. 여자는 교토 지리도 잘 모르거니와 지인도 없다. 신키치도 그 사실을 알고 있었다. 여자가 옥상에서 말없이 사라진 채 돌아오지 않았으니, 여자에게 중대한 사고가 생겼다고 판단하는 게 옳다. 그런데도 그는 아무런 대책도 강구하지 않았다. 적어도 호텔의 보이나 메이드에게는 그 사실을 말하고 호텔 안을 찾는 시도 정도는 할 법도 하다. 하지만 그런 행동은 전혀 하지 않았다. 그저 프런트에 전화해서 아내가 외출한 것 같은데 무슨 전언은 없었는지만 물었을 뿐이다. 그것도 그의 말뿐, 프런트에서는 기억나지 않는다고 했다. 그리고 다음 날 아침에는 혼자 도망치듯 호텔을 떠났다.

도쿄역에 도착한 신키치는 미야코의 수트케이스를 물품보관소에 맡겼다. 왜 미야코의 가방을 자기 집에 가지고 돌아오지 않고 역에 맡겼을까. 커다란 수트케이스는 쉽게 처분할 수 있는 물건은 아니다. 어딘가에 유기하면 거기에서 발목이 붙들린다. 그는 범행 후 천천히 그 수트케이스를 찾아와서, 처리할 생각이었던 건 아닐까. 실제로 아직 찾아오지 않았다.

미야코의 교살 사체는 신키치 집 근처에서 발견됐다.

이것에 관련하여, 그의 의심스러운 행동은 도쿄로 돌아온 17일의 일이다. 가정부는 신키치가 창백한 얼굴로 집에 왔다고 했다. 무척 지친 데다 신경질적이었고 안절부절못했다. 침착함을 잃고 불안해 보였다. 이건 범행을 저지른 범인의 전형적인 태도였다.

범행이 일어난 날은 17일 밤으로 추정된다. 신키치는 오후 6시 무렵, 자택을 나와 택시를 타고 유락초의 영화관에 가서 '실종'이라는 외국영화를 봤다. 약 2시간 그곳에 있으면서 밖에 나와 XXX빌딩 옥상에 있는 비어가든에서 생맥주를 세 잔 마셨다. 그리고 택시로 집에 돌아온 게 11시쯤이라고 진술했다. 영화관도 비어가든도 만원이었으며 아는 사람을 만나지는 않았다. 신키치는 그렇게 설명했다.

조사해보니 당일 밤에는 확실히 그 영화관도 비어가든도 만원이었다. 특히 비어가든은 콩나물시루처럼 붐볐다. 신키치의 모습을 온전히 기억하는 사람은 아무도 없는 상태였다. 영화관에서는 매표소 여자도, 입장권을 받는 아가씨도, 관객도 그를 인식하지 못했다. 신키치가 딱히 사람의 눈을 끄는 듯한 이상한 풍채를 하고 있었다든가 희한한 언동을 하지 않는 한, 평범한 그는 공기와 마찬가지로 눈에 띄지 않는 존재였다. 영화 '실종'은 롱런 중이니 신키치는 교토로 출발하기 전에 그걸 봤을지도 모른다. 그가 영화의 줄거리나 장면을 알고 있다고 해도 17일 밤에 보았다는 절대적인 증언은 되지 않는다. 택시도 마찬가지로 손님 얼굴을 일일이 기억하고 있지는 않았다. 말하자면 이런 상황은 알리바이로 성립되지 않는 조건이었다. 동시에 피의자가 알리바이를 주장할 수 있는 조건도 아니었다. 신키치가 그걸 노렸다 해도 부당한 추측은 아니다.

신키치는 혼자 산다. 낮에는 출퇴근하는 가정부가 있지만, 그녀는 저녁이면 돌아간다. 신키치가 영화관과 비어가든에 있었다는 17일 밤 자택에는, 오직 신키치 혼자였다. 무슨 짓을 하건 수상쩍게 여겨 캐묻는 사람은 없었다는 뜻이다. 설령 그날 밤 8시경에 미리 약속한 대로 온 미야코와 잠시 집에서 같이 시간을 보냈다 해도, 인적이 끊어진 11시가 넘어 근처 잡목림으로 산책을 데려갔다고 해도.

신키치에게는 미야코의 살해 동기가 있다고 수사진은 생각했다. 유부녀와의 연애에서는 그런 사고가 일어나기 쉽다. 여자가 남자에게 애정을 품은 경우는 남편에 대한 배신감을 상대에게 털어놓으며 명을 재촉한다. 부도덕한 것, 불건전한 것에는 항상 감미로운 절망감이 뒤따르게 마련이다.

그런 면에서 남자는 훨씬 자신을 보호하려는 생각이 강했다. 연애 초기에는 반대로 시작하지만, 뒤로 갈수록 남녀관계는 역전한다. 남자는 여자의 이상한 모습을 두려워한다. 결국 처치 곤란해진 여자를 영구적으로 자기 옆에서 없애버릴 수밖에 없게 된다. 지금까지의 범죄에서는 그런 예들이 무척이나 많았다. 특히 중년의 지식인 남성은 자신이 몰락할 만한 극단적인 일을 싫어한다.

그럼 이번 경우는 어떤가. 난제는 신키치가 왜 혼자서 도쿄로 돌아왔는가 하는 점이다. 여자가 왜 다이몬지 축제날 밤, 신키치와 함께 교토 호텔에서 지내지 않았을까.

혹시 신키치는 이런 상황을 처음부터 계획한 게 아닐까. 즉, 같이 호텔에서 자고 같이 도쿄로 돌아오면 그녀를 죽인 범죄의 흔적이 뚜렷해진다. 옥상에서 갑자기 사라진 채 그대로 돌아오지 않았다고 하면, 그 후에는 그녀의 행동은 자기가 알 수 없는 수수께끼투성이라고 변명할 수 있다. 이를 위해 신키치는 일부러 그녀의 수트케이스를 들고 호텔을 나와 신칸센으로 도쿄에 왔다. 여자의 수트케이스를 물품보관소에 맡긴 것도 어쩌면 미야코가 교토 호텔에서 갑자기 사라진 것처럼 보여주기 위해 꾸민 짓으로 해석할 수도 있다.

신키치는 이 계획에 따라 미야코에게는 적당한 핑계를 둘러대고 그날 밤은 오사카 인근 호텔에 혼자 묵게 했던 게 아닐까. 여자는 신키치가 하는 말이라면 무조건적으로 믿었음에 틀림없다.

교토 호텔에서는 미야코가 현관을 나서는 것을 확인 못했다고 했지만, 그날 밤에는 다이몬지 오쿠리비를 보려는 사람들로 프런트와 현관 모두 무척 붐볐다고 했다. 처음 묵은 여자 손님이 말없이 나가도 알 도리가 없다. 그러니 미야코가 신키치의 말을 듣고 나선 것은 다이몬지가 시작된 오후 8시부터 9시 사이임이 틀림없다. 그리고 미야코는 다음 날 18일, 약속대로 도쿄에 가서 오후 8시나 9시경에 신키치 집에 홀로 찾아왔으리라 상상해볼 수 있다. 즉, 미야코는 전부 신키치의 말에 따라 움직였을 것이다. 호텔 옥상에서 사라진 그녀의 행동을 제삼자가 이해하기 힘들수록 신키치의 계획은 현실성을 띄게 된다.

이렇게 수사본부에서는 신키치의 범행을 추측했다.

하지만 이에 대한 반론도 있었다. 일단 제일 중요한 것이, 무엇 하나 그것을 뒷받침할 증거가 나오지 않았다는 것이다. 그뿐만 아니라 범행은 다른 사람에 의해 이루어진 것이 아닐까 하는 점이었다.

즉, 신키치에게 미야코를 죽일 동기가 있었다고 하면, 그 이상으로 강한 동기를 가진 것은 미야코의 남편 시바무라가 아닐까. 만약 그가 아내의 행실을 알고 있었다면(시바무라는 전혀 몰랐다고 하지만), 아내를 죽이고 그 범행을 불륜 상대에게 덮어씌우는 것은 충분히 있을 수 있는 일이다.

수사회의 석상에서 이 설을 들은 대부분의 사람들은 웃음을 터뜨렸다. 동기면에서는 일단 납득이 간다. 하지만 요트 레이스에 참가해 미야케지마까지 크루징을 하고 돌아온 시바무라는 오후 1시 반에 아부라츠보의 항구에서 동료인 우에다 고로의 추락을 보고한 다음, 피로와 마음의 고통으로 실신해버렸다. 시바무라는 그대로 요코하마의 A병원으로 이송됐고 사흘간 병실에서 계속 잠만 잤다. 미야코가 죽었다고 추정되는 17일은 오후 1시 반까지 바다에 있었다. 그 후로는 병원에 있었다. 병실에는 의사 외에도 간호사가 때때로 드나들었고, 그가 경영하는 XX금속의 사원 몇 명이 병실에 계속 붙어 있었다. 병원을 빠져나가는 것은 절대 불가능한 일이었다.

설사 사장인 시바무라가 사원들을 포섭해서 알리바이를 만들게 했다 한들, 한 명이면 모를까 여러 명의 사원을 상대로 일치해서 공모하게 하는 것은 지극히 어려운 일이었다. 그건 반드시 깨진다. 공동모의는 깨지기 쉽다. 앞으로 그 사원 중에서 사장에게 반감을 가진 사람도 나올 것이다. 그러한 위험을 시바무라가 모를 리 없다.

게다가 요코하마에서 메구로까지는 차로 아무리 빨리 달려도 왕복 2시간 이상 걸린다. 길이 막히기라도 하면 소요시간은 더 길어진다. 게다가 범행시간으로 최소 2, 30분을 더하면 3시간 정도는 병실을 비워야 한다. 설령 병실에 있던 사원들에게 알리바이를 만들게 하려 했다 해도, 시도때도없이 출입하는 간호사들의 눈은 속일 수가 없다. 또한 시바무라는 피로로 인사불성에 빠질 정도였으니 그날 병원을 빠져나와 살인을 하는 건 도저히 무리였을 것이다. 시바무라의 아내 살해설은 당연히 논의가 되기도 전에 기각됐다.

수사진은 신키치를 엄하게 추궁했다. 그는 끝끝내 부인했다. 미야코가 호텔 옥상에서 행방불명되었을 때, 호텔 측에 연락하지 않은 이유는 자신의 특수한 환경 때문이었다며 당시 심리상황을 자세하게 설명했다. 미야코의 수트케이스를 호텔에 두고 오지 않은 것도, 도쿄역의 물품보관소에 맡긴 것도 그러한 심리상태의 연속선상에 있었고, 수사진이 억측하듯이 깊은 계략은 절대 없었다고 장황하게 변명했다. 17일 밤, '실종'이라는 외국영화를 유락초에서 본 것도, 비어가든에서 맥주를 마신 것도 틀림없는 사실이라고 우겼다. 그날 그 시각, 집 근처에서 탔던 택시와 유락초에서 집 앞까지 타고 온 택시기사를 찾으면 그게 증명될 것이라는 말도 했다.

경찰 역시 찾고는 있었지만 아직 두 기사는 나서지 않은 상태였다.

수사진은 분명 신키치에 대한 강력한 증거를 갖고 있는 건 아니었다. 그의 혐의는 대부분 수사진의 추측에 의한 구성이었다. 이런 일로 송치해봐야 공판유지는커녕, 불기소될 것은 자명했다.

하지만 그렇다고 신키치를 석방할 수도 없었다. 신키치보다 더한 용의자는 아직 나오지 않은 상태였다. 더 유력한 용의자가 나타나지 않는 한, 신키치를 손가락 틈새로 흘려보내는 것은 당분간 불가능했다.

유치소에 들어간 신키치는 흥분했다. 그가 흥분에 못 이겨 이성을 잃고 진실의 일부를 불지 않을까 기대하는 형사도 적지 않았다. 2차 세계대전 전의 장인 기질을 갖춘 형사였다면 이 자식, 극작가란 놈이 빤히 보이는 어설픈 연극이나 쓰고 있군, 빨리 자백하고 막 내려, 라고 호통이라도 쳤을 것이다.

더욱 안 좋은 것은 피해자의 이동경로가 조금도 밝혀지지 않았다는 것이다. 교토의 호텔 옥상에서 어디로 갔던 걸까. 가령 억측처럼 미야코가 신키치의 말에 따라 오사카 부근의 호텔로 이동해서 16일 밤에 혼자 묵었다고 해도, 미야코로 보이는 여자가 숙박했다는 호텔, 여관에서 들어온 신고는 없었다. 또한 그날 밤 도쿄에 단독으로 돌아왔을지도 모른다는 생각으로 도쿄와 요코하마 부근의 여관을 찾아봤지만 그런 증거는 나오지 않았다. 그날 밤 상행선 신칸센의 초특급행 열차 차장에게도 물어보았지만 소용없었다.

또 16일 밤에 미야코가 교토에서 신키치에게 살해당해 도쿄로 옮겨졌다는 가설은 그가 혼자서 귀경한 것으로 봐도 성립하지 않았고, 시체를 짐에 넣어 교토에서 보낸 후 도쿄에서 몰래 받아 메구로의 잡목림에 묻었다는 상상에 이르렀으나, 수사 상황을 미루어보면 더더욱 황당무계한 것이었다.

9

수사가 미궁에 빠졌을 때, 수사본부의 쿠마시로 형사와 아즈마 형사는 시바무라를 꼼꼼히 검토해보기로 했다.

시바무라는 절대적인 알리바이를 갖고 있다. 수사본부에서도 누군가가 시바무라를 조금 더 살펴보는 게 어떠냐고 말했을 때 실소가 일었을 정도다. 하지만 쿠마시로 형사는 동기 면에서는 시바무라가 신키치보다 훨씬 강하다고 생각했다. 신키치는 미야코와 깊은 관계가 된 지 아직 3개월밖에 지나지 않았다. 어떤 일이 있건 고작 세 달로는 신키치가 미야코를 죽일 정도로 막다른 골목에 몰렸을 것이라고는 생각하기 어려웠다. 하지만 신키치를 의심하자면 그에게는 애매한 면이 많았다. 그런 점에서 시바무라의 행동에는 조금도 애매모호한 점이 없었다. 그는 14일 저녁부터 다른 요트와 같이 미야케지마를 돌아오는 레이스에 나섰고, 17일 오후 1시 반까지는 먼 바다에서 사가미 만灣의 해상에 있었다. 이후에는 병원 병실에서 많은 눈에 둘러싸여 누워 있었던 것이다. 아부라츠보에서 올라온 후로 요코하마의 그 병원까지는 구급차로 직행했다.

하지만 쿠마시로 형사는 조금 더 꼼꼼하게 시바무라의 행동을 확인할 필요가 있다고 생각했다. 이런 제안을 하면 수사원들은 웃을지도 모른다. 빤히 보이는 것을 다시 살펴보는 것 자체가 넌센스라고 충고할 것이다.

쿠마시로 형사는 일단 요코하마의 A병원으로 가서 실려 왔던 시바무라를 처음부터 진찰한 의사와 만났다. 사카이라는 내과부장이었는데 마흔을 넘은 의사는 형사의 질문에 성실하게 대답했다.

"시바무라 씨가 여기 실려 왔을 때는 극도의 피로로 심장이 무척 쇠약해져 있었습니다. 실신한 건 그 피로로 인한 뇌빈혈 때문이었지만, 심장 쇠약에도 원인이 있습니다. 여기 도착한 17일 오후 3시 반부터 계속 강심제를 주사했습니다. 한때는 산소호흡기까지 달아야 했을 정도입니다. 그날 밤에도 역시 응급상태로, 숙직 간호사가 쭉 옆에 붙어 있었습니다. 물론 회사 분들도 밤을 샜습니다만. 18일 아침부터 점차 기력을 회복했지만, 아직 피로가 남아 있어서 혼자선 화장실도 못가는 상태였죠. 18일 저녁부터 어느 정도 일반적인 상태가 되었고 혈색도 좋아진 정도였습니다. 여기 시바무라 씨의 차트가 있으니 참고로 읽어보세요."

사카이 의사는 간호사를 시켜 가져온 시바무라의 차트를 형사 두 사람에게 보여줬다. 형사들이 전혀 알 수 없는 독일어였지만, 의사로서는 자신의 말을 그렇게라도 증명하고 싶었던 것이리라.

쿠마시로 형사와 젊은 아즈마 형사는 질문도 하지 못하고 병원을 나왔다. 성실한 내과부장이 스스로 진찰한 환자를 설명했으니, 그 이상 할 말이 없었다. 또 그 상태는 형사가 한 질문에 대답할 기력도 없을 정도로 17일, 18일 양일간 중태였다고 한다.

"이걸로 시바무라 씨가 기절했다는 것은 연기가 아니었다는 걸 알았네요."

젊은 아즈마 형사가 말했다.

"역시 우리 생각이 좀 지나쳤나."

쿠마시로 형사는 다박수염이 약간 자란 턱을 쓰다듬었다.

두 사람의 수첩에는 다음으로 올리브 하버 클럽 임원을 방문하기로 되어 있었다. 그 임원은 다행히 아부라츠보의 별장에 있었기 때문에 두 사람은 요코하마에서 아부라츠보로 향했다.

임원은 이하라 씨라는 사람으로 직접 요트도 조종하는 사람이었다. 형사들의 질문에 이하라 씨는 당일의 레이스 기록을 꺼내 설명했다.

— 그때 레이스는 시바무라·우에다 팀의 우미나리호를 포함해 7척이었다. 14일 오후 7시에 항구를 일제히 출발했다.

출발로부터 4시간 정도 지나자 각 크루저는 뿔뿔이 흩어졌다. 이유는 계절풍인 남풍, 즉 역풍을 향해 달렸기 때문에 직선코스로 못 가고 지그재그로 나아가야만 했기 때문이다. 어떤 크루저는 커다란 지그재그를 그리며 운행할 테고, 어떤 크루저는 작은 지그재그를 그렸을 것이다. 게다가 바다에서는 마음 내키는 대로 달린다. 서로의 크루저는 보이지 않는다. 아부라츠보에서 미야케지마에 닿으려면, 이렇듯 역풍에 시달리면서 지그재그로 나아가기 때문에 약 40시간 정도 걸린다. 도착한다고 해도 미야케지마의 어딘가에 입항해서 그곳 사람에게 증명을 받는 게 아니라, 항구에는 대지 않고 섬의 연안을 반 바퀴 돌아 다시 아부라 츠보를 향해 돌아가는 것이다. 그 미야케지마를 도는 시간이 평균을 냈을 때 대체적으로 16일 오전 9시부터 11시 정도의 사이가 될 것이다. 물론 선두와 마지막 크루저는 제법 간격이 벌어지지만 시간적으로는 서너 시간씩 늦어지는 것은 아니다.

16일 오전 중에 미야케지마를 돌아온 요트는 거의 17일 오전 10시부터 오후 1시 사이에 도착한다. 가는 것이 40시간 걸리는데 돌아오는 것이 24시간밖에 걸리지 않는 건 남풍이 순풍으로 변하기 때문이다.

시바무라의 요트가 예정보다 늦어졌기 때문에 항구의 동료들은 다들 많이 걱정했다. 그런 와중에 시바무라가 숨이 곧 끊어질 것 같은 모습으로 우미나리호를 타고 돌아왔다. 다들 깜짝 놀라서 피로로 쓰러지려는 시바무라를 부두로 끌어올리자, 그는 와일드 자이브 사고로 동료인 우에다 고로가 물에 빠졌다면서 그 지점을 보고한 채 기절했다.

두 형사는 이하라 씨의 설명을 듣고 다음과 같이 물었다.

"바다에 나간 요트가 뿔뿔이 흩어진다고 했는데, 가까운 거리의 요트는 서로 보입니까?"

"레이스에 나간 건 다들 20피트급 크루저라 돛대의 높이는 7미터 정도입니다. 가까운 거리의 크루저는 서로의 돛이 보이지만, 4시간이나 지나면 돛의 형태조차 보이지 않아요. 7미터 돛이라도 넘실거리는 파도 사이에 숨어버리니까요. 그런 면에서 좁은 비와호나 이세만 부근의 조용한 수면에서 달리는 건 전혀 다릅니다. 특히 17시간이나 달리는 아부라츠보, 미야케지마의 근거리 레이스에서는요."

"그러면 그중의 한 척이 만에 하나 사고를 일으켰다 해도, 다른 크루저에서는 모른다는 뜻이군요?"

"모릅니다. 실제로 이번 경우, 우미나리호가 와일드 자이브를 일으킨 것도 다른 요트는 몰랐으니까요. 조난지점은 마나즈루 곶과 미우라 반도의 거의 중간지점에 해당합니다."

여기서 이하라 씨는 와일드 자이브에 대해 문외한 형사도 알 수 있도록 친절하게 해설을 했다.

"그럼 그건 키를 잡는 방법이 잘못됐을 때 일어나는 겁니까?"

"꼭 그렇다고는 할 수 없습니다. 방향을 바꾸려고 키를 조작할 때, 지금 이야기했듯이 순식간에 강한 역풍을 옆으로 펼쳐진 주돛으로 받는다. 그건 불가항력적인 것이죠."

"불가항력이라고 해도, 어느 정도는 키 조작의 미스도 있겠죠."

"그렇죠……. 하지만 실수만이라고는 할 수 없습니다. 강한 역풍이 부는 것을 키를 조작하는 사람이 예측할 수 있는 건 아니니까요."

이하라 씨는 이렇게 강조했다. 조작 미스를 감싸려는 것 같았다.

"우미나리호가 와일드 자이브를 일으켜서 우에다가 바다에 추락했을 때, 시바무라 씨는 크루저를 조작해 낙수지점으로 돌아갔다고 했는데, 그런 것치곤 시간이 꽤 오래 걸렸더군요."

"방금 이야기했듯이, 레이스용 요트에는 엔진이 실려 있지 않기 때문에 배의 키 조작을 마음대로 할 수 없습니다. 그래서 시바무라도 나중에, 그때 바로 항구로 돌아와서 구조선을 빨리 보내는 편이 좋았을지도 모른다고 반성했습니다. 하지만 사실 자기 크루저에서 떨어진 사람을 그대로 두고 항구로 돌아온다는 것은 인간적으로 차마 하기 힘든 일이긴 하죠."

이야기는 와일드 자이브에 의해 바다로 전락한 우에다 고로의 시체로 옮겨갔다. 우에다는 이틀 후에 표류사체가 되어 미우라 반도의 끝에 표착한 것이다. 그건 그의 레이스 결승점이었던 항구에서 남쪽으로 고작 1킬로미터밖에 떨어지지 않은 장소였다.

"우에다 씨의 후두부에 타박상이 있었다는 건, 그 와일드 자이브에 의해 활대에 맞았다는 것입니까?"

"그렇죠. 역풍의 습격을 받으면 주돛이 급격히 회전하기 때문에 돛이 달려 있는 굵은 목제 활대도 물론 같이 회전합니다. 그것을 정면으로 맞은 사람은 한순간도 못 버텨요."

"시체를 검시한 법의학자는 그 후두부의 상처가 우에다에게 치명상이었다고 말하던가요?"

"아뇨, 그런 건 아니라고 합니다. 우에다는 물을 많이 마셔서 익사했어요. 하지만 그런 상처를 입었으니 팔다리를 움직일 수 없었겠죠. 대체적으로 그런 곳에서 바다에 빠지면 멀쩡한 사람이라도 살아날 가능성이 희박하니까요."

"우미나리호의 활대는 부러진 상태였습니까?"

"저희도 그걸 조사했지만 부러지지는 않았더군요. 하지만 금은 가 있었습니다."

"그런 금은 인공적으로는 생기지 않나요?"

"인공적으로요? 말도 안 됩니다. 와일드 자이브에 의한 자연적인 흠집인지 아닌지는 전문가가 보면 단박에 알 수 있습니다."

"시바무라 씨는 크루저 경험이 상당히 많겠죠?"

"3년 이상 했으니, 실력만 보면 중급자 정도입니다. 하지만 그 역량은 물론 초보자의 영역을 벗어난 숙련자급입니다."

"그럼 키 조작도 잘 하겠네요?"

"물론 수준급의 실력이죠. 바다 레이스에 나갈 정도니, 저희도 충분히 자격의 유무를 검토합니다."

— 이들의 설명을 듣고 시바무라의 요트 레이스에도, 동료의 불행한 죽음에도 부자연스러운 점은 아무것도 없다는 것을 알았다.

범행 가능 시간에 시바무라는 바다 한 가운데와 병실에 있었다. 이 절대 공간 앞에서는 쿠마시로 형사와 아즈마 형사도 희미한 기대를 완전히 버릴 수밖에 없었다.

여기서 미야코 살해 수사는 완전히 벽에 부딪치고 말았다.

10

쿠마시로와 아즈마 두 형사는 도쿄로 돌아왔다. 지쳤다. 양쪽의 탐문 수사 결과에 따라서 시바무라를 만나 직접 이야기를 들어볼 생각이었지만 그럴 용기조차 사라졌다.

하지만 애인과 교토 호텔에 들어간 유부녀가 이틀째 밤에 상대에게 아무 말도 없이 짐을 놔두고, 시체가 되어 도쿄에 나타나는 것이 가능한 일일까.

그때쯤 그녀의 남편은 이즈7도가 늘어선 바다에서 20피트 크루저를 타고 있었다. 또 다른 동료인 우에다와 비스듬하게 기울어진 수평선을 보면서 돛을 부풀리는 바람 소리를 듣고 파도의 물거품을 상쾌한 듯 맞고 있었다. 두 사건은 시간은 일치해도 공간은 멀리 떨어져 있었다.

시바무라의 우미나리호가 사가미 만에서 와일드 자이브에 의해 우에다가 빠지는 불행한 사고를 일으킨 시간에, 미야코가 어디 있었는지는 아무도 몰랐다. 하지만 그녀가 육지에 있었다는 건 분명하다. 여기도 엄청난 공간의 간격이 있다.

그래도 쿠마시로와 아즈마의 마음속에는 걷히지 않는 구름이 남아 있었다. 논리정연하고 명쾌한 이야기를 들어도 전혀 기분이 상쾌해지지 않았다.

그건 두 사람이 교토 호텔 옥상에서 말없이 사라진 미야코의 행동과, 우에다 고로가 죽은 우미나리호의 사건을 의식 속 어딘가에서 결부시키려 했기 때문일 것이다.

외견상 부자연스럽고 불합리한 작업을 그들의 마음은 시험해 보려 하고 있었다. 그들은 그 접착제를 찾고 있었다.

와일드 자이브는 불가항력 같은 것이라고 올리브 하버 클럽의 이하라 씨는 말했다. 하지만 이하라 씨는 클럽 임원이다. 레이스 선수를 감싸려는 건 당연하다. 또한, 와일드 자이브에는 키 조작 미스가 몇 퍼센트 정도 작용한다는 것을 넌지시 비추었다.

키 조작 미스는 인위적인 것이다. 인위적이라는 부분에 과실과 작위의 미묘한 차이점이 있다. 게다가 아무도 보지 않는 바다 위의 일이다. 크루저 안은 당사자 두 사람뿐이었다.

두 형사는 우선 이 점에 착안했다. 그렇다고 전체적인 조감도에 희망과 기대가 생긴 건 아니었다. 하지만 차분하게 생각해보지 않으면 안 된다.

그렇다 해도 그게 완전한 과실에 의한 것인지, 작위에 의한 것인지는 아무도 판정할 수 없었다. 목격자는 없다. 또 사고가 발생한 후의 상황으로 그것을 유추하는 건 불가능했다. 나머지는 시바무라 자신의 이야기였지만, 당사자가 자신에게 불리한 설명을 할 리 만무했다.

쿠마시로 형사는 어쩌면 이런 점을 우에다 고로의 사체에서 추측할 수 있지는 않을까 하는 생각에 젊은 아즈마 형사를 데리고 한 번 더 요코하마로 향했다.

카나가와 현경의 감식과에서는 최근 일어난 모든 변사체 검증 사진을 보존하고 있었다. 우에다 고로의 것도 케이스 안에 있었다. 벌거벗겨진 우에다는 여러 각도로 촬영되었다. 가장 중요한 것은 후면 사진으로, 후두부에는 강렬한 타박에 의한 열상이 있었다.

마치 헤어밴드라도 두른 것처럼 수직으로 찍혀 있었다. 감식에 그리 정통하지 못한 두 형사도 그 타박상이 가벼운 목검 등의 공격에 의한 것이 아니라는 것 정도는 알 수 있었다.

하지만 감식과 직원의 설명에 따르면 이 타박상은 치명상이 될 정도는 아니고, 바다에 떨어졌을 때는 아직 생존상태였다고 했다. 사인은 익사라는 것이다. 이건 전에 들은 보고보다 더 정확한 확인이었다. 애당초 이 사진으로 우에다를 죽음에 이르게 한 와일드 자이브가 시바무라의 키 조작 과실에 의한 것인지, 아니면 고의에 의한 것인지를 분별하는 것은 불가능했다.

감식과는 제법 넓은 방으로, 직원들은 각자의 일을 하고 있었다. 젊은 아즈마 형사는 아직 우에다의 현장사진에 매달려 있었다. 하지만 쿠마시로 형사는 포기하고 사진 보존선반 앞에서 발길을 돌렸다. 그는 창문으로 걸어가 제법 서늘해진 하늘색을 바라보았다. 피로한 자신의 마음을 쉬게 하기 위한 것이기도 했다. 아무리 의식적으로 교토와 사가미 만의 공간을 연결시키려 해도, 현실은 완고하게 그 작업 시도를 비웃고 있었다.

쿠마시로는 창에서 멀어졌다. 문득 직원 책상을 보자 카메라 잡지가 펼쳐진 채 올려져 있었다. 감식과 직원의 업무 중 하나는 촬영이기 때문에 아무래도 카메라 잡지를 참고로 하는 모양이었다. 형사인 자신에게는 이런 참고서는 없다. 고작해야 수사지도 요령이나 형사 공소법 요점 같은 무미건조한 책만 있을 뿐이다. 쿠마시로 형사는 무심코 웃으면서 선 채로 카메라 잡지 사진을 바라보았다.

멋진 사진이었다. 천지를 반으로 갈라 위쪽 하늘에는 구름이 층층이 쌓여 있다. 아랫부분에는 나무와 풀덤불이었다. 그 사이로 바다가 보였다. 수평선보다 풀의 위치가 높은 것이 해안의 단안 절벽 위에서 촬영한 사진 같았다. 무성하게 우거진 덤불 사이로 길 하나가 뻗어 있었고, 그 길을 따라 맞은편을 향해 걸어가는 사람 한 명이 조그맣게 찍혀 있었다. 이 풀 사이를 지나 바다로 내려가는 절벽으로 가려는 것 같았다. 소년 시절을 떠오르게 하는 풍경이었다. 쿠마시로 형사도 어릴 때 고향인 시골에서 자주 이런 길을 걷곤 했다.

좋은 사진이라고 생각하며 쿠마시로 형사는 그답지 않게 아래쪽에 찍힌 제목을 봤다. '마나즈루 곶의 아침'이었다.

그 자리에 포기한 표정의 아즈마 형사가 돌아왔다. 아즈마 역시 쿠마시로와 나란히 서서 펼쳐진 사진을 바라보았다. 하지만 수사 막다른 곳에서 초조해하는 아즈마의 마음에는 사진의 정서가 느껴지지 않는 것 같았다.

아즈마 형사가 사쿠라기초 역의 개찰구에서 도쿄행 표를 두 장 샀을 때, 쿠마시로가 그의 어깨를 잡았다.

"잠깐 이리 와봐."

끌려간 곳은 대합실에 걸려 있는 카나가와 현의 지도 앞이었다. 인접한 도쿄 도都와 시즈오카 현의 일부도 그려져 있었다.

"마나즈루 곶은 여기지."

쿠마시로는 지도의 한 점을 가리켰다.

"그리고 아부라츠보는 여기."

아즈마 형사는 무슨 소리인가 생각하며 선배 형사의 얼굴과 지도를 번갈아 보았다.

"분명 시바무라의 요트가 와일드 자이브를 일으킨 건 이 지점인 것 같은데."

쿠마시로는 사가미 만의 중앙을 가리켰다. 그건 마나즈루 곶과 아부라츠보를 연결하는 중간이었다. 북쪽은 딱 치가사키나 히라츠카 근처였다. 마나즈루와 아부라츠보를 잇는 선은 지도상에서도 수직이었다.

"그렇네요."

아즈마 형사가 말했지만 아직 쿠마시로의 진의는 알아차리지 못한 것 같았다.

"오오시마도 붙어 있군."

쿠마시로가 말했다. 그 오오시마 동쪽으로 동경 139도 30분에 파란 선이 그어져 있었다.

"미야케지마는 이 동경 139도 30분 바로 위에 있어. 그러니까 미야케지마를 반 바퀴 돌아서 아부라츠보로 돌아오는 레이스의 요트는 대체로 139도 30분의 선을 따라 똑바로 북상해가는 거지. 올리브 하버 클럽의 이하라 씨가 말했잖아, 아부라츠보에서 미야케지마로 갈 때는 남풍이 역풍으로 작용해서 요트 모두 지그재그 코스로 가지만, 돌아오는 건 순풍을 받기 때문에 그럴 필요 없이 직선코스로 온다고. 돌아오는 시간이 갈 때의 반밖에 안 되는 것도 그 때문이고. 그렇다면 우미나리호는 이 139도 30분에서 서쪽으로 제법 떨어진 곳을 달리고 있었다는 소리가 돼. 조난지점이 그러니까."

"하지만 그건 바람의 영향이나 조류 같은 것에 좌우되는 것 아닙니까?"

"그런 요소도 아마 있겠지. 그래도 골인지점인 아부라츠보가 바로 옆에 있는 곳에서 우미나리호가 서쪽으로 너무 비껴갔다는 건 어떻게 설명해야 할까."

쿠마시로의 설명을 들은 아즈마는 잠시 침묵했다.

"자네는 아까 카메라 잡지 사진을 봤지? 좋은 사진이었어. 어떤 사람이 마나즈루 곶 돌출부를 바닷가 쪽으로 걸어가는 장면이었지. …… 자네, 도쿄행은 미루고 지금부터 마나즈루 곶에 가세. 마나즈루 곶과 시바무라가 와일드 자이브를 일으킨 사가미 만의 지점은 가까워. 잘은 모르겠지만 그의 요트는 마나즈루 곶에 한 번 도착했을지도 몰라. 아부라츠보로 돌아온 시간이 꽤 늦었잖아. 아무튼 마나즈루 곶에 뭔가 흔적이 남아 있진 않은지, 보러 가세."

11

쿠마시로와 아즈마가 마나즈루 곶에 내린 것은 오후 2시 경이었다.

역 앞에서 탄 택시는 바다 쪽으로 갈수록 낮아지는 동네를 향해 내려갔다. 생선 비린내가 나는 길에 파출소가 있다. 차를 멈추고 쿠마시로가 경위를 만나 지리에 밝은 경관의 도움을 요청했다. 경위는 1시간 정도라면 괜찮을 거라며 흔쾌히 40대로 보이는 요시오카라는 경관을 붙여 주었다. 길은 다시 오르막이 되어 북쪽 해안을 따라 달렸다. 한쪽에 귤밭이 많은 구릉 지대였다. 여기서부턴 반도 앞의 널찍한 부분이지만 주변은 단안 벼랑이었다.

쿠마시로는 5만분의 1로 표시된 '아타미'를 골랐다. 시바무라는 요트가 와일드 자이브를 일으킨 위치가 사가미 만의 이나무라 앞바다라고 말했다. 그곳은 북위 35도 7분, 동경 139도 11분에 해당한다고 한다. 시바무라가 몰래 상륙하지 않았을까 추정되는 마나즈루 곶은 돌출부가 북위 35도 8.5분, 동경 139도 10분에 해당한다. 혹은 그보다 곶의 서쪽에 해당하는 같은 위도로 동경 139도 9.5분인 '우치부쿠로'라는 곳이 아닐까 생각되었다.

마나즈루 반도 북쪽의 서쪽 반은 절벽도 없고 평온한 해안답게 어촌이 있어서 절벽 근처에서 요트를 목격할 확률이 높다.

그럼 접안 가능성으로서는 인가가 없는 곳의 끝이나 우치부쿠로 부근이라는 것이 된다. 이는 두 사람의 생각이 일치했으며 유가와라에서 태어났다는 요시오카 경관도 쿠마시로에게 사정을 듣고는 까무잡잡한 얼굴을 끄덕였다.

"그렇군요. 다른 사람에게 들키기 싫다면 이 근처 외에는 없을 겁니다."

세 사람은 일단 택시를 타고 곶의 돌출부까지 갔다. 내려서 걸어가 단안 절벽 위에서 보니, 앞바다를 향해 작은 섬 같은 거친 암초가 무수히 튀어나와 있었다. 배는 보이지 않았다.

"저 바위는 미츠이시라고 하는데, 이곳의 명소 같은 곳입니다."

요시오카 경관이 설명했다. 날씨가 좋으면 해상 너머에 보소房總 산이 보이겠지만 오늘은 안개가 껴 있었다. 형사가 서 있는 길 양쪽은 잡목림으로, 대숲도 있었다. 관광객 상대로 여름귤과 주스를 파는 판잣집이 있을 뿐 민가는 하나도 없었다.

요시오카 경관이 판잣집의 중년 여자에게 묻자 가게는 매일 10시 즈음에 열고 5시경에는 닫고 마을로 돌아간다고 했다. 문제인 17일에 요트가 이 아래 해안에 다가오는 것을 보지 못했냐고 하자 도저히 기억이 안 난다고 그녀가 고개를 가로저었다. 요트는 어선과는 다르기 때문에 날짜와 시간이 정확히 기억이 안 나도 인상은 확실히 남을 터인데, 요트 레이스는 반년 전에 본 게 다라고 했다.

세 사람은 차로 돌아와 길을 되돌아갔다. 도중에 좁은 길과 교차하는 곳에서 내렸다. 셋은 잡목림과 대숲 샛길을 걸어 남쪽 해안으로 나갔다. 여기도 단안 절벽 위로, 오른쪽 아래에는 사가미 만 해안이 펼쳐져 있었다. 바다 너머로 산이 흐릿하게 보이는 것은 아지로 근처인 것 같았다. 어선 엔진 소리가 들렸다.

쿠마시로는 단안 절벽이 복잡하게 얽혀 있으니 요트가 접근한다면 이 근처가 아닐까 생각했다. 아즈마도 같은 의견이었지만 같이 온 요시오카 경관은 고개를 갸웃했다. 인가가 많은 카도카와 근처에서는 요트가 멀리서도 보인다는 것이다. 카도카와라는 것은 경관이 가리키듯 오른쪽에 해당하는 유가와라에 가까운 어촌으로 지금도 작은 어선의 출입이 보였다.

"역시 다른 곳에 목격당하지 않고 요트를 접안시키는 건 아까 말한 미츠이시가 있는 곳의 돌출부죠. 그곳이라면 마나즈루 곶에서도, 카도카와에서도 사각지대가 되니까요."

"하지만 그 곳의 돌출부는 관광객이 자주 오기 때문에 그런 사람들에게 목격되겠죠?"

아즈마가 의문을 나타냈다.

"충분히 가능성이 있습니다. 하지만 가끔 오는 관람객의 눈만 피한다면, 그쪽이 훨씬 안전합니다."

세 사람은 다시 길을 되돌아갔지만 쿠마시로는 점차 초조해졌다. 여기서 요트가 접안했다는 사실을 잡지 못하면 그의 추리는 산산이 깨지고 만다.

택시를 타고 한 번 더 곶의 돌출부로 가기로 했다. 그 판잣집은 비오는 날 외에는 거의 매일 같이 가게를 열기 때문에 그녀의 입에서 사실이 나오지 않는다면 다른 단서는 없었다. 하지만 이대로 포기하기엔 미련이 많이 남았다.

판잣집 앞에 오자 여름귤을 파는 중년 여성이 예순이 넘은 노파와 서서 이야기를 하고 있는 것이 보였다. 그 노파는 오래된 유모차에 마른 나뭇가지를 쌓아놓고 있었다. 쿠마시로가 차 안에서 요시오카 경관에게 저 노파는 지인이냐고 물었다. 경관은 마나즈루 어부의 어머니라고 했다. 세 사람은 차에서 내렸다.

"안녕하세요, 할머니."

요시오카 경관은 싹싹한 웃음으로 노파에게 다가갔다.

"항상 기운이 넘치시는군요."

경관은 사투리로 말을 걸었다.

"오늘도 장작 주우러 다녀오셨습니까?"

"으응, 사나흘에 한 번씩은 이렇게 장작을 모으러 와."

노파는 눈꼬리에 주름을 만들며 대답했다.

"할머니가 여기 장작을 주우러 오는 건 몇 시경입니까?"

"대체로 낮 1시부터 2시간 정도지."

경관은 쿠마시로의 주문대로 질문을 이어갔다.

"8월 17일인가, 그날은 여기 장작 주우러 안 오셨어요?"

"8월 17일…… 아아, 그날은 왔지."

"잘 기억하고 계시네요. 그날도 오후 1시경이었습니까?"

"아니, 그날은 아침 8시경에 왔어."

"네? 아침 8시?"

경관이 눈을 빛냈다.

"할머니, 그때 이 부근에 누구 다른 사람 있었습니까?"

"글쎄."

노파는 생각을 해보고 대답했다.

"아무도 없었어. 이 판잣집도 아직 안 열었을 때거든. 순경 아저씨, 그런 건 왜 물어?"

"그 즈음에 이 근처를 돌아다니던 사람이 있었을 텐데요. 그걸 조사하고 있습니다."

"그런 수상한 사람은 못 봤는데."

"진짜 못 보셨어요? 잘 생각해보세요."

"이상한 사람은 없었어. …… 그냥 낚싯대 하나를 든 남자가요 앞길을 따라 절벽을 내려가는 건 봤지만."

쿠마시로가 앞으로 나섰다.

"그 남자의 인상이라든가 나잇대는 모르시겠어요?"

"내가 봤을 때는 저 앞 숲을 내려가던 참이라 거리가 멀었거든. 그것까지는 모르겠는데."

경관이 마나즈루 곶에는 도쿄 쪽에서도 아침 일찍 낚시꾼들이 낚싯대를 들고 찾아온다고 설명했다.

"어떤 복장이었죠?"

"갈색 반팔 셔츠에 쥐색 등산모를 쓰고 검은 바지를 입었던 것 같은데. 한 손에 종다래끼_{작은 바구니로 짚이나 싸리, 대나무 등으로 만듦}인가 도시락 같은 남색 보자기를 들고 있었지."

"그렇군요, 그럼 낚싯대는 접이식으로 여러 개가 가방에 들어가는 것이었나요?"

"아니, 긴 낚싯대 하나만 들고 있던데."

82

"할머니는 기억력도 좋으시네. 근데 그게 8월 17일 아침이란 걸 어떻게 그렇게 확실하게 기억하죠?"

"그야…… 8월 17일은 오봉ぉ盆, 조상의 영을 기리는 일본의 명절 연휴가 끝난 다음 날이라, 우리 딸이 시즈오카로 시집갔는데 휴일이 끝나는 17일 낮부터 손자를 데리고 놀러 왔거든. 그걸 전부터 알고 있어서 그날은 평소보다 이른 8시에 여기 장작을 주우러 왔지. 그래서 날짜는 틀림없어."

쿠마시로는 고개를 끄덕였다.

"방금 할머니가 말해준 절벽 아래로 가는 길은 어떤 거죠?"

쿠마시로는 판잣집에서 떨어져 요시오카 경관에게 물었다.

"저쪽입니다. 가보시죠."

거긴 넓은 길이 막혀 있고, 완곡하게 꺾어지는 곳부터 100미터 앞에서 잡목림 사이로 들어가 있었다.

세 사람은 그 길을 따라갔다. 나무숲을 빠져나가자 나무의 키가 작아지며 관목으로 변했다. 바로 앞이 바다였고, 길은 단안 절벽을 따라 번개 형태로 나 있었으며, 파도가 바위에 부서지는 절벽 아래까지 이어져 있었다. 미츠이시 암초가 떠 있는 바다 맞은편에 보소 산이 엷은 구름처럼 이어져 있었다.

"여기 오는 관광객은 이 길까지 내려갑니까?"

요시오카는 쿠마시로의 질문에 대답했다.

"낚시하는 사람은 이 길을 따라 아래까지 내려가서 바닷가로 가지만, 보통 사람은 위험해서 거기까지는 안 내려가요. 지금 우리가 서 있는 이 부근에서 돌아갑니다."

쿠마시로는 가만히 아래를 내려다보았다. 절벽과 바위뿐이라 도저히 요트를 댈 수 있는 곳이 아니었다.

세 사람은 대기시켜둔 택시로 돌아와 마을로 돌아갔다. 요시오카 경관에게는 고맙다는 인사를 하고 파출소 앞에서 내려줬다.

"그곳에서 낚시를 하는 남자가 걷고 있었다니, 그 사진 구도랑 똑같네요."

둘만 남자 아즈마가 쿠마시로에게 말했다.

"음. 그곳에 사람이 가는 건 특이한 일은 아닌 모양이야."

쿠마시로는 실망한 표정으로 말했다.

"아침 8시라는 시간이 좀 이르지 않습니까?"

"낚시할 생각이라면 이를수록 좋지. 도쿄나 요코하마 부근 사람이 아침 일찍 전철로 오는 걸 거야. 마나즈루 역에서 여기까지는 택시로 오고."

12

아즈마 형사는 16일 밤, 교토 호텔 옥상에서 소네 신키치가 다이몬지에 시선을 빼앗겨 있을 때, 시바무라 미야코가 그에게는 일언반구도 없이 사라졌다는 사실에 강한 흥미를 느꼈다.

"저도 가끔 아내랑 같이 시내에 나가요. 그 근처에서 쇼핑을 한다면서 아내와 헤어졌을 때, 갑자기 이대로 아내가 돌아오지 않는 건 아닐까 하는 묘한 느낌을 가질 때가 있거든요. 그런 불안의식을 현대인은 어딘가에서 끊임없이 느끼고 있는지도 모르겠네요."

아즈마는 쿠마시로에게 말했다.

"현대인이라면 그런 기묘한 불안은 누구나 갖고 있겠지. 자네는 소설을 좋아하니 그런 것을 생각하고 싶어 하겠지만, 이 사건은 진짜 문제야. 나도 왜 미야코가 호텔 옥상에서 신키치에게 한마디 말도 없이 사라졌는지는 몰라. 폭력단의 유괴는 생각하기어렵고, 신키치도 설령 자기랑 미야코가 공통으로 아는 지인을 그녀가 우연히 만났다 해도 나중에 반드시 자기 곁으로 돌아왔을 거라고 했잖아. 당연해. 왜 그녀는 연인 곁으로 돌아오지 않은 걸까. 여기에 수수께끼를 풀 열쇠가 있는 것 같단 말이지."

"연인 곁으로 돌아오지 않은 그녀의 사정이라는 건 대체 뭘까요."

아즈마는 이렇게 말하고 마나즈루 역이 보이기 시작하자 창을 바라보았다.

"아."

아즈마가 길에 남자 둘과 젊은 여자 한 사람이 걸어가는 것을 봤을 때, 갑자기 외쳤다. 쿠마시로가 왜 그러냐고 묻자 아즈마는 잠깐 생각을 정리하듯 입을 다물고 있더니 잠시 후 말을 꺼냈다.

"쿠마시로 씨, 미야코가 신키치에게 말을 하지 않았던 건 그때 남편인 시바무라가 호텔 옥상에 나타났기 때문은 아닐까요?"

"뭐?"

"미야코가 신키치에게 말 한마디 없이 사라진 건 시바무라의 출현 이외에는 생각하기 어려워요. 남편이 눈앞에 나타났으니 미야코도 바로 옆에 있는 연인에게 말을 걸 리가 없죠. 그녀는 남편에게는 동창회 여행으로 나라에 간다고 말해놓았으니까요. 애당초 그뿐이라면 다이몬지를 보고 싶었다고 말하면 그걸로 끝나겠죠. 하지만 거기 시바무라의 친구인 신키치가 같이 있으면 그녀도 변명을 할 수 없었을 겁니다. 그래서 미야코는 신키치와 있는 것을 남편이 알아차리지 못하도록 시바무라와 같이 옥상을 떠난 게 아닐까요."

아즈마는 자기의 생각을 점차 흥분하며 말했다.

"그때는 옥상 불이 꺼져 있었어요. 미야코는 그 어둠을 이용했고, 신키치 역시 다이몬지 행사의 절정에 시선이 사로잡혀 있었으니 뒤에서 무슨 일이 일어나는지 몰랐을 겁니다."

"음…… 그럴싸하군."

쿠마시로도 아즈마의 말에 눈이 번쩍 뜨인 것 같은 표정을 지었다.

— 그래, 그런 건 가능하다. 미야코로서는 어떻게든 남편에게서 자기 불륜 현장을 숨기고 싶었을 것이다. 그녀는 남편에게 그 호텔에 혼자 머물고 있다고 변명할 수도 없었다. 그녀는 남편에게 신키치를 보여주지 않고 태연하게 남편을 따라 일단 호텔에서 나오고 싶었다. 이 경우 시바무라가 그녀를 재촉하여 호텔을

나왔다고 해도 아무런 문제가 없다. 마침 그때 다이몬지 구경 때문에 호텔이 무척 붐비고 있었다는 건, 종업원이 증언한 사실이다. 그래서 숙박객인 미야코가 다른 남자와 현관을 나갔다는 것도 눈치채지 못했음에 틀림없다. 호텔 측이 그녀의 외출을 몰랐다는 건 그렇게 해석할 수 있다.

아즈마의 말로 인해 옥상에 있던 미야코가 바로 눈앞의 신키치에게 아무 말도 하지 못하고 호텔을 빠져나온 원인을 알았다.

하지만 그 시간, 과연 시바무라는 교토 호텔 옥상에 올 수 있었을까. 시바무라는 아득히 먼 동남쪽 바다의 요트 위에 있었다.

"나쁜 발상은 아니지만 아쉽게도 현실감이 없군."

쿠마시로는 아즈마의 생각에 동감하면서도 그의 말을 막으며 말했다.

"시바무라는 그 시각에 미야케지마에서 아부라츠보를 향해 요트로 항해 중이었으니까. 좋은 생각이지만 이 사실 앞에서는 넌센스적인 상상이 되겠지."

그 시각 시바무라가 미야케지마에서 아부라츠보로 밤바다를 달리고 있었다는 사실을 뒤집을 방법은 없었다.

"그겁니다."

아즈마는 실망한 표정을 지었다.

"그것만 없으면 이런 제 상상은 무척 현실성 있는 데 말이죠."

"나도 그렇게 생각해."

택시는 도중부터 유가와라 마을로 가는 갈림길에 들어섰다.

마을 뒤를 하코네 외륜산外輪山이 높게 둘러싸고 있었다.

"저기, 쿠마시로 선배. 저기 날고 있는 새처럼 시바무라가 날개라도 갖고 있지 않는 한, 이즈7도 앞바다를 달리는 요트에서 교토 호텔 옥상으로 훨훨 날아가는 건 불가능하겠죠?"

아즈마의 아득한 시선 끝에는 참새떼가 날고 있었다.

쿠마시로는 대답 없이 생각했다.

시바무라는 요트 위에 있었으니 교토로 가는 건 불가능하다. 그러니 시바무라가 누군가 다른 사람을 고용해 미야코를 호텔 옥상에서 불러냈다는 가정을 해보자. 하지만 그건 말도 안 된다. 미야코의 옥상에서의 행동으로 보아 부정된다. 만약 시바무라의 대리인이었다면 미야코는 반드시 신키치에게 상담했을 것이기 때문이다. 설령 그녀가 시바무라의 대리인의 눈앞에서는 신키치에게 말을 걸 수 없었다고 해도, 그 후에는 얼마든지 신키치가 있는 곳으로 돌아와 그 사실을 말할 수 있었을 테고, 방에도 돌아올 수 있었을 것이다. 대리인이었다면 미야코도 시바무라 자신이 나타났을 때만큼 두렵진 않았을 테고 빈틈을 찾아볼 수도 있었으리라.

미야코가 연인에게는 아무 말도 없이 옥상에서 사라졌다는 게 납득가지 않는 중요한 점이었다. 그러려면 역시 미야코의 남편인 시바무라 본인이 그녀 앞에 나타나야만 한다.

아즈마의 말대로 시바무라가 바다를 달리는 요트 위에서 새처럼 날아가지 않는 한, 이 상상은 성립되지 않는다.

— 그럼 비행기인가.

쿠마시로는 신음했다.

두 사람은 아타미로 가서 역 앞 여행안내소에 들렀다. 그곳에서 전날 비행기 시간표를 조사했다.

미야케지마 선은 하네다에서 하루 한 번 왕복이었다. 하네다 출발 오후 2시 20분, 미야케지마 도착 3시였다. 이 비행기는 30분 쉰 다음 3시 30분에 미야케지마를 출발해서 4시 20분에 하네다에 도착한다.

시바무라가 요트를 미야케지마에 댄 후 상륙해서 공항에서 3시 반 편으로 하네다로 갔다고 치자. 하지만 그가 타고 있는 우미나리호는 오후 3시 반에는 이미 미야케지마를 반 바퀴 돌아 북쪽에 있는 코즈시마의 동쪽 앞바다에 닿아있었을 시각이다.

만약 레이스의 요트가 미야케지마에 기항寄港했다면 시바무라만 몰래 상륙하고 우에다 고로 혼자 키를 조작해 아부라츠보로 가는 것도 생각해볼 수 있다.

쿠마시로는 수첩을 넘겼다. 수첩에는 탐문 조사한 것을 자기 나름대로 간단하게 메모해 두었다. 요트 레이스의 관계자들은 이렇게 말했다.

— 그때 레이스는 미야케지마에 기항하지 않고 섬의 앞바다를 반 바퀴 돌아 아부라츠보로 돌아오는 코스였다. 레이스에 따라 반환점에 도착하면 항구에 들러 지역 사람들에게 증명을 받는 경우도 있지만 그 레이스는 각 선수의 인격을 존중해서 신사

협정으로 했다.

"만약 시바무라 요트만 미야케지마의 절벽 중 한곳에 멈춰 혼자 상륙해서, 그날 오후 3시 반 비행기를 타고 하네다로 갔다면 어떻게 될까요. 하네다에서 이타미행 비행기로 환승해 그 호텔로 가는 방법도 있습니다."

도쿄행 전철에서 아즈마가 말했다.

"하지만 그것도 어려울 거야. 요트에는 우에다가 타고 있었으니까. 그 사람을 배에 남겨두고 시바무라가 미야케지마에 상륙하려 해도, 그의 눈이 있으니 불가능해. 애당초 시바무라가 우에다를 포섭해 두었다면 이야기는 달라지겠지만."

쿠마시로는 이렇게 말하면서 자기 말에 앗 하고 놀랐다. 동시에 아즈마도 외쳤다.

"시바무라는 우에다를 자기편으로 만들어 둔 게 아닐까요. 그래서 우에다는 그 후에 와일드 자이브라는 사고로 시바무라에게 살해당한 겁니다."

와일드 자이브는 인공적으로도 일으킬 수 있지 않을까. 보통 그건 급히 방향을 바꿀 때 주돛이 강풍을 받아 활대가 급회전하면서 일어난다고 한다. 말하자면 키 조작 미스다. …… 조작 미스가 원인이라면 그 미스를 고의로 일으킬 수도 있다!

요트 클럽 임원의 말에 따르면 시바무라는 제법 실력을 갖추었다고 했다. 그러니까 시바무라가 우에다 고로를 와일드 자이브를 가장해 바다에 빠뜨려 버리면, 시바무라가 미야케지마에 요트를 대고 상륙했다는 사실을 영원히 감출 수 있다.

아즈마는 이런 뜻을 쿠마시로에게 말했다. 쿠마시로는 동의했다.

하지만 쿠마시로에게는 그래도 아직 의문이 남았다.

"잘 듣게, 아즈마. 제법 괜찮은 추측이네만 만일 말이야, 시바무라가 자기만 미야케지마에 상륙했다고 하지. 그리고 우미나리호에는 우에다 혼자 타고 아부라츠보 코스를 목표로 달렸어. 그런데 시바무라는 미야케지마에서 비행기를 타고 하네다로 가서 그곳에서 환승해 교토에 도착했다고 해도, 시바무라가 어떻게 아부라츠보의 요트 항구로 돌아온 우미나리호 위에 제대로 타고 있었을까. 시바무라가 마술이라도 쓰지 않는 한 그건 불가능해."

"그렇군요……."

모처럼 자신의 추리설에 흥분해있던 아즈마도 이 말에는 머리를 감쌌다.

"또 레이스 중에 접안한 적 없는 미야케지마에 시바무라가 무슨 수로 상륙할 수 있었을까. 이것도 풀리지 않아."

"그렇네요, 맞는 말씀입니다."

아즈마는 점차 의기소침해졌다. 하지만 쿠마시로가 말했다.

"아즈마. 아무튼 직면한 현재의 의문에서 알 수 있을 것 같은 부분을 조금씩 풀어가야지. 단번에 전부를 해결하려 해도 곤란해. 무리하면 엉뚱한 방향으로 쏠릴 걱정도 있으니까."

"그럼 어떻게 하죠?"

"수사과장님께 부탁해서 비행기로 미야케지마에 가보는 거야."

13

다음 날 오후 3시가 넘어 쿠마시로와 아즈마는 미야케지마의 미이케하마에 가까운 작은 공항에 내렸다. 꽉 찬 승객들 중에는 낚시 도구로 몸을 휘감은 도쿄 손님이 반 이상이었고, 나머지는 섬 주민이나 관련 업무로 출장을 온 공무원 같은 사람, 회사원으로 보이는 관광객 네 명, 그리고 신혼여행이 한 팀이었다. 낚시꾼들은 간단한 차림을 하고 있었고, 서로에게 큰 목소리로 자랑을 늘어놓느라 정신이 없었다. 쿠마시로는 그들의 모습에서 17일 이른 아침 마나즈루 곶의 돌출부를 내려갔다는 낚싯대를 가진 남자를 문득 떠올렸다. 낚시광은 많다.

공항에는 섬에서 형사 두 명이 나와 있었다. 경찰차를 타고 본서로 향했다. 경시청 미야케지마 경찰서는 이즈에 있다. 공항은 섬의 동쪽이라, 북쪽 이즈까지는 섬 중앙에 있는 오야마의 아래쪽을 도는 포장도로에 올라 약 10킬로미터 정도 달렸다.

하네다에 국내선이 개설되면서 도쿄와 섬 간의 교통은 무척 편리해졌다. 이전에는 저녁에 배를 타고 도쿄항을 출항하면 다음 날 아침 6시에 미야케지마의 북쪽 연안에 있는 오오쿠보하마에 도착했다. 게다가 배는 보통 사흘에 한 편이었다.

차창으로 보이는 왼쪽 대지에는 민가가 거의 없었다. 해송 원생림이 용암대지 위로 울창하게 이어져 있다. 오른쪽으로는 모래밭을 파고 들어온 바다가 보였고, 파도는 잠잠했다. 형사의 설명으로는 미이케하마라고 했다. 우뭇가사리 건조장이 많았다. 미쿠라지마가 보인다. 이윽고 곶의 아랫부분으로 들어가자 해안선과는 한참 멀어지게 되었다.

"이 곶은 사타드 곶이라고 합니다."

형사 한 명이 말했다. 하지만 그곳을 지나자 원생림은 사라졌고, 검붉은색 용암의 황량한 풍경으로 변했다. 길은 용암 사이를 깎아 만든 것이었다.

"이 부근을 아카바츠교라고 합니다. 1940년에 오야마 대폭발이 있어서 그때 흘러내린 용암이 바다로 밀려왔죠. 지금도 거친 파도가 그 바위에 부딪쳐 깨지곤 합니다."

"꼭 카루이자와의 오니오시다시원일본의 유명 관광지로 일대가 용암으로 이루어진 공원 같군요."

아즈마 형사는 이렇게 말했지만 쿠마시로는 언젠가 가본 적 있는 사쿠라지마의 용암지대를 떠올렸다. 오른쪽은 역시 불그죽죽하게 변한 용암이었지만, 일부는 사막처럼 자갈이 데굴데굴 굴러다니는 사력층자갈로 이루어진 지층이었다

"저 모래 안에 온천이 끓고 있어요. 노천탕이죠. 분화할 때 생겼습니다."

형사는 설명했다. 하지만 집 하나 보이지 않았다.

"인근 사람들이 가끔 씻으러 오는 정도지, 관람객도 없으니 여관도 없어요."

형사가 다시 말했다.

용암지대에서 벗어나 게바노오라는 작은 마을을 지나 이윽고 섬의 북쪽으로 들어섰다. 인근 해안선은 죄다 단안 절벽이었다. 머지않아 다시 용암류 지대로 들어섰지만 그곳을 지나자 카미츠키라는 마을이 나왔다.

"이곳에 도쿄 도의 미야케 지청이 있습니다."

형사 한 명이 말했다. 해안이 후미진 지역이라 항구가 있었다. 길은 거기부터 오르막이 되어 니이지마가 보였지만 거기서 내려간 곳이 경찰서가 있는 이즈 마을이었다. 4시가 다 되어 있었다.

쿠마시로와 아즈마는 미야케지마의 서장에게 인사하고 형사실로 안내받았다. 그곳에서 미야케지마의 상세 지도를 봤다.

미야케지마는 거의 원형으로 중앙에 오야마 화산이 있다. 오야마의 산중턱은 섬을 거의 양분하듯이 동경 139도 30분의 선이 지나고 있다. 북위 34도선은 섬 남쪽 바다를 지나 경도와 교차한다. 도로는 산기슭의 해안선을 따라 우회해서 차로 일주하면 약 1시간 정도라고 했다. 예전에 섬사람들 사이에서는 '유람'이라고 해서, 숙박 예정으로 섬을 일주하는 관습이 있었지만 지금은 1시간 드라이브 코스로 변해 있었다.

"이 섬에서 요트가 자주 들어오는 곳은 어딥니까?"

그건 서쪽 아코 근처의 사비가하마와 남쪽에 있는 츠보타라는

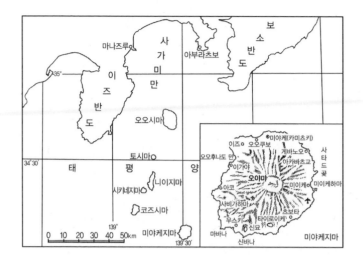

곳이었다. 특히 사비가하마에는 도쿄의 요트 클럽 사람들이 자
주 들어오고, 그중에는 유명한 탤런트도 종종 얼굴을 보인다는
것이었다.

"그 외에는 서쪽의 오오후나도 만과 동쪽의 미이케하마가 있
죠."

"다른 곳은 어떻습니까?"

"그 외에는 해안선이 단안 절벽이라 요트를 대기에는 적당하
지 않습니다."

쿠마시로는 자신의 의도를 형사들에게 말하고 8월 16일 오전
9시경부터 11시경까지 사이에 요트가 들어온 것을 본 사람은 없
는지 목격자를 찾아달라고 부탁했다. 이건 지역 경찰에게 부탁
하는 게 가장 효과적이다. 주민들과 친밀도가 없는 본청 형사가

탐문 수사를 하고 다녀봐야 별 효과는 없다.

"가능한 저희가 떠나는 내일 3시 반까지 그 결과를 부탁드리겠습니다."

서장의 양해로 형사들은 협력을 약속해주었다.

"지금부터 차로 섬을 반 바퀴 돌아보시겠습니까? 서쪽을 아직 보지 않았으니 일단 보는 편이 좋겠죠. 왕복 1시간이면 충분하니까요."

6시가 다 됐지만, 여름 해는 아직도 밝았다. 두 사람은 차에 올랐다. 형사가 세 명 동승했다.

이즈 마을을 떠나자 포장도로는 오야마 기슭을 따라 서쪽 해안을 돌아가게 만들어져 있었다.

바로 이가야 마을로 들어갔는데, 여기에는 섬에서 가장 깊은 오오후나도 만이 있다. 그곳에서 아코까지는 산기슭이 급경사면을 이루고 있고, 돌담으로 층층이 쌓인 대지 위로 마을이 보였다. 바다에는 제일 가까운 코즈시마가 떠 있었다.

"이곳 해안에서는 온천이 솟아나요."

형사가 말했다. 아까 올 때도 동쪽 용암 사막에 노천탕이 있다는 말을 들었다.

아코를 지나 옆길로 약간 치우치자 깊게 휘어져 들어온 사비가하마의 어항漁港이 나왔다. 이 항구에 요트가 잘 들어온다는 형사의 말에 두 사람은 유심히 관찰했지만 지금은 요트의 돛 하나 보이지 않았다. 더욱 남쪽으로 달려가 우스키라는 마을에서 남쪽 끝의 츠보타로 향했다. 해안은 전부 암석 단안 절벽이었다. 바위 위에는 낚시꾼들의 모습이 보였다. 길에는 버스 외에도 방목 중인 소가 나와 걸어 다니고 있었다. 섬은 낙농이 번창하고 있었다. 도중에 오야마의 기생화산 화구호인 신묘와 타이로이케 등이 있었지만, 나도풍란, 석곡 등의 수초가 군생하는 타이로이케는 설명만 들었을 뿐 차에서는 보이지 않았다. 관광객처럼 보이는 사람이 두 명 있었다.

차는 츠보타까지 갔다가 되돌아왔다. 거기서부터는 먼저 공항 앞을 지나 미이케하마를 나갔다 올 때와 같은 길이 된다. 같이 차에 타고 있던 형사들이 쿠마시로가 부탁한 탐문조사를 하러 츠보타에서 내렸다.

아코로 돌아올 무렵 서쪽 해상에 장대한 일몰이 보였다. 노랗게 불타오르던 태양이 보라색 아지랑이 속으로 들어가더니 광채를 억누르고 선홍색으로 변하며 가라앉았다.

두 사람은 그날 밤 호텔이라고 이름 붙인 여관에 묵었지만, 함석지붕 숙소는 싸구려 여인숙보다 약간 나은 수준이었다. 하지만 도쿄의 밤보다는 훨씬 시원해서 푹 잘 수 있었다. 모든 것은 내일 모아질 탐문 수사 결과에 달렸다.

쿠마시로는 아침에 잠에서 깨자 굳은 결심을 하고 한 번 더 섬을 일주해보기로 했다. 이번에는 둘이서만 한 바퀴를 돌아보고 싶었다. 택시를 타고 어제 코스대로 남쪽을 향해 출발했다. 하지만 두 번째로 구경을 했다는 정도일 뿐 이렇다 할 수확은 얻지 못했다. 지리를 잘 모르기 때문인지 눈에 띄는 실마리도 찾을 수 있을 것 같지 않았다. 사타드 곶을 지나 용암지대인 아카바츠교에 오자 그 독특한 풍경에 차에서 내려 보았다. 사람 하나 없었다. 오른쪽 노천탕이 있다는 근처의 용암 모래에도 낚시하는 사람 하나 보이지 않는, 적적한 모습이었다. 기사에게 물어보니 어제 형사의 이야기와 마찬가지로 노천탕에는 근처 어촌 사람들이나 가끔 올 뿐 아무도 이용하지 않는다고 했다. 거기다 서쪽 해안에도 역시 온천이 솟아나고 있었기 때문에 이런 불편한 곳까지 올 필요는 없다고 했다.

"아쉽네요. 이게 도쿄였으면 굉장했을 텐데."

아즈마 형사가 땀을 닦으며 말했다.

숙소에서 점심을 먹었을 무렵 어제 봤던 형사 두 사람이 보고를 하러 왔다.

"각 마을의 보고가 모였습니다. 역시 15, 6일 오전 중에는 어디에도 요트가 온 흔적이 없습니다. 목격자가 한 명도 없어요."

어느 정도 예상한 일이었지만 쿠마시로도 아즈마도 실망했다.

"그럼 요트 모습은 전혀 못 봤다는 겁니까?"

쿠마시로가 물었다.

"아뇨, 레이스 중인 요트를 몇 척 본 사람은 있습니다. 16일 오전 8시 반 즈음부터 11시 지날 때의 일이었지만, 양쪽 앞바다를 달리는 요트, 남쪽을 달리는 요트, 그리고 동쪽 요트라는 식으로 앞바다에 나갔던 어선이 각각 목격했습니다. 물론 시간이

다르니까 아마 레이스 중인 요트가 뿔뿔이 흩어져 달리는 것을 본 거겠죠. 하지만 해안에 도착한 것을 본 사람은 없습니다."

14

아부라츠보에서 같이 나선 레이스의 요트는 미우라 미사키 앞 바다부터 차례로 거리가 멀어지더니 결국 서로의 돛 그림자도 보이지 않을 정도가 되어 버렸다. 쿠마시로는 요트 클럽에서 들은 이야기를 생각했다. 따라서 여기서는 시바무라와 우에다가 탄 우미나리호도 어선이 목격했다는 레이스 요트에 섞여 섬 남쪽을 반 바퀴 돌았을 것이라는 사실이 분명해졌다.

"아즈마, 점점 더 힘들겠는데."

쿠마시로는 지방 형사가 돌아간 후 말했다.

"곤란해졌어요."

아즈마는 얼굴을 찌푸렸다.

"그나저나 자네 얼굴은 그리 난처해 보이지도 않는구먼."

"선배님도 그렇게 비관적인 표정은 아닙니다만."

"음, 즉 자네도 나도 아직 이 정도로는 지치지 않았다는 소리군."

"그렇습니다. 전 실망하지 않았습니다. 확신 같은 것을 갖고 있으니까요. 선배님도 그런 거 아닙니까?"

"음. 듣고 보니 그렇군. 아무튼 힘내보세. 어딘가 시바무라의 허점이 있을 거야. 모인 재료는 전부 꽝이지만, 뭔가가 있을 거라는 기분은 이상하리만치 강해졌어."

"맞습니다. 교묘하게 장치된 무엇인가가, 무언가가 있어요. 만들어진 것은 반드시 어딘가 파탄 나 있어요. 그걸 이제부터 찾으면 되죠."

두 사람은 오히려 눈을 빛냈다. 3시 반 비행기를 타려면 20분 전까지 공항에 가야만 한다. 하지만 두 사람은 1시가 넘어서 숙소를 출발했다. 도중에 이즈 본서에 들러 서장에게 인사를 하고 그대로 차를 몰아 미이케하마 근처의 공항으로 갔다. 또 예의 용암지대를 지났다.

"몇 번을 봐도 이 풍경은 황량하네요. 다른 곳이 녹색의 아름다운 산과 푸른 바다인 만큼 검붉은 용암밖에 안 보이는 게 왠지 지옥 같은 풍경으로 보여요."

"그게 바다에 튀어나와있으니까 더욱 그런 느낌이 드는 거지. 불길한 건 불길한 거야."

왼쪽으로 노천탕이 있다는 모래사장을 보면서 공항에 도착했다. 쿠마시로와 아즈마는 카운터의 담당 구역으로 갔다.

"16일에 여기서 하네다로 간 손님 중 편도를 끊어간 사람은 없습니까?"

경찰수첩을 보여주며 조사를 부탁했다.

담당 직원이 알아본 끝에 준 대답에 따르면, 마흔 명의 승객 가운데 편도 손님은 고작 다섯 명이었다. 도쿄에서 온 사람은 대부분 왕복 탑승권을 산다. 또 섬사람 중에 도쿄에 가는 사람도 돌아오는 티켓을 산다. 편도 승객은 얼마 없다.

그 섬에서 하네다 편도를 끊은 탑승객 다섯 명에 대해 조사해 보니, 그중 네 명은 신원을 확실히 알 수 있는 지방 사람이었다. 도쿄에서의 용무가 2, 3일 걸리기 때문에 일단 편도만 산 것이다. 다른 한 사람은 도쿄에서 온 사람으로 '타나카 야스오, 27세'였다.

"이 사람은 뭐하는 사람입니까?"

"잠시 기다리세요."

탑승권에는 나카노구中野區 히가시나카노 XX번지라고 되어 있었고 직업은 잡화상, 연락처는 아내로 보이는 이름이 적혀 있었다.

"이건 이케부쿠로의 교통공사가 취급합니다."

담당은 하나 하나의 난을 손가락으로 가리켰다.

"이 사람이 어떤 인상이었는지 혹시 기억하십니까?"

"글쎄요, 잘 기억 안 나네요. 출발 전 20분 동안은 손님들이 한꺼번에 몰려들기 때문에 무척 바빠요. 비행기는 30분밖에 안 쉬니까요."

그 혼잡 속에서 '타나카 야스오'는 탑승권을 보딩패스와 바꾼 것 같다.

"도쿄의 손님이 편도 티켓으로 섬에서 하네다에 가는 건 그렇게 드문 일이 아니거든요. 섬에 올 때는 기관선을 타고, 돌아갈 때는 비행기를 타는 것이 관광으로서는 변화가 있으니까요."

담당자는 자기가 그 사람을 주의 깊게 보지 않은 것에 대한 변명이라도 하듯 말했다.

"타나카 야스오가 시바무라겠죠. 인상의 특징을 공항 담당직원이 기억하지 못하는 게 아쉽지만, 연령은 얼추 맞는 것 같은데요."

카운터 앞에서 나온 아즈마는 대합실 의자에 앉아서 쿠마시로에게 말했다.

"그래. 현재로선 신원 확인이 되지 않는 건 그 사람뿐이니까. 이케부쿠로 교통공사에 가서 그 탑승권 신청을 받은 직원에게 물어보는 수밖에 없겠군."

쿠마시로는 셔츠를 입은 가슴을 펴고 말했다.

섬이 늘어서 있는 바다 위를 날아 하네다로 돌아갔다. 경시청으로 돌아와 계장에게 보고를 하고 그 길로 바로 이케부쿠로로 향했다. 교통공사가 있는 백화점이 개점하기 5분 전이었다.

'타나카 야스오'는 분명 그곳에서 8월 14일에 접수를 했다. 형사 두 사람은 얼굴을 마주보았다. 16일 이틀 전에 하네다행 좌석을 예약했다. 그걸 접수했던 담당직원이 나오긴 했으나 고개를 갸웃거렸다.

"글쎄요, 어떤 인상이었는지는 기억 안 나네요. 그날도 꽤 손님이 많았으니까요. 게다가 그 사람은 짙은 선글라스를 끼고 있었거든요."

쿠마시로와 아즈마가 시바무라의 특징을 교대로 말하면서 기억의 암시를 던져줬지만, 직원은 머리를 긁적이며 난처한 표정을 지어 보였다.

"아뇨, 아무래도 그런 사람은 아니었던 것 같습니다. 그렇다고 어떤 얼굴이냐고 물으면 확실히는 기억 안 나지만."

탑승 신청서에는 타나카 야스오田中安男라는 한자가 적혀 있었다. 물론 주소와 연락처도 같았고, 익숙한 필체였다.

"이거, 그 손님이 쓴 겁니까?"

쿠마시로가 담당 직원에게 물었다. 직원은 글씨를 들여다보고, 한 번 더 고개를 갸웃거렸다.

"아뇨, 이건 제 글씨예요. 아, 생각났다. 그 손님, 오른손 검지와 중지에 붕대를 감고 있었어요. 손을 다쳐서 펜을 못 잡으니까 자기가 부르는 대로 써달라고 해서 제가 대필을 했죠. …… 그런데도 얼굴은 잘 기억이 안 나네요."

"필적을 감추는 수법이 제법이네요. 게다가 선글라스를 껴서 얼굴도 알아보지 못하게 하다니. 나이도 꽤 젊게 고쳤지만, 타나카 야스오가 시바무라인 것은 틀림없을 겁니다."

아즈마가 백화점을 나오면서 말했다.

"나도 그리 생각하네."

"정말 보통 놈이 아니네요."

두 사람은 나카노로 가서 파출소 협력으로 '히가시나카노 XX번지, 잡화상, 타나카 야스오'를 찾았다. 예상대로 해당 번지는 없었고 인근에는 타나카라는 잡화상도 없었다.

그리고 두 사람은 근처 가게에서 맥주를 마셨다. 도쿄는 찜통 같은 더위였다.

손님들과 떨어진 구석 테이블에서 쿠마시로가 말했다.

"그나저나 타나카 야스오가 시바무라라고 해도, 그가 무슨 수로 17일 오후 1시 반쯤에 우미나리호를 타고 아부라츠보의 요트 항구로 돌아올 수 있었을까. 이게 여전히 수수께끼인데."

"그렇군요. 그걸 계속 생각해봤는데, 이런 상상은 어떻습니까?"

아즈마가 약간 쑥스러운 듯 말했다.

"시바무라는 하네다에서 환승을 해서 교토로 갑니다. 그날 밤은 호텔 옥상에 나타나서 아내인 미야코를 신키치 옆에서 조용히 데리고 오죠. 미야코의 사체는 도쿄의 신키치 집 부근에서 발견되었지만, 그 운반방법에 대한 수수께끼는 일단 차치하고요. 시바무라만 생각하면, 그가 우미나리호에 타고 아부라츠보로 돌아오기 위해서는 그날 밤에 이타미발 비행기를 타고 하네다로 가든가, 아니면 다음 날 아침 일찍 비행기를 이용해 하네다로 가야만 합니다. 그 시각에 우미나리호는 일직선으로 아부라츠보를 향해 바다 위를 달리고 있는 거죠. 그곳에는 크루인 우에다 고로만 타고 있습니다. 거기서 시바무라가 해상의 요트로 내려오려면 헬리콥터에서 내려오는 방법밖에는 없죠."

"헬리콥터?"

"즉, 하네다로 돌아온 시바무라는 미리 예약해 둔 헬기가 있는 곳으로 달려가 바로 그것을 타는 겁니다. 헬기를 타고 가면 무사히 바다 위의 요트에 내리는 것도 가능하지 않을까요."

쿠마시로는 웃으면서 고개를 끄덕였다.

"머리 좀 썼군. 재미있는 상상이야. 하지만 현실성이 없어."

"네, 실은 저도 그렇게 생각했어요."

"그렇겠지. 헬기를 이용하면 우미나리호에 내렸다는 걸 나중에 알게 될 테고, 헬기 탑승원과 회사 사람들 전원의 입을 막아야만 해. 그리고 헬리콥터가 요트 위를 낮게 날면 다른 요트에서도 보이니까 말이야, 트릭은 금방 들통 나고 말 거야."

— 하지만 두 사람은 다음 날도 포기하지 않았다. 미야케지마에서 단서를 얻지 못했다고 해도 16일 오후 8시가 넘어, 다이몬지를 보는 교토 호텔 옥상에 시바무라가 나타나 미야코를 납치해서 갔다는 확신은 더욱 강해졌다.

시바무라가 미야케지마에서 오후 3시 반에 출발하는 비행기를 탔다는 가정하에, 두 사람은 그것이 연결되는 하네다발 이타미행 비행기 시간을 조사했다. 오후 5시발 비행기가 있었다. 이건 오후 5시 45분에 이타미 공항에 도착한다. 시바무라는 택시를 타고 메이신 고속도로를 교토로 달려 호텔에 도착한다. 이게 약 1시간 걸린다고 보고 6시 50분쯤에는 호텔 현관에 도착했을 것이다. 다이몬지 시간에는 충분히 맞출 수 있다.

시바무라는 호텔 옥상으로 올라가 어둠 속에서 미야코를 찾았다. 사람들 뒤에 서 있던 미야코의 뒷모습을 그는 그 특징으로 쉽게 찾았을 것이다. 시바무라는 아내의 어깨를 가볍게 두드렸다. 돌아본 미야코는 마치 그곳에 유령이라도 서 있는 것처럼 깜짝 놀라 숨을 멈췄다.

시바무라가 조용히 재촉하자 그녀는 바로 눈앞에 있는 소네 신키치에게는 한마디 말도 건넬 수 없었다. 그녀는 마치 뱀 앞에 앉은 개구리처럼 남편을 따라 계단을 내려왔다. 남편에게 소네 신키치와의 불륜 현장을 들킬 수 없는 미야코는 방에 남아 있던 수트케이스조차 가지러 갈 수 없었을 것이다.

시바무라는 아내와 같이 그날 밤 도쿄로 돌아왔다. 미야코의 얼굴은 창백해졌고, 허탈하게 남편 뒤를 따랐을 것이다. 시간표를 조사해보니, 오후 9시 이타미발 하네다행 비행기가 있다. 또 40분 뒤에 떠나는 편도 있었다. 아무튼 시바무라는 아내를 끌고 둘 중 하나를 타고 하네다로 돌아왔을 것이다. 이때 시바무라의 마음은 아내에게 복수했다는 쾌감으로 떨리고 있었을지도 모른다.

하네다에 도착한 시바무라는 택시를 잡아 도쿄 시내로 들어왔다. 이때 미야코는 남편 앞에서 계속 떨고만 있었으리라. 남편이 어떻게 행동하건 공포 때문에 실신에 가까운 상태였음에 틀림없다. 남편의 침묵은 자기와 신키치와의 관계를 알고 있기 때문이라는 것을 눈치챘을 것이다.

시바무라가 아내에게 신키치와의 관계에 대해 아무것도 묻지 않은 건 현명한 행동이었다. 만약 그의 입에서 그 말이 나왔다면 미야코는 절대 남편 말대로 순순히 따라오지 않았을 테니까.

요트에 타고 있어야 할 시바무라가 어떻게 느닷없이 교토 호텔에 나타났을까. 처음에 시바무라는 미야코에게 요트 레이스는 사고로 중지됐다, 그래서 바로 교토로 널 찾으러 날아온 거다, 옥상에서 발견해서 다행이다, 나는 도쿄에 용무가 있으니 같이 돌아가자고 말했으리라. 하지만 도쿄로 돌아온 후 시바무라는 침묵을 지키며 나는 모든 것을 알고 있다는 식으로 과시했을 것이다. 미야코는 그저 전율할 뿐이다.

— 여기까지 쿠마시로와 아즈마의 생각이 일치했다.

15

하지만 이 다음 추리는 난항이었다.

"시바무라가 우미나리호를 타고 아부라츠보로 귀항한 것은 틀림없는 사실이고, 그때 그는 기절할 정도로 피곤했다고 항구 사람들이 입을 모아 말하니까요."

아즈마는 양손으로 머리를 떠받쳤다. 그도 헬리콥터설을 내긴 했으나, 현실감이 없다는 건 스스로도 잘 알고 있었다.

이때 쿠마시로는 시바무라의 '우미나리호는 사가미 만에서 고장났다'는 증언에 문득 멈추어 섰다. 추리의 하늘에서 갈피를 못 잡고 맴돌던 나비가 무심코 단서의 꽃 위에 앉은 것 같았다.

"자네, 아까 가설에서는 시바무라가 어떤 방법을 썼는지는 모르겠지만, 아무튼 돌아오는 코스인 사가미 만의 바다 위에서 와일드 자이브를 일으켜 우에다 고로를 죽인 게 아닐까 하는 것까지 왔지?"

"그렇습니다."

고개 숙인 아즈마는 머리를 감싸 안았다.

"하지만 그것도 좀 이상한 부분이 있어."

"뭐가 말입니까?"

얼굴을 든 아즈마는 쿠마시로의 입가를 쳐다보았다.

"그러니까 말일세, 만약 시바무라가 미야케지마에 상륙해서 하네다로 날아간 것을 영원히 묻어버리기 위해 우에다 고로를 와일드 자이브로 위장해 죽였다면 말이야, 그건 마나즈루 곶에서 훨씬 더 멀리 떨어진 바다에서 해야 하지 않겠나?"

"……"

"해안에서 먼 게 더 안전하잖아. 하지만 실제로 우미나리호가 와일드 자이브를 일으킨 것은 사가미 만에서 가까운 곳, 동경 139도 30분 직선상보다 훨씬 서쪽으로 벗어난 139도 11분 근처의 해상이라고 시바무라가 말했어."

그렇죠, 라고 말하듯 아즈마는 쿠마시로의 눈을 보며 끄덕였다.

"마나즈루 곶의 돌출부는 139도 10분 정도야. 즉 요트가 와일드 자이브를 일으킨 해상 위치와 매우 가까워. 시바무라는 그것을 키 조작 실수로 약간 서쪽으로 치우쳤다고 말했네만."

"……"

"그나저나 요트 클럽 녀석들에게 물어보니 시바무라의 실력은 상당하다고 하더군. 그 남자가 귀항코스에서 벗어나 와일드 자이브를 일으킬 정도로 키 조작 미스가 있었다고는 믿기 힘들어. 역시 이건 우에다 고로를 죽이기 위해 다른 요트가 달리지 않는 코스에서 벗어난 곳에 우미나리호를 대놓았다는 의심이 강해져."

"선배님 말씀의 의미는 알았습니다. 하지만 마나즈루 곶에서는 17일 아침, 요트가 해안 근처에 있는 것을 본 사람이 없어요. 아시다시피 항해 중인 배를 조사했지만, 이곳에도 마나즈루 곶에 다가온 요트를 보았다는 사람은 없습니다."

"어려운 게 바로 그 부분이야."

쿠마시로는 눈을 감았다.

역시 문제는 마나즈루 곶이라고 그는 생각했다. 카메라 잡지의 펼쳐진 페이지에 있던 '마나즈루 곶의 아침'이라는 사진 한 장. 사진에서는 한 인물이 바다를 향해 가고 있었다. 또 장작을 주우러 온 노파의 이야기로는 갈색 반팔 옷을 입은 남자가 낚시 도구를 들고 절벽 아래 오솔길을 걷고 있었다. 17일 오전에 시바무라가 같은 오솔길을 내려가지 않았다고 어떻게 장담할 수 있을까.

두 사람은 오래 침묵했다. 각자 모든 방법을 동원해 사건을 복원해보았다.

마침내 쿠마시로가 말했다.

"시바무라는 우미나리호를 미야케지마에도 마나즈루 곶에도 접안시키지 않았어. 그건 우리가 양쪽 해안을 보면 알 수 있지. 미야케지마 쪽에 사람이 적은 곳은 단안 절벽이라 배를 댈 수 없고, 요트가 들어갈 만한 만에는 어촌이 있어. 우리가 본 용암지대는 해안이지만, 그곳은 사람은 적어도 배는 댈 수 없고. 또다른 곳인 마나즈루 곶의 남쪽 끝은 단안 절벽이야. 암초가 많아서 요트가 들어갈 만한 곳이 못 돼. …… 지금껏 우리는 요트를 미야케지마 해안에 대고 거기서 시바무라가 상륙했다고 생각했지만 그게 아니었던 거야. 시바무라는 요트에서 바다로 뛰어들었어."

"뛰어들어요?"

"요트를 어느 정도 미야케지마 앞바다에 댄 후, 아마 3, 40미터 근처까지 와서 바다로 뛰어들어 어딘가 해안으로 헤엄쳐 갔을 거야. 그곳은 부근에 거의 사람이 없다는 것, 공항에서 그리 멀지 않다는 조건이 갖추어진 지점이지."

아즈마가 갑자기 미야케지마의 지도를 펼쳤다.

"어디쯤일까요?"

"잘 들어, 미야케지마의 공항이 가깝고 사람이 없으면서 요트를 대기 힘들 것 같은 해안이라면 사타드 곶의 북쪽에 있는 그 불길한 용암류의 아카바츠교의 거친 해안 아닐까."

"그렇군요."

아즈마는 지도를 응시하며 생각해보았다.

"그럼 시바무라는 입고 있던 셔츠와 바지를 요트 위에 벗어놓고 헤엄쳤을까요?"

"그렇겠지. 그 모습 그대로는 헤엄칠 수 없잖아. 게다가 시바무라는 아부라츠보로 돌아왔을 때, 레이스 요트에 타서 출발했을 때와 같은 복장이었으니까."

"하지만 시바무라가 교토 호텔에 나타났을 때는 제대로 양복을 입고 있었겠죠. 그건 어디서 갈아입었을까요."

"미야케지마겠지."

"미야케지마?"

"아즈마, 시바무라는 교토 호텔뿐 아니라 그전에 미야케지마 공항에서 하네다까지 비행기를 타고 갔으니까, 수영복 차림으로 탈 수는 없는 노릇 아니었겠나."

"즉 교토에 나타났을 때와 같은 복장이었다는 거군요."

"그래."

"그럼 그 사람에게는 공범이 있는 걸까요. 공범이 아카바츠교의 용암 위에 도착한 시바무라를 기다렸다가 수영복을 벗기고 준비해온 셔츠와 정장을 입혀줬을까요?"

"공범은 없어. 그게 이 사건의 가장 기묘한 부분이야."

"어디까지나 시바무라의 단독범행이라는 거군요."

"난 그렇게 생각하네."

"하지만 시바무라에게 공범이 있었다면 아주 좋겠네요. 저희가 계속 갖고 있던 커다란 의문 하나가 해결되는 거니까요."

"시바무라가 어떻게 16일 밤에 교토의 그 호텔에 아내가 소네 신키치와 묵고 있는 것을 알았나, 하는 수수께끼 말인가?"

"그렇습니다. 그걸 시바무라가 알고 있었으니까, 전례 없는 장

대한 알리바이를 생각했겠죠. 만약 공범이 있고 미야코와 신키치의 비밀스러운 교토행 계획을 파악하고 있었으며, 그걸 사전에 시바무라에게 알려줬다면 수수께끼는 금방 풀릴 텐데요."

"공범은 무슨 수로 미야코와 신키치의 비밀스러운 약속을 파악했을까."

"······."

"설령 공범이 미야코나 신키치의 뒤를 밟아서 교토까지 갔다가, 그 호텔에 들어가는 것을 보고 도쿄의 시바무라에게 전화했다고 해보세. 하지만 그때는 이미 시바무라는 요트를 타고 바다로 나갔어. 미야코는 아부라츠보에서 시바무라의 요트를 배웅했을 테니까. 그녀의 교토행은 그 다음이야."

"그렇군요. 설령 공범이 있다 해도 미야코와 신키치의 밀약은 알 수 없고, 물론 교토까지 미행해도 알려주는 건 불가능하네요."

아즈마는 고개를 크게 끄덕이고 대답했다.

"아즈마, 난 시바무라에게 공범은 없다고 판단했네. 그의 단독 범행이야."

쿠마시로는 짧아진 담배를 입에서 떼어 버렸다.

"우에다는 공범이라고 할 수 없어. 어떤 의미로 우에다는 우미나리호가 미야케지마를 반 바퀴 돌아 사가미 만의 와일드 자이브를 일으킨 지점에 올 때까지의 협력자였던 거야. 이 경우, 우에다는 시바무라의 미야코 살인 계획을 몰랐을 테니까 단순히 협력이라고 하는 수밖에 없지."

"시바무라의 협력자로서 우에다는 어떤 역할이었을까요."

"우선 그 사람은 미야케지마의 어딘가에서…… 우리의 추정으로는 아카바츠교지만, 그 연안 근처에 요트를 접안시키고 시바무라가 바다로 뛰어드는 것에 협력했겠지. 그 후에는 우에다 혼자 우미나리호의 키를 조작해 돌아오는 코스의 바다를 달렸을 테고."

"그리고?"

"음. 실은 그 다음이 안개 낀 것처럼 흐릿해. 그건 도쿄에서 교토까지 날아간 시바무라가 호텔에서 아내인 미야코를 데리고 나와 또 도쿄로 돌아온다, 그리고 돌아오는 바다를 달리고 있는 자신의 요트로 내려왔다는 수수께끼에도 관련되어 있지."

"시바무라는 어째서 우에다 고로를 협력자로 삼기 위해 그를 설득했을까요? 선배님은 시바무라가 우에다에게 아내 살인 계획을 말하지 않았을 거라고 했죠?"

"그야 물론 안 했겠지."

쿠마시로는 갑자기 느린 어조로 말했다.

"그럼 우에다에게는 뭐라고 설명해서 납득시켰을까요?"

"비행기로 미야케지마에서 도쿄로 가는 것 정도는 시바무라가 말했을 거야. 하지만 교토를 비행기로 왕복하는 것까지는 우에다에게 말했을지 안 했을지 모르겠군. 하지만 그 후에 시바무라가 아부라츠보를 향해 돌아오고 있는 요트로 돌아오겠다고 약속했어. 이유는 얼마든지 말할 수 있지. 요트 항구에서 녀석들

을 놀라게 만들어 주고 싶다는 게 가장 무난했을 거야. 물론 그
것도 그냥은 우에다가 들어주지 않았겠지. 우에다는 박봉의 회
사원이야. 시바무라는 돈이 있잖아. 역시 우에다가 협력한 건 돈
때문 아니겠나……."

"뭐, 거기까진 그렇다고 치죠. 시바무라가 미야케지마에 상륙
해서 비행기를 탈 때까지 협력한 건 알겠지만, 그럼 시바무라는
어떻게 항해 중인 요트 위로 돌아올 수 있었을까요."

"그거야."

쿠마시로는 그 질문을 예상하고 있었다는 듯 자신의 이마를
손바닥으로 두세 번 때리고 고개를 두세 번 저었다.

"그 부분이 골 때려."

그러자 이번에는 아즈마가 갑자기 말을 꺼냈다.

"선배님, 시바무라는 16일 밤늦게 아내인 미야코를 데리고 교
토에서 도쿄로 돌아왔죠. 물론 본인은 사실을 부정하고 있지만,
그것 말고는 달리 생각할 방법이 없으니까요."

"그건 틀림없어."

"16일 밤에 시바무라가 도쿄에 있었다면, 그는 미야코를 죽여
서 묻은 다음에 마나즈루 곶으로 가는 게 가능하지 않을까요?"

"그런가."

쿠마시로가 눈을 떴다.

"거기서 시바무라는 사람들이 모르도록 숲 속이나 풀밭에서
자면서 하룻밤을 지낸 겁니다. 아니면 그 판잣집 속에 숨어들어

서 잤을지도 모르죠. 여름밤이었으니 감기 걸릴 걱정은 없었을 테고요."

"과연, 그렇군."

"그리고 마나즈루 곶에서 그 장작을 줍는 할머니가 말한 것처럼, 시바무라는 절벽 위에서 지그재그 오솔길을 따라 아래로 내려갔죠. 대충의 시간은 우에다와 맞춰 놓았으니 우에다가 탄 요트가 다가왔겠죠. 시바무라는 미야케지마의 경우와는 반대로 아래 바위를 타고 바다로 뛰어들어, 약간 떨어진 곳에 서 있던 요트로 헤엄쳐 갔어요. 그리고 시바무라를 태운 우에다는 시바무라와 함께 요트를 조종해 앞바다로 나가지 않았을까요?"

"음, 음. 그럼 그 후로 이번에는 시바무라가 요트를 조종해서 우에다를 계획된 장소에 세우고 조종 실수로 보이도록 와일드 자이브를 고의로 일으킨다, 주돛의 활대는 급속도로 회전해 우에다를 때려 바다로 빠뜨린다……. 그렇게 되는 거군."

쿠마시로가 말했다.

"선배님 추측에 따르면 그렇게 되겠죠. 하지만 미야케지마의 경우, 요트에서 입고 있던 복장에서 어떻게 양복으로 갈아입었을까요? 마나즈루 곶에서는 그 양복을 벗고 다시 이전 차림으로 돌아가 요트 위에 있어야만 하는데. 이건 어떻게 한 걸까요. 게다가 마나즈루 곶의 경우는 시바무라가 벗어놓았다는 양복 유류품도 발견되지 않았어요. 양복을 입었을 때는 구두도 필요한데요."

"요트를 타는 사람은 수영도 잘해. 아마 시바무라도 수영을 제법 잘 할 거야. 내 추측이지만 시바무라는 미야케지마에서 바다로 뛰어들 때, 정장과 속옷, 와이셔츠, 넥타이, 그리고 구두와 양말 등을 전부 비닐봉투에 넣어 밀봉하고, 그것을 머리 위에 인 다음 해안까지 헤엄쳐가지 않았을까. 그러니까 그가 수영하고 있을 때는 수영복이 아니라 팬티 한 장만 걸친 알몸이었겠지."

"아, 그렇겠군요."

아즈마가 신음했다.

"그 모습으로 미야케지마의 아카바츠교 인근에 상륙한 그는 머리에 이고 온 짐을 내려 바로 옷을 입었지. 이때 우에다가 조종하는 요트는 해안에서 훨씬 떨어진 앞바다 코스를 향하고 있었을 거야. 양복으로 갈아입은 시바무라는 도쿄에서 온 관광객 행세를 하며 공항으로 걸어갔을 걸세."

"상륙한 곳은 사람이 없는 곳이라고 해도 공항까지 가는 도중에 지역 사람들이나 지나가는 사람들과 마주쳤을지도 모르잖아요?"

"그것까지는 아직 조사하지 않았으니까. 우리는 미야케지마의 경찰에게 부탁해서 요트가 접안하는 것을 목격한 사람만 찾아봤지 않나. 따라서 요트가 해안으로 다가와도 알 수 없는, 인적 없는 아카바츠교가 역시 가장 유력하겠지. 공항까지 약 2킬로 정도인가?"

"네, 그렇죠."

"지금부터 한 번 더 미야케지마 경찰에게 부탁해서 16일 오후 2시부터 3시 반 사이에 그 주변 길을 지나간 신사를 보지 못했냐고 물어보면, 어쩌면 목격자가 나올지도 몰라. 하지만 별로 인상에는 안 남아 있을지도 모르겠군. 미야케지마에는 도쿄 쪽에서 온 낚시꾼들이 많이 타고 있었듯이, 섬의 관광객들도 그리 특이하지는 않으니까……."

이야기하는 도중 쿠마시로의 말투가 묘하게 느려졌다. 어쩐지 흐리멍덩해지더니 목소리도 조그맣게 잦아들었다. 아즈마가 이상한 생각이 들어 쿠마시로의 얼굴을 바라본 순간, 쿠마시로가 갑자기 눈을 크게 뜨고 말했다.

"그래, 마나즈루 곶의 갈색 반팔 셔츠를 입은 남자다."

"갈색 반팔을 입은 남자요?"

"장작 주우러 간 할머니가 본 남자 말일세. 한 손에 낚시도구를 들고 한 손에 감색 보자기를 들고 있었다는 그 사람. 날짜는 17일, 시간은 아침 8시경……."

"이유는요?"

"갈색 반소매와 감색 보자기지. 그 경우 시바무라는 입고 있던 양복에서 그 옷으로 갈아입은 거야. 알았나? 그는 미야케지마의 해안에서 배에서 바다로 뛰어들 때, 양복이랑 같이 갈색 셔츠를 비닐에 넣었던 거겠지. 무엇보다 갈색 반소매 셔츠 한 장이랑 등산모자 정도니까 양복이랑 같이 쌀 수 있어. 그 비닐 봉투를 머리에 이고 왔을 거야."

"……."

"교토에서 하네다로 돌아온 시바무라는 자네 말대로 미야코와 같이 택시를 타고 소네 신키치의 집 근처까지 가서, 어둠을 틈타 소리도 내지 못하는 미야코를 목 졸라 살해했지. 그리고 그 현장에서 묻었어. 그 흉악한 범죄를 저지른 후, 준비한 낚싯대를 꺼내 들고 길에 나와 다시 택시를 잡아, 요코하마 근처까지 가서 다른 택시로 갈아타고 마나즈루 곶까지 갔을 걸세. 일부러 동네에서 내려 걸어서 곶의 돌출부까지 가는 거지. 택시를 타고 밤중에 그런 곳까지 가는 것도 부자연스러우니까. 심야의 동네에서 내리면 택시기사도 근처 집으로 돌아간다고 생각했을 거야. 그날 밤 시바무라는 곶의 숲 속에서 하룻밤을 보냈어. 어쩌면 그 여름귤을 파는 작은 가게 안에 있었을지도 몰라."

"거기서 정장 윗옷과 와이셔츠를 벗고 갈색 반팔 셔츠로 갈아입었다는 거군요?"

"그래. 쥐색 등산모자도. 반팔 셔츠의 갈색과 등산모의 쥐색은 멀리서 보면 단안 절벽 색과 비슷해서 사람 눈에는 잘 띄지 않아. 시바무라는 그것까지 계산했겠지. 검은색 바지는 그대로고."

"그렇군요."

"그리고 목격한 할머니는 그 남자가 낚싯대를 가지고 한 손에는 감색 보자기를 들고 있었다고 했어. 그 보퉁이를 할머니는 도시락이라도 들었을 거라고 생각했지만 실은 벗은 정장을 뭉쳐서 싼 걸 거야."

"아, 그렇구나."

"8시가 넘어 미리 얘기한 대로 우에다가 모는 우미나리호가 미츠이시 앞바다로 오지. 시바무라는 반팔 셔츠, 모자, 바지를 벗어 감색 보퉁이와 비닐봉투에 넣고 꼼꼼하게 밀봉해 머리에 얹은 채 팬티 한 장만 입고 바다로 뛰어들었어. 그리고 연안에 가까이 온 요트로 헤엄쳐 갔을 거야."

"낚싯대는 바다에 버렸겠죠?"

"그래. 낚싯대 정도는 바다에 밀려 어디론가 가버릴 테니까. 등산모자도 같이 바다에 버렸을지도 몰라. …… 그 절벽으로 가는 길을 아침 일찍 걸어가는 것을 도중에서 사람들이 봐도 수상하게 여기지 않도록 낚시 도구를 준비했겠지."

"그리고 시바무라는 요트 위로 올라와서 벗어 두었던 이전 옷으로 갈아입고, 앞바다의 적당한 곳으로 가서 자기가 배 어미로 가서 키를 잡는다. 적당한 곳에서 뭔가 핑계를 대고 우에다 고로를 딱 주돛의 활대가 닿을 위치에 세워놓은 다음 와일드 자이브를 일으켜서 그를 죽였다는 말이군요."

"대충 그 추리가 맞을 것 같네."

쿠마시로가 말하자 아즈마는 크게 숨을 내쉬었다.

"정말 엄청난 스케일의 트릭이군요. 여태 그 누구도 생각한 적 없는, 공간과 시간을 고려해서 짠 알리바이네요."

"알리바이로서는 이런 건 처음이야. 지금껏 아무도 생각한 적 없겠지."

지금까지는 어떻게든 알았지만 나머지는 어떻게 해서 그 뒤를 받쳐줄 증거를 잡는가 하는 것이었다.

미야케지마에서도 요트가 연안까지 와서 사람이 올라오는 것을 본 사람은 없고 마나즈루 곶에서도 역시 돌출부 절벽 아래의 바닷가에서 누군가 헤엄쳐서 요트로 가는 것을 본 사람은 없다. 이 두 곳은 목격 사각지대인 것이다. 하긴 이 가능성에는 큰 행운이 편을 들어줘야 한다. 만약 둘 중 한곳에서 단 한 척의 어선이라도 지나가다 절벽 근처에 있는 요트를 목격했다면, 이 알리바이는 끝장이다. 하지만 계획이란 가장 가능성 높은 것을 목표로 짜게 마련이다.

그 다음은 16일 오후 5시 이후 오사카편으로 하네다에서 출발한 손님 중에 타나카 야스오가 없었는가 하는 문제다. 마찬가지로 같은 날 오후 9시 반 이후 이타미발 도쿄편에 신원을 알 수 없는 남녀 두 승객이 없었는가이다.

두 항공회사에 문의해 봤지만, 타나카 야스오의 이름은 없었다. 또한 하네다발 오후 5시 이후 오사카 편 승객 리스트와 이타미에서 그날 밤에 도쿄로 돌아가는 승객 리스트를 뽑아서, 수사원들이 그 한 사람 한 사람을 전화나 다른 방법으로 조사한 바, 그중 여섯 명이 가명으로 탔다는 것을 알아냈다. 여객기가 점점 안전해지면서 사고를 염두에 두지 않는 사람들이 모종의 사정으로 여관이나 호텔 장부에 본명을 쓰지 않게 된 것으로 보인다.

"희한한 곳에서 여객기의 신용도가 나오는군."

쿠마시로가 쓴웃음을 지었다.

"이 여섯 명 중에 시바무라와 미야코가 섞여 있는 거겠지."

뽑아낸 신원불명의 여섯 명 이름을 노려보았다.

16일 오후 5시발 오사카행 ANA 안에 남녀 한 팀과 그날 밤 이타미발 9시 40분 도쿄행 JAL에 남녀 한 팀이 있었다.

나이는 오사카행 남자가 52세, 여자가 27세였고, 밤에 돌아오는 비행기는 남자가 32세, 여자가 26세로 되어 있었다.

"돌아오는 건 이 남녀일 거야. 주소는 다르지만 아마 시바무라와 미야코겠지. 탑승 신청할 때는 시바무라가 공항 카운터에서 썼을 것임에 틀림없어. 또 오후 5시발 오사카행은 남은 승객 속에 시바무라가 들어있을 거야."

"그 경우 시바무라는 오른손 손가락에 붕대를 하고 이케부쿠로 교통공사에서 예약했을 때와 마찬가지로 접수처 직원에게 쓰게 만들었을 테니 손가락에 붕대를 한 손님에 대해 물어서 그 녀석을 찾으면 되는 거군요."

쿠마시로는 아즈마의 말에 동의하고 ANA 쪽을 조사했다.

손가락에 붕대를 감아서 직원에게 탑승 신청서에 대필을 부탁한 남자가 있었다는 사실을 알아냈다. 하네다 공항에서 16일 오후 5시 오사카편이 출발하기 전이다. 이 편은 손님이 별로 없기 때문에, 언제든 자리를 잡을 수 있다.

"아무래도 그 인상이 잘 기억나진 않지만, 분명 선글라스를 낀 사람이었던 것 같아요."

평범한 체격에 정장을 입은 사람이었다는 것이 담당자의 희미한 기억이었다.

다음으로 JAL에 부탁해 이타미 공항 담당자에게 전화 문의를 한 결과, 같은 남자가 도쿄행 비행기가 뜨기 전에 와서 역시 손가락을 다쳤으니 대필해 달라고 직원에게 부탁하고, 남자 이름과 여자 이름을 쓰게 했다고 한다. 남자 이름은 둘 다 타나카 야스오가 아니라 각각 달랐다. 여자 이름도 물론 미야코가 아니었다.

"어떻게 해야 시바무라와 이 붕대 손가락의 남자를 일치시킬 수 있을까."

쿠마시로도 아즈마도 생각에 잠겼다. 한 발자국만 더 나아가면 된다.

담당자가 인상을 기억하지 못하니 시바무라의 사진을 보여주며 용의자 얼굴을 확인시키는 것은 효과가 없었다. 말하자면 목격자는 한 사람도 없는 것과 마찬가지인 셈이다.

게다가 전부터 조사했던 택시 관계 수사 결과가 나왔다. 16일 오후 10시 이후, 미야코가 죽은 현장 가까이까지 시바무라와 미야코 같은 남녀를 태워다 준 택시는 발견되지 않았다고 한다. 그가 오사카에서 하네다 공항으로 돌아오면, 공항 앞에 줄 서 있는 택시를 이용했겠지만, 당일 밤, 그곳에서 손님을 기다리고 있던 택시를 전부 조사해도 기억하고 있다는 택시기사는 한 사람도 없었다.

더군다나 시바무라는 미야코를 죽인 후 아마 카미우마의 자택에서 낚싯대를 가져 나와 택시를 타고 마나즈루 곶으로 달려갔을 테니, 수사본부에서는 그 시각에 그의 집 근처에서 마나즈루까지 간 택시에 대해 조사했다. 하지만 이것 역시 단서가 없다. 마나즈루는 어쨌든, 도중에 그가 갈아탔을 것도 생각해서 관외에 각각 수배해보았지만, 나서는 택시기사는 없었다. 손님 얼굴을 기억하진 못하더라도, 낚싯대를 가지고 있으면 기사에게 그 인상이 남았을 것이다.

만약 시바무라가 마나즈루 곶으로 가는 도중에 낚싯대를 사려 했다고 해도, 심야라 가게는 닫았을 테고 이른 아침이라 역시 아직 문을 열지 않았을 것이다. 사실 마나즈루 곶의 낚시도구 가게에 물어보았지만 소용없었다.

그럼 시바무라는 자가용으로 가지 않았을까. 그렇다면 하네다 공항에 그 자가용을 주차시켜 놓아야만 하고, 또 마나즈루 곶까지 갔을 때 그가 요트에 타기 위해 그곳에 세워둔 자가용이 인근에서 발견되어야만 했다. 하지만 그런 보고는 없었다. 공범이 없으니 그를 공항에서 메구로 살인현장까지, 그리고 그곳에서 마나즈루 곶까지 태워준 제삼자의 차는 없다.

택시 수색에 기대를 걸고 있던 두 사람은 여기서도 실망했다.

16

둘 다 머리가 마비될 정도로 생각하다 쿠마시로가 문득 말했다.

"시바무라는 14일 낮에 이케부쿠로 교통공사에 나타났을 때, 검지와 중지에 붕대를 감고 있었어. 자기 필적을 남기지 않으려는 용의주도함으로, 담당자에게 탑승권 신청서 대필을 시키기 위해서겠지. 그렇다면 그는 자기 집에 있는 붕대를 썼을지도 모르지만, 약국에서 샀을 가능성이 높아. 자기 집에 있는 걸 쓰면 아무래도 아내 미야코에게 시켜서 꺼내달라고 해야 할 테고, 그럼 딱히 손가락을 다치지도 않았으니 이유를 댈 수 없을 테니까. 그가 붕대를 산 곳을 조사해보면 어떻겠나?"

아즈마가 이 말에 바로 반응했다.

"좋은 생각입니다. 시바무라는 그 붕대를 직접 샀을 거예요. 그리고 스스로 손가락에 감았을 겁니다. 상처 입지 않은 곳에 감은 것이니 다른 사람에게 부탁할 수 없었겠죠. …… 하지만 그 14일 이전에 시바무라가 어디서 붕대를 샀는지, 약국을 찾는 건 보통 수고로운 일이 아닐 것 같은데요."

아즈마는 이런 생각을 하고 약간 지겨워하는 눈치를 보였다.

"뭐, 그렇게 고생스럽진 않을 걸세. 아마 그는 간단하게 근처 약국에서 샀을 거야. 설마 그걸로 덜미가 잡혀 우리 수사 대상이 되리라고는 생각 안 했겠지. 안이한 생각으로 집과 가까운 산겐차야 근처에서 간단하게 구입하지 않았을까."

"그렇군요. 그럴 가능성이 높겠어요."

아즈마는 바로 활기를 찾았다.

"그렇든 아니든 근처 약국부터 문의해보는 게 정공법이지. 설령 허탈하게 끝난다 해도 말이야."

"아니, 가능성은 있을 것 같습니다."

아즈마가 흥분해서 말했다.

"그런데 선배님, 예의 그 낚싯대 말인데요, 그것도 시바무라가 카미우마 자택에 있는 것을 메구로에서 미야코를 죽인 후에 가지고 왔을지도 모른다고 했죠. 그 낚싯대도 어쩌면 그의 집에서 그리 멀지 않은 낚시가게에서 샀을지도 모르겠네요. 약국을 찾는 것보다 낚싯대를 파는 가게가 훨씬 적으니까 쉬울 거예요. 그가 살고 있는 카미우마 근처를 찾으면 나올 것 같은데요. 좋은 생각이 하나 떠오르니 묘안이 줄줄 딸려 나오네요."

두 사람은 곧 붕대와 낚싯대를 찾으러 나섰다.

붕대는 시바무라의 집에서 네다섯 구간 떨어진 산겐차야의 작은 약국에서 사실을 확인했다.

"14일 아침 10시경이었을 거예요. 시바무라 씨가 가게에 와서 붕대를 달라고 하셔서, 한 묶음 드렸죠. 그때 어디 다치셨냐고 물었더니, 그냥 좀, 하고만 대답하고 그대로 주머니에 넣고 나가버리셨어요."

조제사용 하얀 가운을 입은 주부 약사가 말했다.

"드디어, 이걸로 시바무라를 추궁할 수 있겠네요."

아즈마가 가게를 나온 후 환호성을 질렀다.

"음. 아무래도 막판에 접어든 것 같아."

"남은 건 낚싯대네요."

그것도 2시간 후에 찾을 수 있었다. 시바무라의 집에서 제법 떨어진 시부야 역에서 가까운 곳이었지만, 밤에 낚싯대 하나를 사러 왔던 사람이 형사들이 말하는 시바무라의 인상과 비슷하다고 했다.

　"낚싯대만 사고 미끼는 안 사가셨어요. 그 외에도 바늘도 실도 있는데 그것만 필요하시냐고 물었더니 시험 삼아 써보는 거니까 뭐, 이거 하나면 되겠지라고 그 사람이 말했습니다."

　어탁 액자가 걸린 가게의 주인이 말했다.

　"자아, 드디어 막바지네요. 이 두 가지로 시바무라를 잡을 수 있겠어요."

　"아니, 꼭 그렇지도 않아."

　들떠서 말하는 아즈마를 쿠마시로가 진정시키듯 말했다.

　"붕대랑 낚싯대 건만으로는 아직 약해. 그건 확실한 증거라고는 할 수 없으니까."

　"하지만……."

　"이케부쿠로의 백화점에 있는 교통공사에서 그 표를 산 것이 손가락에 붕대를 한 남자라고 해도, 그게 그 약국에서 붕대를 산 시바무라와 동일인물이라는 것을 입증할 순 없어. 교통공사 담당자는 얼굴을 기억 못하니까 말이야. 또 낚싯대를 시바무라가 샀다고 해서, 노파가 본 마나즈루 곶의 남자가 시바무라라고 단언할 수는 없어. 즉 사실을 뒷받침하는 건 대부분 우리의 추리지, 사실과 사실의 일치는 아니야. 사실과 추리의 조합이지.

그러니까 이것만으로 검사가 기소할지 어떨지는 몰라. 검사는 이 정도 증거로는 공판을 유지할 수 없다고 할 거야."

"그럼 어떡하죠? 이 이상 그를 궁지에 몰 도구는 없는데요."

"그렇지, 이걸로 시바무라의 자백을 이끌어내는 수밖에. 입증으로는 약하지만 그의 심리를 동요시킬 강한 증거라고는 할 수 있겠지. 뭐 아무튼 해보긴 하겠지만 어려울 거야. 아직 우리도 풀지 못한 큰 수수께끼가 있으니까."

"시바무라가 신키치와 미야코가 16일 밤, 교토의 그 호텔에 가는 것을 어떻게 알았을까 하는 것 말이군요."

"그건 아무리 생각해도 모르겠어. 이건 시바무라만 알고 있을 거야. 본인의 자백 없이 우리끼리만은 해결할 수 없는 벽이지."

"아무튼 시바무라를 심문해보죠. 그 반응을 보면 뭔가 방법을 찾을 수 있을 겁니다."

아즈마가 바로 일어나, 시바무라가 경영하는 XX금속으로 전화했다.

"사장님은 하코네의 별장에 계십니다. 아직 건강이 충분히 회복되지 않아서, 어젯밤부터 일주일간 요양하러 가셨습니다."

비서과 직원이 대답했다.

"그렇군요. 거긴 누군가 동행이 있나요?"

"아니요. 사모님께서 안 좋은 일을 당하셔서 사장님 혼자 계십니다. 식사는 바로 옆에 있는 유즈키 여관이라는 곳에서 배달해줍니다."

"별장은 하코네 어디에 있죠?"

"고우라입니다만."

"전화번호를 알 수 있을까요."

아즈마는 번호를 메모하고 쿠마시로 곁으로 돌아갔다.

"지금 몇 시지?"

"5시 10분 전입니다만."

"그럼 저녁 식사 시간이 얼마 남지 않았으니 시바무라는 별장에 있을지도 모르겠군. 일단 전화를 걸어볼까. 그 후에 몸 상태는 어떤지, 안부 인사처럼 물으면 그리 경계하진 않을 걸세."

"그렇군요."

아즈마는 메모한 번호로 전화를 했다.

쿠마시로가 옆에서 지켜보았지만, 아즈마는 수화기만 귀에 댄 채 계속 입을 열지 않았다.

"왜? 안 받나?"

"네, 신호는 가는데요."

"집안사람이 없다니까, 본인이 외출하면 별수 없지. 1시간쯤 후에 다시 걸어볼까."

"그보다 식사를 배달해 준다는 유즈키 여관이라는 곳으로 전화해보면 어떨까요. 그곳에 밥을 먹으러 갔을지도 모르니까요."

"그것도 그렇군."

아즈마는 전화국에 유즈키 여관의 번호를 문의해서 전화를 걸었다. 하지만 금방 수화기를 내려놓았다.

"이상하네요. 여관에서는 어제 저녁에 시바무라의 별장으로 식사를 배달했지만, 그때 내일 아침부터 잠시 여행을 떠날 테니 식사는 당분간 필요 없다고 말했답니다. 지금 그 별장에는 사람이 없는 모양이에요. 선배님. 시바무라가 혹시 눈치를 채고 도망친 게 아닐까요?"

아즈마는 눈을 빛냈다.

"음."

쿠마시로는 가만히 책상 위를 응시하다가 뭔가 낌새를 알아차린 듯 일어났다.

"아즈마, 당장 고우라로 가세."

매우 격앙된 목소리였다.

"그렇군요. 일단 집 안을 보면 그가 어디에 갔는지 알 수 있을지도 모르겠네요."

아즈마는 이렇게 말했지만, 쿠마시로의 생각과는 달랐다.

두 사람은 오다큐 전철을 탔다. 전철 안에서 아즈마가 말했다.

"만약 시바무라가 도주했다면, 무척 감이 좋은 녀석이겠군요. 하지만 도망치면 자기 무덤을 파는 꼴일 텐데요."

쿠마시로는 심각한 표정으로 창밖을 보고 있었다. 아즈마에게는 그게 범인의 도망을 염려하는 선배 형사의 표정으로밖에 보이지 않았다.

유카타 차림의 여관 손님들이 몇 명이나 산책하고 있는 유모토에서 고우라까지 택시를 타고 갔다. 미야노시타의 언덕길을 빙

글빙글 돌아 올라간 택시는 유즈키 여관 앞에 멈췄다.

"시바무라 씨의 별장은 어디죠?"

아즈마가 현관에서 여직원에게 물었다.

"네, 바로 저쪽입니다."

직원이 밖으로 나와 오른쪽을 가리켰다. 여관에서 약간 떨어진 곳에 별장으로 보이는 건물이 현관 불빛 그늘 아래 나란히 서 있었다.

쿠마시로가 수첩을 꺼냈다.

"죄송하지만 시바무라 씨의 집을 둘러보는데 입회인이 되어 주셨으면 합니다."

여자의 표정이 변했다.

쉰을 넘은 듯한 주인이 불안한 표정으로 나왔다.

"실례합니다. 경시청에서 나왔습니다만, 시바무라 씨는 오늘 아침부터 여행을 가셨다고 하더군요."

"네. 확실히는 모르지만 그런 일로. 오늘 아침부터 식사 배달은 당분간 안 해도 된다고 하셨습니다."

"사정이 있어서 별장 안을 보고 싶습니다. 안내해주시겠습니까?"

여관 불빛이 꺼지자 현관 조명만 켜진 별장이 늘어서 있는 적적한 길이 되었다. 검은 골짜기 바닥에는 미야노시타에서 토우노사와 근처의 여관 빛이 조그맣게 빛나고 있었다.

시바무라의 별장은 그리 크지 않았다. 단층의 낮은 일본 저택이었다. 유즈키 여관의 주인 말에 따르면 5, 6년 전에 살던 사람이 시바무라에게 양도해 줬다는 별장은, 척 보기에도 중소기업 사장의 집 같았다.

"혹시 열쇠를 맡아두셨습니까?"

쿠마시로가 주인에게 물었다.

"아니요. 시바무라 씨가 여행을 가실 때면 늘 저희 쪽에 맡기십니다만, 이번에는 깜빡하셨나 봅니다. 지금은 없습니다."

"그럼 덧문을 뜯어내고 들어가죠."

쿠마시로가 눈짓을 하자 아즈마가 손전등을 비춰 덧문을 비틀어 열기 시작했다. 여관 주인은 걱정스러운 표정으로 그 작업을 지켜보았다.

5분쯤 지나자 그 덧문 한 장이 벗겨졌다. 안의 조명은 물론 꺼져 있었다. 아즈마, 여관 주인, 쿠마시로 순서로 마루로 올라갔다.

"응? 모기향 냄새가 나네요."

방 안에서 희미한 냄새를 맡은 아즈마가 말했다.

"이상하네요. 여긴 모기향을 피울 필요가 없을 텐데……."

주인이 말했다.

"이봐, 이건 모기향이 아냐. 그냥 일반 선향이지."

쿠마시로는 빠르게 말하고 방 안으로 들어가 길고 하얀 것에 손전등을 비췄다.

동그란 불빛 속에서 나타난 것은 여름 이불을 덮고 베개를 벤 채 반듯하게 누워 자고 있는 남자의 얼굴이었다. 눈은 감고 있었지만 입은 벌리고 있었다.

"아, 시바무라 씨."

주인이 큰 소리로 외쳤다.

머리맡에는 청자 선향꽂이가 놓여 있었고, 하얀 재가 쌓여 있었다. 세 사람은 희미한 냄새를 맡았다.

쿠마시로가 이불 옆에 무릎을 꿇었다.

"청산가리군."

그는 중얼거렸다. 목소리에는 후회와 낙담이 섞여 있었다.

시바무라의 유서에 적힌 그의 수기 일부.

'……요트는 사비가하마 앞바다를 남하해서 마바나를 돌아 니츠바나에 닿았다. 바람이 점점 거세게 불자 리프reef, 바람이 거세졌을 때 돛을 줄여 배의 안정성을 보완하는 것해서 달렸다. 니츠바나 물가에선 갯바위낚시를 하는 사람이 보였지만 다른 곳은 바다가 거칠어서 그런지, 남쪽 해안선에는 사람 그림자라고는 보이지 않았다. 섬의 남쪽인 츠보타 항구를 돌 즈음에는 바람은 잠잠해지고, 3미터에서 4미터 정도의 순풍이 되었다. 우에다 고로에게 말해 요트를 해안으로 접근시켰다. 카마카타라는 암벽 바로 위가 비행장이다. 이리 헤엄쳐 오자고 생각해 요트를 대보았지만, 이 주변은 우뭇가사리 건조장이 있어서 그런지 여자들이 여러 명 보여서 포기했다. 바로 위의 약간 높은 곳으로 비행장의 홍백 깃발이 바람에 휘날리고 있는 것이 보였지만 이곳에는 상륙할 수 없다. 그대로 북상해서 미이케하마의 해수욕장을 왼쪽으로 보면서 사타드 곶의 등대 밑으로 나갔다. 이 곳을 돌면 섬의 풍경은 누적된 용암에 의해 완전히 변한다. 암갈색 용암의 질감이 그대로 드러나 눈앞에 펼쳐졌지만, 보이는 범위 내에는 사람이 한 명도 없었다. 요트를 대기에는 제법 괜찮았다. 수심이 갑자기 깊어지기 때문에, 해안에 뛰어내릴 수 있을 정도로 요트를 접근시킬 수 있었다. 하지만 안전을 기해 역시 10미터 정도 떨어진 곳에서 헤엄을 쳐서 갔다. 배에 지금까지 입고 있던 옷을 벗어놓고, 머리에 비닐 봉투를 동여맸다.

용암 절벽에 상륙해서 잠시 걸어가니 용암지대 사이에 노천탕이 있었다. 노천탕이라고 해도 물웅덩이 같은 느낌이라 집 한 채 없었고, 장소가 장소인 만큼 온천을 하는 사람도 없었다. 이 물에 들어가 몸에 묻은 소금기를 씻어냈다. 머리에 매고 헤엄친 비닐봉투 속에 든 와이셔츠, 넥타이, 정장, 그리고 양말과 구두를 꺼내 착용했다. 비행장 근처까지 걸어가서야 겨우 사람들을 만났지만, 도쿄에서 온 관광객이라고 생각했는지 딱히 수상쩍게 여기지는 않았다. 배에서 헤엄쳐서 왔으리라곤 꿈에도 생각 못 했겠지. 나는 양복 주머니 안에 넣어 둔 짙은 선글라스를 꼈다. ……

(중략)

…… 16일 밤 10시 20분 하네다 도착 비행기로 미야코를 교토에서 데리고 돌아왔다. 자가용은 공항 앞 무료주차장에 닷새 전

부터 세워 두었다. 이 주변은 7, 8일간을 내버려두는 차도 많기 때문에 아무도 이상하게 여기지 않는다. 주인들은 여기에 차를 내버려둔 채 비행기를 타고 어딘가로 떠났다. 미야코를 차 조수석에 태우고 메구로를 향해 달렸다. 미야코는 교토에서 만난 이후 창백한 표정을 지은 채 양처럼 얌전히 있었다. 신키치와의 일을 내가 눈치챘는지 끊임없이 살피는 눈초리다. 그녀는 교토 호텔 전화번호를 적은 수첩을 내가 몰래 봤다는 것을 전혀 알아차리지 못했나 보다. 호텔 이름은 없었지만 교토 전화번호만으로 나는 대충 눈치를 챘다. 그녀가 전에 다이몬지를 보고 싶다고 했던 것을 떠올린 나는, 16일 밤 내가 요트 레이스에 나가 있는 동안에 신키치와 함께 교토에 가리라는 것을 짐작했다. 내 추측이 맞았다.

…… 소네 신키치의 범행으로 보이도록, 미야코의 시체를 잡목림에 묻고 길에 세워둔 차에 탔다. 감색 보퉁이에 싼 갈색 반팔 셔츠, 쥐색 등산모와 준비해 둔 낚싯대가 차에 들어 있다. 오전 1시쯤에 출발했다.

심야라 토카이도에는 차가 별로 없어서 오다와라, 유모토를 경유해서 도쿄에서 고우라의 별장까지 오는데 3시간밖에 걸리지 않았다. 별장 근처의 공항에 차를 주차했다. 여름에는 하코네로 놀러 온 사람이 이곳에 사흘이건 나흘이건 차를 내버려둬도 아무도 수상하게 여기지 않는다는 것을 알고 있었기 때문이다. 내 차는 2, 3일 후 카미우마 자택에 가져다 놓으라고 회사 직원에게 말해 두었다. 갈색 반팔 셔츠로 갈아입고 등산모를 쓴 후, 감색 보자기에 상의와 비닐 봉투를 넣고 낚싯대를 든 채 미야노시타까지 걸어갔다. 아침 5시 반쯤 되면 인근 여관의 주방장들이 삼륜 바이크로 마나즈루 어시장으로 장을 보러 가는 것을 전부터 알고 있었기 때문에 도로에 서 있다가 그중 한 대에 편승을 부탁했다. 이 주변 여관 주방장들은 당연히 내가 누구인지 모른다. 어딘가 별장 사람이라고 여겨 낚시꾼 차림인 나를 흔쾌히 태워 주었다. 이렇듯 여관의 삼륜 바이크와 소형 트럭들은 이 시간이면 종종 지나다니기 때문에 편승은 계산에 넣어두었다. 택시는 나중에 발목을 잡힐 우려가 있다.

마나즈루초의 어시장 앞에 도착한 건 6시 반경, 그곳부터 낚싯대와 보퉁이를 들고 곶으로 걸어갔다. 해는 이미 중천에 떠 있다. 도중에 누가 나를 본다 해도 이 낚시꾼 차림을 수상하게 여기지 않을 것이다.

여름귤을 파는 판잣집 근처에 도착한 게 7시 20분경. 우에다가 타고 있는 우미나리호가 미리 말해둔 곳으로 들어올 때까지 1시간 이상 여유가 있어 숲에서 잠시 쉬었다. 어제는 한숨도 못 잤기 때문에 깜빡 잠이 들지 않도록 주의했지만, 흥분한 탓인지 그럴 필요는 없었다. 이 정도라면 요트에 다시 타서 계획을 수행하고 항구로 돌아갈 때쯤 피로가 심해질 것이다.

8시쯤에 몸을 일으켜 숲에서 나왔다. 절벽 오솔길을 내려가기 전, 뒤에서 사람 발걸음 소리가 났지만 돌아보지 않았다. 인근 사람이겠지만 얼굴을 보여서는 안 된다. 일부러 어깨의 낚싯대를 흔들며 그대로 바다 쪽을 향해 내려갔다.

바닷가의 바위 그늘에 몸을 숨기고 40분 정도 기다리자, 미츠이시 암초들 너머 수평선에서 우미나리호의 돛이 모습을 드러내더니 무슨 의식이라도 되는 것처럼 이쪽으로 다가왔다. ……'

증언의 숲

1

그 범죄는 1938년 5월 20일 오후 6시 반경, 피해자의 남편인 아오자 무라츠구(당시 31세)가 인근 파출소에 출두하여 신고하면서 발각되었다. 그가 직장인 칸다구 칸다 XX번지 토호 면사綿絲 주식회사에서 귀가해 보니, 아내인 카즈에(당시 27세)가 누군가에게 교살당해 있었다고 했다.

파출소 순경은 바로 이 일을 본청에 전화로 보고하고, 신고자인 아오자 무라츠구를 따라 그의 집으로 갔다. 아오자의 집은 나카노구 N초 XX번지, N역에서 서남쪽으로 1킬로미터 지점으로 25, 6채 정도의 집이 모여 있는 주택지에 있었다. 이미 그 집 문 앞에는 아내 카즈에의 아버지인 이시다 주타로와 어머니 이시다 치즈루가 무라츠구의 연락을 받고 와 있었다. 아오자 무라츠구는 집에 와서 아내 카즈에의 시체를 발견하고 장인장모에게 연락한 후, 파출소에 신고한 것이었다.

현장을 방문한 관할서의 오오미야 카즈타미 경위가 작성한 검증조서에 의하면 그 모습이 다음과 같이 적혀 있었다.

현장은 추오선 N역에서 봤을 때 왼쪽의 N초 XX번지로, 타오카 우유가게와 하세가와 지로의 집 사이에 있는 폭 2미터의 골목을 약 60미터 정도 들어간 뒤, 그곳에서 약 16미터 정도 더 들어간 곳에 있는 목조 단층 주택이며 입구에는 높이 6척 정도의 쪽문이 있었다. 그 쪽문을 따라 같은 높이의 벽이 현장을 둘러싸고 있었다. 부근 일대는 중산층 주택이 늘어서 있었다. 현장 근처는 주택이 밀집해 있고 양옆으로 폭 1미터 정도의 골목으로만 구분되어져 있었다.

현관에는 유리 격자문이 있고, 현관 봉당은 가로 한 칸, 세로 반 칸 정도의 콘크리트 바닥이었다. 현관에서 들어가면 3첩다다미를 세는 단위. 다다미 두 장이 약 1평 다음 6첩, 그 다음이 8첩 방이다. 실내 문단속 상태를 보면, 주방과 안쪽 8첩 방의 동쪽 유리문은 둘 다 내부에서 잠겨 있었지만, 8첩 방과 6첩 방 남쪽은 장지문 한 장만 닫아 놓았을 뿐 덧문은 열려 있었다. 현장검증 때, 현관 왼쪽 구석 마룻바닥 위에 대나무 껍질로 싼 미소된장 백 문&sai;. 일본의 중량 단위. 1문은 약 3.75g이 놓여 있었다.

6첩 방 왼쪽(현관 3첩 방에서 봐서)에는 장롱 두 짝이 있었고 중앙에는 식탁이 있었는데 그 위에는 5월 21일자 석간당시는 익일 석간을 전날 저녁에 배달했다이 1면을 위로 하여 놓여 있었다. 그리고 식탁 밑에는 휴지 네 장이 있었는데, 그중 세 장은 새것인 채로 주름 하나 없었지만 다른 한 장은 무엇인가를 닦은 듯 주름이 가 있었다. 그리고 식탁 오른쪽에는 아무렇게나 풀어놓은 오비기모노를 입을 때 허리에 두르는 띠와 하얀 타비일본식 버선 한 짝이 나뒹굴고 있었다.

모습을 보아하니 피해자인 카즈에는 다테마키오비 밑에 두르는 좁은 속띠만 두른 상태로 8첩 방 왼쪽 구석의 책상 옆에 천장을 보고 쓰러져 있었다. 얼굴을 약간 오른쪽으로 돌리고, 양손은 좌우로 뻗었으며, 두 다리를 대大자로 벌린 채 양쪽 무릎 아래를 훤히 드러내고 있었다. 피해자의 머리 오른쪽에 여성용 견직 홑옷이 뭉쳐져 놓여 있었지만, 이 옷은 피해자인 카즈에의 상반신을 덮고 있던 것을 피해자의 아버지 주타로가 치운 것이라고 한다. 피해자인 카즈에의 목에는 무명 무지 손수건이 외벌매듭(왼쪽매듭)으로 묶여 있었고, 교살당했다.

피해자인 카즈에는 두 눈을 뜨고 입을 살짝 벌린 채 혀끝을 앞니로 꽉 깨물고 있었으며, 두 눈꺼풀에는 많은 일혈溢血, 내출혈이 보였다. 흉부 주변에는 살짝 손톱에 긁힌 흉터가 있었지만 그 외 다른 외상은 발견되지 않으며 몸싸움의 흔적은 없다.

피해자인 카즈에의 발밑에는 무명 유카타가 깔려 있었고, 부인용 무명 앞치마 한 장이 피해자의 발끝에서 약 1미터 정도 떨어진 곳에 아무렇게나 방치되어 있었다.

8첩 방과 6첩 방 모두 장롱과 양복 옷장 등의 살림살이가 질서정연하게 놓여 있어서, 금품을 찾으려 뒤진 흔적은 보이지 않았다.

피해자의 집은 검증 당시, 주방과 8첩 방의 동쪽 창 둘 다 안쪽에서 잠겨 있었다. 다른 곳은 함석벽에 둘러싸여 있었기 때문에 범인은 대문으로 침입했다가, 범행 후 들어왔던 곳으로 도망친 것으로 보였다.

피해자인 카즈에의 남편, 아오자 무라츠구를 취조해 본 결과, 피해자가 항상 오비 속에 넣어 가지고 다니는 천 동전지갑 한 개가 사라졌다고 했다. 무라츠구의 말에 의하면 2, 3엔 정도가 들어 있었다고 한다. 또한 피해자가 지니고 있던 여성용의 동그란 은시계 하나와 진주가 박힌 18K 넥타이핀 한 개를 도난당했다고 했다.

오오미야 경위는 이 살인강도 사건에 대해 즉시 수사를 개시하고 제일 먼저 피해자의 남편인 아오자 무라츠구를 관할서로 소환해서 증인 심문을 했다.

아오자 무라츠구는 A대학을 나와 8년 동안 칸다의 토호 면사 주식회사의 영업부에서 근무하고 있었다. 그의 진술은 다음과 같았다.

"저는 어제(5월 20일) 오전 8시 반쯤 집에서 나와 칸다에 있는 회사로 출근, 단골 거래처를 돌고 오후 3시 반쯤 회사로 돌아왔습니다. 어제와 같은 토요일은 대부분 4시쯤 일을 끝내고 동료들과 한잔하거나, 당구나 마작을 한 후 오후 7시쯤에 귀가하는 게 보통입니다. 하지만 어제는 6시에 아내와 근처 영화관에 가기로 약속했기 때문에 4시가 넘어 회사를 나와 칸다역에서 추오선을 타고 5시쯤 N역에 도착했습니다. 그리고 귀가한 것이 5시 20분쯤이었을 겁니다.

현관 격자문을 열었지만 항상 나와서 맞이해주는 아내가 나오지 않았습니다. 집으로 들어가 6첩 거실을 들여다봐도 아내가 보이지 않자, 이상한 생각에 안쪽의 8첩 방으로 들어가니 아내가 왼쪽의 책장과 책상 쪽으로 머리를 두고 누워 있었습니다. 저는 아내 옆으로 가서 '카즈에, 카즈에' 하고 부르며 흔들었습니다. 제 왼손이 아내의 오른손에 닿았을 때, 그 차가움에 놀란 전 아무것도 건드리지 않은 채 문을 잠가놓고 바로 근처에 있는 미야자와 병원으로 뛰어갔습니다. 아직 아내가 죽었다고는 생각하고 싶지 않았기 때문이지만, 직감적으로는 아내가 강도한테 당한 게 아닐까 생각했습니다.

저는 미야자와 병원으로 뛰어가 아내의 몸이 차갑게 식고 있으니 당장 와달라고 말했습니다. 접수처 사람이 지금 선생님이 수술 중이지만 곧 끝난다고 해서, 수술이 끝나기를 기다리는 동안 병원 전화를 빌려 장인장모님께 바로 와주십사 했습니다. 전화를 처음 받은 건 처제였습니다.

그리고 일단 집으로 돌아갔지만, 아내가 강도에게 당한 거라면 경찰에 알려야 한다는 생각이 들어 파출소로 갔습니다. 순경이 저와 함께 바로 집으로 뛰어왔는데, 돌아오니 미리 전화를 드렸던 장인장모님께서 문 앞에 서 계셨습니다. 저는 문을 열고 장인장모님과 순경, 이렇게 넷이 함께 집으로 들어갔습니다. 아버님은 제일 먼저 아내의 얼굴을 덮고 있던 아내의 옷을 치우고 '아아, 목을 졸렸어'라고 외쳤습니다. 그때 미야자와 병원의 의사 선생님이 왔지만, 선생님은 아내의 맥을 짚어보고 '이미 틀렸다'고 했습니다. 그런 와중에 형사님들이 우르르 몰려오신 겁니다."

현관 옆에 대나무 껍질에 싸인 미소 백 문이 놓여 있는 건, 경찰이 현장검증을 하며 주목했던 부분이다. 이에 이걸 배달했던 큰길에 있는 아라이 주점 직원, 야마무라 마사오(당시 24세)가

증인 심문을 받았다.

"아오자 씨 댁은 처음에는 사모님께서 현금으로 사러 오셨지만, 작년 3월부터 입금으로 바꿔서 제가 댁으로 주문을 받으러 가곤 했습니다. 오늘 5월 20일은 그 댁에 오후 2시 5분쯤 들렀습니다. 그때는 뒤로 돌아서 주방으로 갔는데 사모님께서 욕실에서 뭔가를 씻고 있는 듯했습니다. 저는 이때 미소 백 문을 주문받아서, 오후 3시 30분경 그것을 갖고 아오자 씨 댁의 주방으로 가서 안녕하세요 하고 인사를 했습니다. 하지만 대답이 없어서 주방의 유리문을 열어보니 안 열리더군요.

이때 예전에 사모님께서 주방문이 닫혀 있을 때는 앞 현관으로 돌아오라고 말씀하셨던 것이 떠올랐습니다. 정면으로 돌아가 보니, 문이 닫혀 있긴 했지만 잠겨 있지는 않아서 쪽문으로 들어갔습니다. 그리고 현관 유리문도 잠겨 있지 않아서 현관으로 들어갔죠.

현관 장지문은 왼쪽에서 오른쪽으로 열려 있어서 여기서 다시 안녕하세요 하고 인사를 했지만 대답이 없어서 살짝 안을 들여다봤습니다. 현관 3첩 방에서 다음 방으로 가는 장지문이 왼쪽은 열려 있고 오른쪽은 닫혀 있었습니다. 인기척이 없어서 저는 사모님이 어디 외출하셨나 보다 싶어 갖고 온 미소를 현관 올라가는 곳 왼쪽 구석에 두고, 현관 격자문과 대문을 원래대로 닫아놓은 후 집으로 돌아왔습니다. 그 외에 달리 이상한 점은 전혀 눈치채지 못했습니다."

21일 자 석간이 식탁 위에 놓여 있던 것은, 검증 때 확인 된 바 그대로였다. 경찰은 그 신문을 배달한 후루쇼 신문보급소 배달원 아키노 사부로(당시 22세)에게 사정청취를 했다.

"전 5월 20일 오후 4시 10분쯤 가게를 나와 평소처럼 석간 배달을 했습니다. 아오자 씨 댁에 배달한 건 오후 4시 40분쯤이었을 겁니다. 그때 아오자 씨 댁은 나무 대문도, 현관 유리문도, 현관과 방 사이의 장지문도 전부 열려 있었고, 집 안에는 사람이 보이지 않았습니다.

저는 열려 있던 쪽문으로 들어가 대문과 현관 유리문 사이에 서서 열려 있는 집 안쪽으로 신문을 던져 넣었습니다. 그리고 그 앞집인 이시카와 씨 댁에 배달을 했습니다. 전부 끝내고 보니 오후 6시 10분경이었습니다. 돌아오는 길에 야마카와 목재상 쪽의 도라야키 가게에 들러 도라야키 10전 어치를 사 먹고 가게로 돌아왔습니다. 그로부터 약 한 시간 정도 지났을 때 형사님이 오셨죠.

제가 아오자 씨 댁에 신문을 배달했을 때는 아침이건 밤이건 바깥쪽 나무문은 닫아놓기 때문에 나무문 왼쪽의 우편함에 넣어놓곤 합니다. 나무문이 잠겨 있는지 아닌지는 당겨본 적이 없어서 잘 모릅니다. 또 그 댁의 바깥 분은 한 번도 보지 못했고 사모님은 두세 번 보았습니다만 별다른 말은 없었습니다. 아오자 씨 댁에 20일 석간을 배달했을 때 그 댁 부근에서 다른 사람과 마주치지 않았냐고 하셨는데, 저는 그때 급히 배달을 하던 중이라 딱히 누구랑 마주친 기억은 없습니다. 그 댁 사모님은 항상 말끔한 차림을 하고 있어서, 한 번도 다테마키만 두르고 있는 모습은 보질 못했습니다. 사모님은 기품 있는 분이라는 느낌이었거든요."

2

아오자 무라츠구가 도난당했다고 주장하는 아내 카즈에의 지갑과 시계, 그리고 무라츠구의 넥타이핀은 경찰의 제2차 현장수색 때 발견되었다. 발견자는 관할서에서 근무하는 사와바시 토미조 형사였다. 그 수색 보고서에는 이렇게 적혀 있었다.

'5월 20일 관내에서 발생한 살인사건에서, 당일 피해자 집에서 분실한 도난품은 피해자 남편인 아오자 무라츠구의 입회하에 명령에 따라 출동한 지방법원 검사국 키다 검사 이하 다수의 사람들이 수색했지만 발견하지 못했다. 그러나 다음 날인 21일 오전 9시경 다시 수색한 결과, 현장 주방 찬장 뒤쪽 벽에 붙어 있던 종이가 찢어진 부분에 도난품인 천 지갑과 은시계, 봉투에 든 넥타이핀이 은닉되어 있던 것을 발견했다. 그 지갑에는 2엔 35전이 들어 있었고, 도난당한 흔적은 없었으며 동그란 은시계와 함께 증거품으로 압수했다.'

이런 까닭으로 아오자 무라츠구는 아내 살인 용의자로 경찰관의 매서운 추궁을 받았다. 경찰은 처음부터 범인은 아오자 무라츠구일 것이라고 생각한 것 같다.

그는 부인했다.

"제가 회사에서 돌아와서 아내가 차갑게 식은 것을 알고 큰일이 났다는 직감에 아내의 얼굴을 덮고 있던 기모노를 치우고 어떻게 된 일인지조차 확인하지 않고 의사에게 달려간 점이 수상하다고 생각하시는 것 같습니다. 그러나 당시 전 이게 큰일이라고는 생각했으나 아직 죽지는 않았을 테니 일단 의사부터 불러야겠다는 생각에 어떤 상황인지 확인할 여유조차 없었습니다.

그럼 왜 의사가 올 때까지 집으로 돌아와 응급조치를 하지 않았냐는 의문에 대해서는 정말 제 실수라고밖에 드릴 말씀이 없네요. 장인어른이 저희 집으로 달려와서 저와 함께 집에 들어갔을 때는 아직 카즈에게 체온이 남아 있었습니다. 그래서 아버님께서 현장에 온 경찰에게 계속 '목을 조른 수건을 풀고 인공호흡을 시켜요'라고 말했을 때, 카즈에의 남편인 제가 아무 말 없이 옆에서 보고만 있었던 건 매정해서라고 생각할지도 모릅니다. 그러나 의사가 와서 이미 틀렸다고 했고, 전 의사가 틀렸다고 말할 정도면 그런 것을 해도 소용없겠다 싶어서 아무 말도 하지 않았던 겁니다.

그리고 제가 처음 도난을 당했다고 말한 물건이 나중에 집 안에서 발견되었습니다. 지갑과 시계, 넥타이핀이 찬장 뒤 벽에 숨겨져 있던 것을 경찰이 찾아낸 겁니다. 사실 저도 그런 곳에서 지갑과 시계, 넥타이핀이 나온 것이 의아할 따름입니다. 그런 것이 집 안에 숨겨져 있었다면 범인은 어떤 사람이라고 생각하느냐고 물으셨는데, 범인은 시계 등을 감추거나 할 여유가 있는 저희 집 내부 사람이거나 제 주변 사람이라고 생각하시는 것 같습니다. 하지만 전 범인이 아닙니다. 그리고 아내는 집에 있을 때 항상 다테마키 차림이냐고 물으셨는데, 아내는 옷매무새에 신경을 쓰는 편이라 항상 단정한 차림을 하고 있습니다. 쓰러져 있던 아내가 단정치 못하게 다테마키만 두른 차림이라 더더욱 다른 사람에게 폭행을 당한 것이라고 생각한 겁니다."

하지만 이 진술은 경찰의 추궁으로 뒤집어지고, 아오자 무라츠구는 그 다음 날 아내를 살해한 사실을 자백했다.

"지금까지 전 아내를 살해한 범인이 달리 있는 것처럼 말했지만, 모든 조사가 잘 진행되고 있는 듯하니 오늘은 거짓 없는 진실만을 말씀드리겠습니다. 사실 아내는 제가 죽였고, 지금부터 그 사실을 말씀드리겠습니다.

저는 5월 20일 아침 8시 조금 전에 일어나서 세수를 하고 6첩 거실에서 아내와 마주앉아 아침 식사를 하며 '오늘은 토요일이니까 오랜만에 가까운 영화관이라도 갈까. 저녁식사는 가는 도중에 해도 좋고, 보고 돌아오는 길에 해도 좋고'라고 말했습니다. 아내는 썩 달가워하는 기색이 아니었습니다. 그리고 '그 영화관에서는 어떤 영화를 하고 있죠?'라고 물어서 그야 국내 영화로 이러한 것을 하고 있다고 대답하자 아내는 노골적으로 불쾌한 표정으로 '그런 저질 영화는 보고 싶지 않아요. 당신 혼자 보고

와요'라고 대답했습니다.

원래 전 카즈에와 결혼할 때부터 성격이 다르다고 할까, 취미도 다르고, 영 잘 맞지가 않았습니다. 아내는 의외로 고상한 취향으로 영화는 외국영화밖에 보지 않았고 음악회를 가고 싶어 했으며 예전부터 제게 취미가 별로다, 교양이 없다는 등의 말을 하며 절 경멸했습니다. 저는 전처인 무라오카 타에코와 3년간 같이 살았는데, 타에코는 카즈에와는 정반대의 성격으로 가사는 똑 부러지게 하는 대신 취미라고는 찾아볼 수 없는 따분한 여자였죠. 그래서 전 어떤 사람의 소개로 카즈에를 만났습니다. 그리고 그녀가 교육을 받은 여자라는 점에서 타에코와 반대라서 받아들였습니다. 하지만 카즈에는 차가운 여자로 늘 저를 깔봤고 애정이라는 것이 별로 없었어요. 오히려 제가 그녀의 비위를 맞추는 상황이었습니다. 카즈에는 살림도 대충했고 돈은 함부로 썼으며 부엌일이나 빨래, 청소 등은 전혀 신경을 쓰지 않는 편이었지만 저는 그래도 참았습니다. 저는 깨끗한 걸 좋아하지만 가능한 그녀의 방식에 간섭하지 않으려 했죠.

5월 20일 아침에도 전 제가 보고 싶은 영화를 그녀가 처음부터 무시하며 동행을 승낙하지 않을 것이라고 생각했기 때문에 밖에서 외식할 것도 제안했습니다. 하지만 아내는 어차피 영화를 볼 거라면 히비야 쪽에 가서 외국 영화를 보고 싶어 했고, 또 식사도 분위기 좋은 레스토랑에 가서 호화로운 것을 먹고 싶어 했습니다. 아내는 제 월급은 별로 고려하지 않는 여자로, 말하자면 그런 꿈을 좇는 사람이었어요. 하지만 20일 아침은 저도 어떻게든 부탁해서 겨우 6시쯤 근처 영화관에 가자는 약속을 받아냈습니다. 하지만 전 아침부터 아내의 태도가 무척 불쾌했죠.

5시 20분쯤 귀가했지만 아내는 현관에 나와 보지도 않았고, 집에 들어가 보니 6첩 방에 오비와 타비를 벗어던진 채 다테마키만 감은 흐트러진 모습으로 앉아 있었습니다. 아내는 제 얼굴을 보고도 인사도 하지 않고 아무 말도 없이 불쑥 8첩 방으로 가버렸기 때문에, 제가 '자, 바로 영화 보러 가게 얼른 준비해'라고 말했지만 아내는 8첩 방 식탁 앞에 털썩 주저앉아 '몸이 안 좋아서 오늘은 가고 싶지 않네요. 그렇게 보고 싶으면 당신 혼자 다녀와요'라고 딱딱한 표정으로 퉁명스레 말했습니다. 배신감을 느낀 전 아침부터 쌓였던 불쾌한 감정이 폭발했고, '무슨 소리야, 기껏 아침에 한 약속을 지키려고 빨리 돌아왔는데'라고 소리치며 저도 모르게 그녀의 뺨을 때렸습니다. 그러자 아내는 무서운 표정으로 저를 돌아보며 '무슨 짓이에요. 부모님께도 맞아본 적 없는 날 때렸어'라고 말하며 외출용 기모노가 걸려 있는 옷걸이 쪽으로 걸어갔습니다.

그 모습을 본 저는 당연히 아내가 옷을 갈아입고 친정으로 가려는 것이라고 생각해서 재빨리 그 앞으로 돌아가 오른손으로 아내의 가슴을 밀었습니다. 아내는 비틀거리면서 책장 쪽으로 두 다리를 약간 벌린 채 쓰러졌고요. 저는 아내 위에 올라타서 정신없이 그 목을 두 손으로 세게 졸랐고, 아내는 아무런 저항도 못한 채 그대로 다리를 부들부들 떨더니 축 늘어져 죽어 버렸습니다. 전 그제야 겨우 제정신을 되찾았지만 갑자기 스스로가 저지른 짓이 무서워져서 나쁜 짓인 것을 알면서도, 제가 없는 사이 밖에서 강도라도 들어 아내를 목 졸라 죽인 것처럼 보이게 꾸미자는 생각에 얼른 부엌에서 수건과 걸레, 손수건 등을 가져 왔습니다.

그리고 오른쪽 무릎은 다다미에, 왼쪽 무릎을 카즈에의 배에 대고 올라타서 무명 손수건을 끈 모양으로 만들어 아내의 목을 감고 졸랐습니다. 그리고 그곳에 벗어져 있던 아내의 평상복으로 그녀의 얼굴에 덮었는데, 그건 아내의 얼굴을 보는 것이 무서웠기 때문입니다.

그 후, 아내가 폭행당한 것처럼 보이도록 그때 거실에 있던 아내의 유카타를 꺼내 아내의 다리 밑으로 넣었습니다. 또 8첩 방 장롱 속에서 휴지를 일고여덟 장 꺼내, 그걸 폭행할 때 쓰고 남은 것처럼 보이도록 식탁 밑에 두었습니다. 그리고 강도짓으로 보이도록 일단 아내의 장롱 두 번째 서랍에 들어 있던 천지갑을 꺼내고, 그녀의 손목에 채워져 있던 손목시계를 풀고, 옷장 속에 있던 제 넥타이핀을 꺼내 그걸 형사님들이 못 찾을 장소인 벽지 안으로 밀어 넣어 숨겼습니다."

3

하지만 피의자 아오자 무라츠구는 그 다음 날 한밤중에 담당 형사의 매서운 조사를 당하고 다음과 같이 진술을 번복했다.

"일전에 말씀드린 카즈에 살해 사실에서 다른 점과 설명이 모자랐던 부분이 있어서, 오늘은 그 점에 대해서 말씀드리겠습니다. 제가 5월 20일 오후 5시 20분쯤에 귀가한 것, 그리고 그날 아침 출근할 때 한 영화관 약속을 아내가 일방적으로 취소해서 제가 이성을 잃고 그녀 앞으로 돌아가 홧김에 가슴 정중앙을 오른쪽 주먹으로 힘껏 쳐서 그녀가 비틀비틀 쓰러진 것까지는 진실입니다.

그때 아내가 다리를 살짝 벌린 채 쓰러지자, 기모노 앞섶이 벌어져 다리 가랑이 부분이 드러났죠. 그 흐트러진 모습을 본 저는 갑자기 이상한 기분에 휩싸이며 욕정을 느꼈고, 느닷없이 아내 위에 올라타 오른손으로 단추를 풀고 성관계를 했습니다. 아내는 제가 하는 대로 가만히 있었는데, 그 사이 아무런 반항도 하지 않았고, 어느 틈엔가 몸이 축 늘어지고 말았습니다. 그때 전 아내가 죽었다는 것을 처음 알았습니다. 죽일 생각은 전혀 없었던 전 새삼 깜짝 놀랐고, 일이 커져서 이대로는 제가 살인범으로 잡히고 말겠다는 생각이 들었습니다. 그래서 전에 말씀드린 대로 외부에서 강도가 들어와 아내를 폭행하고 교살한 뒤, 금품을 훔쳐간 것처럼 보이게 하자는 것에 생각이 미쳐, 위장 공작을 했습니다.

아내가 축 늘어져 죽은 것처럼 됐을 때 '아직 진짜 죽었는지 어떤지 모르면서 어떻게든 응급조치를 통해 소생시키려는 노력도 하지 않고, 죽었다고 확정짓고 손수건으로 카즈에의 목을 조른 것은 처음부터 살의가 없었던 사람의 행동치고는 이상하지 않은가'라고 말씀하셨는데, 실은 제가 주먹으로 가슴을 세게 치자 아내가 이상한 신음소리를 냈을 때 이미 틀렸을지도 모른다고 생각했습니다. 하지만 그때 그녀가 다리를 벌리고 쓰러졌기 때문에 저도 모르게 그만 욕정이 스멀스멀 일어 응급조치보다 성관계를 하고 싶어졌던 겁니다.

그 후 축 늘어져버린 아내의 모습을 봤을 때는 도저히 다시 살아날 거란 생각은 들지 않아서, 그런 쓸데없는 응급조치를 하기보다 차라리 이 무서운 곳에서 한시라도 빨리 벗어나야겠다고 생각했습니다. 그러기 위해서는 전에 말씀드렸듯이 외부에서 강도가 들어온 것처럼 꾸며야 했기 때문에 지금까지 말씀드렸던 행동을 한 겁니다. 그래서 응급조치를 하지 않았기 때문에, 이 점을 정정하겠습니다.

일이 이렇게 된 것에 대해 잘 생각해보면 아내는 평소부터 기품 있는 여자로 저와 같이 살기 시작한 후로도 분명하게 마음을 터놓고 이야기를 한 적도 없었고, 또 항상 우월의식을 느끼며 절 무시했습니다. 그래서 전 항상 아내의 눈치를 살피면서 내심 울분을 억누르고 있는 상태였습니다. 이런 것이 자연스레 쌓이고 쌓여 결국 이런 결과를 낸 것 같습니다."

그 다음 날 네 번째 취조에서 피의자 아오자 무라츠구는 다시 진술을 번복했고, 이번에는 범행 자체를 전면 부인했다. 그 진술은 다음과 같다.

"제가 아내를 죽였다고 한 건 전부 거짓말입니다. 그럼 왜 제가 지금까지 아내를 죽이지도 않고 죽였다고 거짓 진술을 했는가 하면 당일 제 행동, 예를 들어 아내가 위급한 상태인 것을 알면서도 조치도 안 하고 바로 병원으로 달려가고, 또 병원에서 돌아와 파출소에 신고하는 등, 다른 사람이 보면 이상하게 여겨질 만한 부분이 있었습니다. 그리고 아내가 살해당한 현장이나 물건이 없어진 상황을 보면 제 생각에도 외부인의 소행은 아닌 것 같은 부분이 있었으며, 조사하는 분들이 제가 죽였다는 증거가 이것저것 많은 것 같다는 식의 말을 하시니, 이래서는 아무래도 무사히 빠져나갈 수 없겠다는 생각이 들어서, 차라리 제가 죽였다고 하고 한시 빨리 그에 상응하는 벌을 받자는 생각이 들었기 때문입니다. 그래서 아내가 살해당한 현장을 보고 아는 범위에서 제 상상력을 더해 이야기를 만들어 낸 것이고요. 하지만 사실은 제가 한 짓이 아니니, 여기서 정정하겠습니다. 그러니까 도둑맞은 아내의 손목시계, 지갑, 제 넥타이핀이 왜 형사님이 발견했던 벽지 안에 들어가 있었는지는 아무리 물어보셔도 저 역시 그 이유를 모릅니다."

여기서 경찰에서는 피의자 아오자 무라츠구에게 평소 행동을 물었다. N서의 사법 주임 경감인 노나카 소이치가 작성한 제9차 조서에는 다음과 같이 적혀 있다.

"제 취미는 마작, 장기, 당구, 독서 등이 있지만, 그것들은 다들 심심풀이 정도고, 독서도 장르가 정해진 것이 아닌 주로 오락 잡지 등을 잡히는 대로 읽는 정도였습니다. 성적인 부분은 몸이 허약해서 그런지 몹시 약한 편이었습니다. 대체로 지금까지 제가 관계한 여자들은 처음은 전처인 무라오카 타에코였고, 그 후 타에코와 헤어진 해부터는 신주쿠 부근의 매춘부와 한 번, 또 그 후에 오랜만에 스사키 유곽의 여자랑 한 번 했으니, 결국 제가 성관계를 한 것은 카즈에를 포함해서 네 명밖에 안 되는군요. 저는 그 방면으로는 약해서 아내도 만족시켜주지 못했겠지만, 아내도 굳이 말하자면 그쪽으로는 소탈한 편이었습니다. 아내에게 제가 '목을 조르면서 하면 무척 기분이 좋을 것 같다'는 말을 한 적이 있을 것 같다고 말씀하셨는데, 저는 아내를 상대로 그런 말을 한 적 없습니다. 회사 식당에서 식사를 하면서 동료와 그런 시시한 이야기를 나눈 적은 있지만, 그걸 아내에게 그대로 말한 적은 없습니다.

저희 부부는 항상 8첩 방에서 이불을 따로 깔고 잤고 관계 시에는 항상 제가 아내를 제 이불로 불렀는데, 카즈에와 부부가 된 후로 제가 부를 때 외에 그녀가 먼저 제 이불로 온 적은 한 번도 없었습니다. 그래서 먼저 말씀드렸다시피 저는 성관계에 대해서는 스스로도 약한 것을 통감하고 있는지라 아내와 부부관계에 대해서는 굳이 이야기를 한 적이 없습니다."

하지만 피의자 아오자 무라츠구는 제11차 취조에서 또 그 범행 부인 진술을 뒤집어 카즈에를 죽인 게 사실은 자기라고 자백했다. 그 내용은 지난 조서 내용과 대동소이했기 때문에 생략한다. 다만 제13차 취조에서 그는 다음과 같은 주목할 만한 진술을 했다. 그건 제1차 취조가 있었던 날로부터 29일째 되는 날이었다.

"어제도 이게 마지막 조사로, 결코 다른 사람에게 폐를 끼칠 일은 없으니까 모든 것을 이야기하면 어떻겠냐고 관계자분이 다정하게 말씀해주셨습니다. 그래서 제 발언으로 모든 것이 원만하게 해결된다면 차라리 빨리 형을 받자, 형을 언도 받을 때가 제게는 진짜 공평하고 올바른 것이라고 생각돼서 이것저것 세세한 부분에 대해 잘못 말씀드린 것에 대해 깊이 사과드리겠습니다."

한편, 경찰에서는 관계자들에게 증인으로서 질문했는데, 피해자인 카즈에의 아버지 이시다 주타로(니토 제철 시나가와 공장 전기계 감독원, 당시 52세)의 진술은 이랬다.

"질문하신 것에 대해 말씀드리겠습니다. 카즈에가 살해당한 후 집사람에게 들은 이야기입니다만, 카즈에는 작년 11월쯤 친정에 왔을 때 집사람에게 '무라츠구는 굉장히 인색하고 좀스럽다. 또 교양도 없어서 나는 그런 남자는 별로다. 집안 분위기도 매우 차갑다'라는 이야기를 하면서 장래가 안 보이니 헤어지고 싶다, 같은 말을 했다고 합니다. 그래서 집사람이 막내가 시집가면 데려와 줄 테니까 걱정 말라고 하자, 카즈에는 울면서 기뻐했답니다. 또 언니는 비교적 잘 살기 때문에 카즈에는 언니 이야기를 들을 때마다 '언니는 그런 생활을 하는데 나는 그런 남자와 같이 살

다니, 내 인생이 한탄스럽다'라고 말했다는 것도 들었습니다. 저역시 무라츠구는 음울한 성격에다 인정미 없는 인물 같다고 생각하고 있었습니다. 카즈에가 살해당한 후에 경찰이 가택 조사를 통해 도난당했다는 카즈에의 손목시계, 지갑, 무라츠구의 넥타이핀 등을 집 안에서 찾았을 때, 전 무라츠구가 의심스럽다고 직감했습니다."

주타로의 아내, 즉 카즈에의 어머니의 진술도 대체로 주타로의 진술 내용과 같기 때문에 생략한다. 카즈에의 언니인 야마네 히데코(당시 30세)는 이렇게 진술했다.

"질문에 답하겠습니다. 저는 이시다 주타로의 장녀이며 시바구 니혼에노키 XX번지 야마네 이치로에게 시집갔습니다. 동생인 카즈에는 저나 어머니에게 제부는 돈에 인색하고 쪼잔해서 남자로서의 안정감이 전혀 없다, 또 여자처럼 집안 정리나 청소 등에 대해 잔소리를 해서 시끄럽다, 게다가 취미가 저질이라 도저히 오래 같이 살 수 있을 것 같지 않다고 얘기했기 때문에 저는 동생에게 때때로 그런 곳에서 참고만 있지 말고 얼른 나오라고 말한 적이 있습니다. 어머니 역시 그렇게 걱정할 필요 없으니까 장래가 보이지 않으면 언제든 돌아오라고 이래저래 동생을 위로해주었죠. 저도 제부에게 영 호감이 가지 않아서 그런 남자와 맞선을 보고 결혼한 동생이 가여웠답니다. 이번에 동생을 죽인 범인도 틀림없이 제부일 거예요."

다음은 아오자 무라츠구 집 바로 옆에 사는 이시카와 토모코

(당시 67세)의 진술인데, 이 집과 피해자의 집 사이에는 폭이 고작 1미터밖에 안 되는 골목이 있었다.

"올해 5월 21일 신문에 난 이웃의 살인사건 기사를 본 아들이 제게 바로 옆집인데 그 집에서 무슨 이상한 것이 없었냐고 물어보기에, 딱히 이상한 소리나 목소리는 들은 적이 없다고 했습니다. 평소부터 이 주변은 이웃끼리 교류가 얼마 없어서 저도 이웃집 바깥양반인 아오자 씨와는 마주치면 짧은 인사를 하는 정도였지만 부인은 좀 거만한 사람이라 이야기도 나누지 않을 뿐 아니라 아침에 얼굴을 마주쳐도 제대로 고개도 까딱하지 않는 사람이었죠. 바로 옆집에서 살인사건이 일어나서 어수선했을 테니 아무런 소리도 못 들었을 리 없다고 하시지만 집에 있으면 이웃집 이야기 소리나 물건 소리는 전혀 들리지 않습니다."

이어서 다른 쪽 이웃집과 뒷집에 사는 사람들의 진술도 있었지만, 전부 이시카와 토모코의 진술 내용과 비슷하게 범행 시간에 아무것도 못 들었다고 했다. 따라서 이 근처는 도쿄 주택가에서 흔히 볼 수 있는 이웃과의 교류가 없는 개인주의에, 폐쇄적인 생활 환경이라 판단된다.

4

경찰은 아오자 무라츠구의 전처 무라오카 타에코(당시 29세)를 심문했다. 노나카 경감이 작성한 청취서다.

"저는 지금으로부터 5년 전에 아오자 무라츠구와 연애결혼을 해서 히가시나카노 XX번지에 집을 마련하고 2년 반 정도 함께 살았습니다. 지금은 신주쿠의 일본요리 전문점인 '긴초'에서 접객일을 하고 있습니다. 아오자 무라츠구는 인색하고 성격이 차가우며, 재미라곤 없는 남자였습니다. 연애할 때 아오자의 그런 성격을 파악하지 못한 건 제 실수입니다. 이런 따분한 남자는 온 세상을 다 뒤져도 없겠다 싶을 정도였고 그 차가운 성격과 인색함에 진절머리가 나서, 결국 그 이유로 헤어졌습니다. 저는 밝은 편이지만 아오자는 음침하고 항상 집 안에 가만히 있는 것을 좋아할 정도였으니, 지금 차라리 헤어져 버리자는 생각이 든 거죠. 그런 이유로 아오자에게는 조금도 미련이 없습니다. 헤어지면서 아오자는 가끔 편지 정도는 하라고, 길에서 만나면 차 한 잔 정도는 같이 마시자고 했지만 편지를 주고받을 마음도 없었고, 실제로도 지금껏 편지를 주고받은 적은 단 한 번도 없습니다.

부부관계에 대해 물으셨는데, 아오자는 딱히 이상한 점은 없었지만 굳이 말하자면 그쪽으로 강한 편은 아니었던 것 같아요. 그래서 부부생활에서 아오자에게 특이한 부분은 없었고, 만약 있었다면 그건 저와 헤어진 후에 생긴 변화일 겁니다. 아오자는 전반적으로 소심했고 집안 청소 등은 조그만 티끌 하나에도 잔소리를 해댈 뿐 아니라 부엌일도 남자가 옆에서 참견하곤 했습니다. 그런 주제에 별것도 아닌 일로 화를 내는 사람이기도 했죠. 하지만 제가 조금만 반박을 하면 입을 꼭 다물고 대답을 하지 않는 게 버릇이었어요. 아오자는 비교적 영화를 좋아했지만 그것도 비싼 영화관은 가지 않고 항상 재개봉 영화관만 갔으며, 국내 영화 중에서도 재미도 없는 칼싸움 영화를 좋아했어요. 라디오를 들으면서도 만담 등에 폭소를 터뜨리는 남자였습니다.

아오자는 저와 헤어진 후 매달 저희 부모님께 10엔 씩 보내는 것을 약속했지만, 그런 것은 새빨간 거짓말이었을 뿐, 여태 한 푼도 보내지 않았어요. 이 외에는 딱히 말씀드릴 게 없네요."

다음으로 아오자 무라츠구의 회사 동료의 증언이지만, 전부 아오자 무라츠구는 성실하고 낭비도 하지 않으며 조용한 편이었다고 했다. 당구, 장기, 마작 등은 가끔 하지만 내기는 좋아하지 않아서 점차 동료들에게 따돌림을 당하게 되었다고 했다.

다음으로 도쿄지방재판소 의무 위촉 감정인 츠키야마 에이지가 작성한 감정서다.

해부소견 및 설명(개략)

경부에는 전 목둘레를 거의 수평으로 일주하는 약 2.8내지 4.0센티의 가늘고 길게 패인 자국이 한 줄 있으며, 또한 흉부 주위에 손바닥 1.5배 크기의 피하 및 근육간출혈이 있고, 우측 제4 내지 제6늑골 골절, 흉강 내 좌심방에 호두 크기의 피막하 및 누에콩 하나 크기, 대두 세 개 크기의 내막하 출혈 있음. 하복부에 커다란 계란 크기의 피하출혈, 또한 복강 내 회장 벽에 커다란 호두 크기의 출혈, 간 파열, 췌장에 호두 크기의 피막하 출혈, 약 1000.0입방센티미터의 내출혈, 오른쪽 하지의 하퇴부 전측에 완두콩 하나 크기의 피하 출혈 등이 존재한다.

본 사체의 사인은 교경밧줄이나 끈 등의 것으로 목을 수평으로 압박하여 기도를 폐쇄시켜 호흡을 못하게 하는 것에 의한 질식으로 여겨진다. 목둘레 자국은 천조각 종류로 감아서 압박, 흉·복부의 손상은 둔기에 의한 강한 외부의 힘, 오른쪽 하지의 피하출혈은 둔기의 작용 등에 의한 것으로 보임.

사체에 성교 증거 있음. 하지만 그 성교가 생전인지 사후에 이루어진 것인지는 불명. 정액은 A형이거나, 혹은 O형, 또는 A형 및 O형이 혼재하는 것이다. 성병, 특히 임질은 확인되지 않음. 이상.

덧붙여 아오자 무라츠구는 A형, 카즈에는 O형이었다.

이리하여 아오자 무라츠구는 그 진술을 두 번, 세 번 번복하다가 결국 자기 범행을 인정한 채 도쿄 지방법원 검사국 키다 마스타로 검사의 취조를 받고 7월 10일 예심 법정에 보내졌다. 예심 판사에게 아오자는 제1차 취조에서는 범행을 인정했는데, 여기서 주목해야 할 점은 취조 중에 아오자가 같은 유치장을 쓴 이케가미 겐조와 대화를 나누었고, 그것을 이케가미가 노나카 사법 주임에게 증언했다는 것이다. 이케가미 겐조는 전직 형사였으나 사기죄로 파면당하고, 그 후 공갈 등의 죄목으로 아오자와 같은 유치장에 갇혀 있었다.

다음은 예심 판사 타구치 마사오와 이케가미 겐조의 문답이다.

문 증인은 N서에 유치 중일 때 아오자 무라츠구와 같은 방을 쓴 사실이 있나?

답 노나카 경감님이 N초의 어느 사건을 담당하여 제 취조가 미루어지고 있다고 들었는데, 마침 그 사건 범인으로 추정되는 녀석이 옆방인 6호실에 들어왔다는 것을 출입 모습으로 알아차렸습니다. 얼마 안 있어 감시하는 경찰의 말을 통해 그 자가 N초의 부녀자 살인범으로 검거된 녀석이라는 것을 알았고, 또 신문을 훔쳐봐서 그 남자가 아오자 무라츠구라는 것을 알았습니다. 그런데 경시청에 유치된 사람들이 전부 N서로 이송되었을 때, 아오자 무라츠구, 야쿠자, 소매치기, 저 이렇게 넷이 한 방에 들어가게 됐습니다. 그날 밤에 잠시 자고 일어나니 야쿠자랑 소매치기는 다른 방으로 옮겨져서 그 후 사흘간 아오자와 둘이서 그 방에서 지냈습니다.

문 그 방에 넷이 있을 때, 아오자의 살인사건에 대해 어떤 이야기를 했나.

답 야쿠자는 재미있는 남자로 N서의 유치장에 들어오자마자 경찰의 틈을 봐, 제게 "형씨는 어떻게 왔소?"라고 물었고, 저는 "강도야"라고 대답했습니다. 그 야쿠자는 다시 아오자에게 두 손으로 자기 목을 조르는 시늉을 하며 "넌 이거냐?"라고 물었습니다. 아오자는 "그래"였나 "그렇게 됐다"인가, 아무튼 그런 대답을 했습니다. 그리고 이번엔 제가 야쿠자에게 "넌 뭣 때문에 왔냐"라고 물었지만 대답하지 않았죠. 그러는 사이 감시가 심해져서 이야기를 할 수 없게 되어버렸습니다.

　문　증인과 아오자 둘만 남은 후, 아오자의 사건에 대해서 어떤 이야기를 했나.

　답　다음 날 아침부터 경찰의 눈치를 보며 찔끔찔끔 이야기를 했습니다. 저는 일단 아오자에게 "왜 그런 짓을 한 거야?"라고 물었는데, 아오자는 "고의는 아니었지만, 그렇게 됐다"고 대답했습니다. 전 그때까지 아오자가 피해자의 남편이라는 사실을 몰랐기 때문에 새끼손가락을 내밀고 "애인이냐?"라고 물었는데, 아오자가 "와이프"라고 대답해서, 그때 처음으로 아오자가 아내를 죽였다는 사실을 알았습니다. 아내의 나이를 묻자 27이라고 대답했던 게 기억납니다. 저는 다시 "왜 그런 짓을 한 거냐"라고 물었고, 아오자는 "그럴 생각은 없었지만 그렇게 되고 말았다"고 대답해서 저는 어쩌다 실수로 저지르고 말았다는 뜻으로 해석하고 취조는 어떠냐고 물었습니다.

　"조사에선 고의로 저지른 것으로 되어 있다"고 아오자가 말하자 저는 "고의로 한 것과 과실로 한 건 형이 천양지차다"라고 대답했습니다. 아오자는 "이미 그렇게 되어 버렸으니 어쩔 수 없다"고 했습니다. 제가 "그런 건 아무것도 아니니까 사실을 말하면 되지 않느냐"고 말하자, 아오자가 "지금부터라도 괜찮을까"라고 물어서, 전 "지금부터라도 아무 상관없다"고 했습니다. "검사의 조사는 어떻게 됐냐"고 물어보자, 아오자는 "오오미야 경위에게 말한 것과 다른 이야기를 했더니 검사가 불같이 화를 냈다"라고 했죠. "왜 그렇게 다르냐"고 물었더니 아오자는 "시계, 지갑, 넥타이핀 등을 분명 내가 숨긴 거라고 했다. 나는 숨기지 않았지만, 잘 생각해보니 역시 나 말고 다른 사람은 없을 것 같다"라고 말했습니다.

5

계속.

저는 그 이야기를 듣고 시계 같은 게 피할 수 없는 증거이며, 그 부분에서 아오자가 노력하고 있다고 생각했기 때문에 "시계, 지갑, 넥타이핀 등을 감춘 게 자네라는 확증을 그쪽이 잡았다면, 도저히 안 될 거다. 대체 어떤 상태냐"고 물어보았지만 아오자는 말이 없었습니다.

전 "실수로 저지른 것이면 죄는 가벼워지고, 고의로 한 것이면 죄가 무겁다. 솔직히 그 당시의 일을 이야기하고, 가능한 관대한 처분을 받으면 될 거야"라고 말했습니다. 그러자 아오자는 "그럼 나는 버틸 만큼 버텨보겠다"고 해서 저는 "그것도 손해 볼 건 없지만 나도 내가 벌린 일은 어쩔 수 없으니까 죄를 청산하러 간다. 나는 별거 없으니 기껏 해봐야 1년이나 1년 반이라고 생각한다"라고 말했습니다. 그러자 아오자는 "당신은 앞이 보여서 좋겠지만, 나는 앞이 보이지 않는다"라고 말했습니다.

그 다음 아오자는 "죽어버릴까도 생각했다. 죽어버리면 둘이서 동반자살 한 것처럼 될 테니 죽을까도 생각했는데, 죽는 것도 쉽지 않았다"라고 말하기에 "무슨 짓을 했냐"고 묻자 아오자는 "목을 졸라봤지만, 손수건이 짧아서 힘이 들어가지 않아 실패했다. 혀를 깨물어 보았지만 윗니와 아랫니가 맞물리지 않아 잘리지 않았다. 이 사이에 혀를 물고 턱 밑에서 뭔가로 때리면 되겠지만 혼자선 할 수 없다"고 했습니다. 전 "죽고 싶으면 얼마든지 죽을 수 있다. 경시청 유치장 변소 앞 콘크리트 담에 머리를 받아도 죽을 수 있지 않나"라고 말했습니다. 아오자는 이마 한 가운데를 가리키면서 "여기가 급소니까 여기를 찧어서 죽어버릴까"라고 말했습니다. 저는 아오자가 정말 죽을 생각은 아니라고 여겼기 때문에 "한 번 해보는 게 어때"라고 했더니, 아오자는 "경찰에게 폐를 끼치게 되니까"라고 했습니다.

문 증인은 이 점에 관해 경찰 조사에서, 아오자가 아내를 죽인 동기는 경시청 조사에서는 계획적인 것처럼 되어 있지만, 사실은 그게 아니라 싸우다가 우발적으로 죽였다고 진술하고 있는데, 어떤가.

답 전 경시청의 취조에서도 오늘 말한 것과 똑같이 말했습니다. 그걸 노나카 경감이 정리한 거고요. 하지만 방금 읽어준 것처럼 아오자가 분명하게 말한 건 아닙니다. 저는 아오자의 이야기를 듣고 계획적인 것은 아니지만 사소한 다툼으로 아내를 죽이고 말았다고 해석했습니다. 계획적으로 한 것과 우발적인 범행은 형이 다르다고 했습니다.

　문　증인이 말한 과실로 죽였다는 것은 어떤 의미인가.

　답　계획적이 아니라, 한순간 흥분해서 저지른 것을 뜻합니다.

　문　아오자는 어떤 태도로 그 이야기를 했나.

　답　아오자는 무척 가라앉아 있었습니다. 그리고 제가 물어도 하나하나 생각한 후에 대답했기 때문에 머리가 치밀한 사람일 것이라고 생각합니다.

　경찰이 중요한 피의자에 대해 유치 중의 언동을 같은 방 사람에게 몰래 정찰시키는 것은 상투적인 수법이었다. 이 경우 같은 방 사람은 경찰에 고용된 스파이이며, 당사자는 그 역할을 받아들임으로써 경찰에게 우대를 받고, 죄상을 가볍게 해주리라는 기대를 갖게 된다. 말하자면 거래인 셈이다. 특히 이케가미 겐조는 전직 형사였던 만큼, 그 부분의 호흡을 잘 파악하고 있을 것이라고 쉽게 추정할 수 있었고, 따라서 그가 예심 판사에게 아오자 무라츠구가 했다고 한 말들도 사실인지 아닌지 매우 의심스러웠다. 어쩌면 이케가미 겐조가 작위적으로 아오자의 말을 과장했거나, 혹은 완전히 창작한 것일지도 모른다.

　이 종류의 '증언'이 피고 자백의 굴레가 되어, 심문 도구가 되는 일도 드물지 않았다.

　예심정에서 피고 아오자 무라츠구는 타구치 예심 판사에게 전에 이어서 처음에는 아내 카즈에를 죽인 게 자신이라고 진술했지만, 네 번째 취조부터는 전면적으로 범행을 부정했다. 그 주요 문답을 발췌하면 다음과 같다.

문 본 사건으로 피고가 처음 N경찰서에서 취조를 받은 것은 언제인가.

답 5월 20일 밤이었고, 그날 밤에 자택으로 돌아갔습니다. 그리고 다음 날인 21일 정오 무렵, 형사와 같이 N서로 가서 그날부터 구류되었습니다. 경찰관 취조에서 제가 아내를 살해했다고 말한 것은, 제가 뭐라고 변명해도 죄다 부정당했고, 또한 아내가 저와 헤어지고 싶다고 말했었다는 것도 처음 들어서 지금의 제 자신이 점점 싫어지기도 했기 때문입니다. 또 당시 제 머리와 몸이 지쳐 있었기 때문에 될 대로 되라는 식의 자포자기 심정에서 거짓 진술을 한 것입니다.

문 피고가 검사에게 자기가 카즈에를 죽였다고 말한 이유는?

답 검사가 경시청에서 저를 취조할 때 옆에는 형사가 둘이나 있어서 제가 사실을 말해본들 통하지 않을 것 같았고, 방금 몸이 지쳤다고 말씀드렸듯이 또 경찰에게 심한 꼴을 당하지는 않을까 해서 포기하고 거짓을 말했습니다.

문 그럼 예심 제1차 심문 때도 카즈에를 살해했다고 말한 이유는?

답 역시 제가 사실을 말해도 통하지 않으리라고 포기하고 거짓을 말했습니다.

문 하지만 피고는 N경찰서에서 구류되었을 당시, 같은 방을 쓴 이케가미 겐조에게 싸움 끝에 우발적으로 아내를 죽였다고 말했다고 하던데.

답 제가 죽였다고는 하지 않았습니다.

문 그럼 피고가 돌아갔을 때 카즈에는 어떤 상태였나.

답 제가 집에 돌아간 건 5월 20일 오후 5시 20분쯤이었습니다. 문을 열어봐도 아내의 모습이 보이지 않아서 집 안으로 들어가 보니, 8첩 방에 아내가 머리를 책장 쪽으로 두고 대자로 뻗어 흐트러진 모습으로 누워 있었습니다. 게다가 얼굴에는 기모노가 덮여 있었습니다. 저는 지금까지 아내가 다테마키 차림으로 있는 것을 본 적이 없기 때문에 저도 모르게 그 자리에 멈추어 서고 말았습니다. 그리고 전신에 냉수를 맞은 듯 오싹해져서 부들부들 전율하며 어떻게 해야 좋을지 몰라 한동안 그곳에서 꼼짝도 못 하고 서 있었습니다. 다음 순간, 이건 도둑이나 그런 종류에게 당한 게 아닐까 생각하자 놀라움과 두려움, 절망으로 머리가 멍해졌고 어찌해야 좋을지 알 수 없게 되었습니다.

하지만 이래서는 안 된다고 마음을 다잡고 그곳에 꿇어앉아 아내의 다테마키 부근을 서너 차례 눌러 흔들면서 카즈에, 카즈에 하고 불러 보았지만 여전히 대답은 없었습니다. 저는 점점 절망하며 대체 왜 기모노를 머리에 뒤집어쓰고 있는 걸까 생각했습니다. 반쯤은 두려움에, 그리고 반쯤은 가여움에 조심스럽게 그 기모노를 걷었을 때, 제 왼손이 아내의 오른손을 건드렸고,

뭐라 형용할 수 없는 차가움을 느낀 순간 이건 살해당한 게 아닐까 생각했습니다.

하지만 대체 어떡해야 좋을지 알 수 없어 흥분하고 망연자실해서 그저 공포에 지배되었습니다. 당시 저는 어떤 응급책도 떠오르지 않아, 의사를 불러야 한다고 당황한 마음을 무리하게 진정시키면서 자리에서 일어나 그리 멀지 않은 미야자와 병원으로 가기 위해 문을 잠갔습니다. 굳이 문을 잠근 건 아내가 집에 있었음에도 이런 일이 벌어졌다는 생각이 마음을 지배하고 있었기 때문입니다. 의사에게 뛰어가 거기서 장인장모님께 전화를 드리고 파출소에 신고한 것은 전에 말씀드린 그대로이고, 돌아와 보니 이미 문 앞에 장인장모님께서 와 계셨습니다. 장인어른이 아내의 시체를 보고 기모노를 치워서 그때 처음으로 아내의 목에 손수건이 감겨 있다는 것을 안 저는 놀라서 본의 아니게 고개를 돌리고 말았습니다. 아버님은 뭐라고 소리치고 있었습니다. 분명 손수건을 풀고 한 번 더 응급조치를 해보라고 의사에게 말한 거겠지만, 저는 이미 늦었다는 사실에 아무것도 못하고 멍하게 서 있었습니다. 저는 옆방에서 무수히 많은 형사들에게 같은 질문을 수도 없이 반복해서 받자 머리가 아파왔고, 왠지 멍해져서 그 당시의 일은 자세히 모르겠습니다.

21일에 형사에게 연행되어 여러 가지 질문을 받았지만 뭔지도 모르고 물론 식사도 하지 않았으며 쉴 틈도 없었습니다. 이런 식으로 해서 드디어 이루 말로 표현할 수 없는 조사가 시작되었습니다. 조사 방법으로 말씀드릴 것 같으면, 때리고, 차고, 털을 뽑고, 짓밟고, 거꾸로 매달아 코에 물을 붓는 실로 참담한 것이었습니다. 저는 연일 이어지는 고문으로 머리가 아팠고, 기억력은 감퇴되어 갔습니다. 그걸 아는지 모르는지 형사들은 맹렬하게 저를 심문했죠. 하지만 저는 끝까지 진실을 피력했습니다.

아내가 저와의 결혼에 대해 처음부터 달갑게 생각하지 않았고, 게다가 여러 번 친정어머니에게 이혼하고 싶다고 말했다는 것을 듣고 놀랐습니다. 저는 눈앞이 깜깜해지는 것 같은, 그리고 자포자기의 심정을 느꼈습니다. 그리고 며칠이나 계속되었는지 모를 참담한 조사를 떠올리고 결국 자포자기하게 되었습니다. 형사님은 저를 협박하고 구슬리고 어떻게든 제가 죄를 인정하게 만들려고 몰아세웠습니다. 그래서 지금 생각하면 남자답지 못한 행동이었을지도 모르지만, 결국 그 무서운 살인죄를 인정하고 말았습니다. 저는 아내 카즈에가 가슴에 심한 타박상을 입었다는 말을 듣고, 저는 그 정도로 힘이 세지 않기 때문에 그렇게 세게 때릴 수 없다고 주장했지만, 형사님은 제 말은 무시한 채 31세의 남자가 이성을 잃으면 힘은 얼마든지 나는 법이라면서 인정하려 들지 않았습니다. 끝내 죄를 인정하지 않으면 이쪽에도 생각이 있다면서 저를 의자에 앉히고 목검으로 정강이를 때리고, 무릎을 대나무 지팡이로 때리고, 그것도 모자라 이래도 죽은 아내에게 아무런 가책도 느끼지 않느냐며 카즈에의 유골함이 든 상자를 가져와서 제 머리를 딱, 딱 때리는 동작을 했습니다. 그래서 저는 결국 될 대로 되라는 생각에 저지르지도 않은 죄를 인정했습니다.

도쿄 지방법원 형사부 예심 판사 타구치 마사오는 1940년 12월 20일에 예심 종결, 피고의 '기소면제'를 결정했다. '본 사건 공소 사실에 대해, 이것을 공판에 부칠 만한 범죄 혐의가 없으므로 형사소송법 제311조에 의거해 면소한다'라는 것이었다.

이 결정에 대해 검사 측은 즉시 도쿄 지방법원 검찰국의 이소야 검사정의 이름으로 '예심 판사의 면소 결정은 옳지 않다'라고 항소장을 제출했다. 이렇게 재판은 도쿄 공소원의 명으로 도쿄 지방법원의 공판에 회부되었다.

6

공판정에서 재판장과 피고의 문답은 지금껏 써온 내용과 대부분 비슷한 성질의 것이므로 생략한다. 말하자면 이 법정에서 피고 아오자 무라츠구는 철두철미하게 기소사실起訴事實인 범행을 부인했다.

이때 증인으로 카즈에의 부모, 언니, 무라츠구의 회사동료 등 관계자가 소환되었으나, 여기서는 증인으로 나선 N서의 형사 사와바시 토미조와 재판장과의 문답을 낸다. 사와바시는 아오자의 집에서 도난당했다는 피해자 카즈에의 동그란 은제 손목시계, 지갑, 그리고 무라츠구의 넥타이핀을 벽지 속에서 발견한 인물이다.

문 5월 21일에 아오자의 집에 수색하러 갔는가.

답 갔습니다.

문 어떤 명령을 받고 갔나.

답 노나카 주임 경감님께 아오자가 도난당했다는 시계와 넥타이핀, 지갑이 아오자의 집에 있을지도 모르니 찾아보라는 명령을 받았습니다. 저와 키무라 부장 형사님, 사카이 형사, 나카노 형사가 동행했습니다. 그리고 예심에서 말씀드린 대로 집 안쪽에서부터 중간 쪽으로 수색을 시작했고, 그 다음에 주방으로 갔습니다.

문 그때 증인은 손목시계, 지갑, 넥타이핀을 찾았다고 했는데, 사실인가.

답 그렇습니다. 전 주방의 높은 곳에서부터 낮은 곳까지 모조리 조사했습니다. 높은 곳은 등나무 의자나 쌀뒤주를 발판삼아 조사했습니다. 찬장 뒤쪽 벽, 바닥에서부터 제법 높은 곳에, 옆에 못 박혀 있는 판자와 벽 사이로 손을 넣어 왼쪽부터 오른쪽으로 찾아 들어갔습니다. 그 판자 오른쪽 모서리까지 손이 갔을 무렵 바스락하고 토벽이 떨어지는 듯한 소리가 나서 흙인가 하는 생각에 그 밑 벽지를 아래쪽에서부터 위로 더듬으며 올라가자 판자와 벽 사이의 벽지가 찢어진 부분에서 손목시계가 나왔습니다.

문 시계를 발견하고 어떻게 했나.

답 바로 주방에서 키무라 부장님께 건넸고, 부장님이 전화로 상사에게 보고했습니다.

문 증인은 어떻게 하고 있었나.

답 다른 물건을 찾기 위해 그곳에 있었습니다. 그리고 그 벽 사이를 더 찾아보자 아래쪽에서 지갑과 넥타이핀이 제법 미끄러져 내려간 상태로 발견되었습니다.

문 그때 오오미야 경위는 와 있었나?

답 그랬던 것 같지만 정확히 기억나지 않습니다.

문 손목시계를 발견했을 때 바스락하고 소리가 났다고 했는데, 시계와 지갑, 넥타이핀이 처음부터 그곳에 있었다고 생각하나.

답 네.

문 벽지 아래쪽에서부터 더듬어 올라갔을 때는 시계, 지갑, 넥타이핀에 손가락이 닿았나.

답 바닥에서부터 올라가서 판자 안에서 나왔을 때는 시계에 손이 닿았기 때문에 꺼냈습니다.

문 판자와 벽 사이는 어느 정도 비어 있었나.

답 손가락의 반, 혹은 그보다 조금 더 벌어진 정도였습니다.

문 밑에서도 발견할 수 있지 않았나.

답 판자의 벽과 벽지 중간에 있었습니다.

문 그 후 벽지를 벗겨보지는 않았나.

답 저는 안 봤습니다. 당시에는 그대로 두었습니다.

문 한 번 더 묻겠네만 시계, 지갑, 넥타이핀 등이 벽지 뒤에
있는 것을 발견한 것은 틀림없겠지.

답 틀림없습니다.

만약을 위해 이 재판장과의 문답에 대해 쓰자면, 제1차 아오
자 집 가택수사에서는 이들 물품은 발견하지 못했는데, 그 다음
날 벽지와 뒤쪽의 판자 사이에 이것들이 들어 있었던 것을 찾았
다는 것이다. 제1차 가택 수색도 형사들은 엄중하게 행했을 테니,
벽지 부분도 당연히 꼼꼼하게 조사했을 것이다. 그때 넥타이핀
은 몰라도 시계나 지갑 같은 것이 '판자와 벽지 사이, 손가락이
반 정도 들어가는 곳'에 있는 것을 발견하지 못했다는 것은 이
상한 이야기였다.

재판장 쿠보타 판사의 사와바시 형사에 대한 질문이 상당히
집요했던 것은 이들 증거품이 경찰에 의해 다른 곳에서 발견되
었음에도 불구하고 일부러 그곳에 넣어두고, 처음부터 그곳에서
발견한 것처럼 꾸며, 아오자가 아내를 죽인 후 강도가 든 것처럼
위장공작을 했다고 생각하기 위한 경찰들의 농간이 아닐까 의심
했기 때문이다.

또 유치장에서 아오자 무라츠구의 말을 듣고 그것을 경찰에게
보고했다는 전 경관 이케가미 겐조에 대해, 사법 주임인 노나카
소이치 경감을 증인으로 불러 재판장이 다음과 같이 질문했다.

문 증인은 이케가미 겐조라는 자를 피의자로 조사했나.

답 그렇습니다.

문 아오자와 같은 시기에 조사했나.

답 이케가미 겐조가 먼저였습니다. 이케가미 사건을 조사하는 사이에 본 사건이 일어났습니다.

문 이케가미를 조사할 때 그에게 아오자 사건이 실린 신문을 보여준 적이 있나?

답 일부러 보여준 적은 없습니다만, 제 방에서 봤을지도 모릅니다. 당시 이케가미는 구속되어 있었기 때문에 매일 조사실에 나왔는데, 그때 봤는지까지는 모르겠습니다. 일부러 보여준 건 아닙니다.

문 그 후 이케가미가 증인에게 아오자가 본 사건 범행을 저지른 것을 유치장에서 말했다고 이야기했나?

답 그렇습니다.

문 그 무렵 아오자 사건은 검사국에 송치했나?

답 네. 검사국에 송치한 다음 날인가 그 다음 날인지는 확실하지 않지만, 아무튼 사건이 정리된 후였습니다.

문 이케가미는 어떤 계기로 그런 말을 했나.

답 이케가미에게 사건을 이것저것 묻는 사이, 이케가미 자신이 전 형사였기 때문에 아오자에게 들은 것에 대해 흥미를 갖고 말을 꺼낸 것이 아닐까 생각합니다. 그래서 일단 기록을 했지만, 이케가미는 전 형사였으니 그런 청취서를 보내기는 껄끄러웠습니다. 어쨌든 아오자와의 담화 상황이 사건의 한 단면을 이야기하는 것 같았기 때문에 검사국에 추가로 송치했습니다.

문 증인 쪽에서 이케가미를 이용해 그런 짓을 시킨 건 아닌가.

답 그러진 않았습니다.

문 아오자는 경시청에서는 자백했군.

답 그렇습니다.

문 자세한 자백은 제21차 조서에 적혀 있는데, 아오자가 이렇게 말한 게 틀림없나?

답 그대로 자백한 것은 틀림없습니다.

문 이것은 증인이 유도하면서 이건가, 저건가 떠보며 진술하게 한 게 아닌가.

답 그렇지 않습니다.

— 이상, 노나카 사법 주임의 대답에서 다음과 같은 것을 느낄 수 있었다. 이케가미 겐조는 부녀자 살해범인 아오자의 범죄를 취조실에 둔 신문에서 읽고, 같은 방의 아오자에게 흥미를 가졌다고 했지만, 사실 이건 경찰이 '이케가미 증언'을 끌어내기 위해 깔아놓은 복선 같다. 이케가미를 조사하면서 일부러 그 기사가 실린 신문을 취조실에 둔 것이고, 그걸 이케가미가 느긋하게 읽어볼 수 있도록 했다는 느낌이 든다.

또한 이케가미라는 남자는 전직 형사였던 만큼 경찰 내부에 대해서 잘 알기 때문에 경찰의 비위를 맞추는 방법을 알고 있었을 테고, 경찰 측도 전직 형사인 그에게는 동지 의식을 느껴서 다른 피의자들과는 다르게 대했을 것이다. 따라서 이케가미는 갇혀 있던 N서에서 제법 자유롭게 행동할 수 있었으며, 취조라는 이름을 빌려 유치장에서 나올 때는 형사실에 놀러 가고, 형사들에게 담배를 얻어 피우면서 수다를 떨었을 것이다. 이케가미의 비굴한 웃음이 눈에 선하다. 그는 노나카 사법 주임에게 기꺼이 이용되었으리라.

7

쿠보타 재판장은 여전히 노나카 사법 주임에게 여러 가지 질문을 했지만, 그중에서 주요 내용만 발췌하면 다음과 같다.

문 본 사건이 절도가 아닐까 하는 것에 대해서는 어찌 생각하나.

답 저는 처음 그 집에 들어갔을 때부터 절도는 아니라고 느꼈습니다. 실내를 뒤진 흔적이 없었기 때문입니다. 절도라면 실내를 뒤져야 합니다.

문 불량소년이 한 게 아닐까 하는 느낌은 받지 않았나.

답 그런 느낌은 받지 않았습니다. 불량배가 밖에서 들어왔다면, 어딘가 다급히 도망친 흔적이 있어야만 합니다. 가령 장지문이라든가 현관문, 대문 등이 열렸다가 닫힐 때 쾅 하고 닫힌 부분이 한두 군데는 있어야 합니다.

문 치정관계에 의한 사건일지도 모른다는 의문은 갖지 않았나.

답 치정관계라는 것도 염두에 두고 수사는 해봤습니다만, 치정관계라면 결혼 전에 문제가 발생해야 한다고 생각합니다. 결혼 후 1년 반이나 지났으니 치정관계는 아니라고 생각했습니다.

문 불량배의 짓이 아닐까 하는 점에 대해서는 수사를 해보았나.

답 하지 않았습니다.

문 카즈에의 유골을 N경찰서로 가져간 적은 없나.

답 없습니다.

문 N경찰서에서 이게 카즈에의 유골이라며 아오자에게 유골함을 보여주고, 그걸로 아오자의 머리를 때리면서 취조했다고 하던데.

답 사실이 아닙니다.

문 그 외에도 아오자는 N서에서 자기를 거꾸로 세워놓고 코에 물을 들이부었다고 하던데 그런 사실은 없나.

답 없습니다.

문 증인은 아오자에게 네가 그렇게 버티면 단서를 얻기 위해 친척까지 유치장에 가둘 것이다, 경시청의 이름으로 하는 이상 철저하게 해주겠다, 그때는 친척의 처자식들까지 거리로 쫓겨나게 될 텐데 그래도 상관없냐고 말한 적이 있나.

답 없습니다.

문 증인은 염주念珠를 갖고 아오자를 설득한 적이 있나.

답 있습니다. 저희 수사관은 몇 만 명을 검거해도, 한 사람도 무고한 사람이 있어서는 안 된다고 설명한 적이 있습니다.

문 형사들은 피고에게 목을 조르는 실연을 시켰다고 하는데, 증인은 모르나.

답 모릅니다.

문 증인이 아오자 집에 갔을 때 사와바시 형사가 주방의 찬장이 있는 곳에서, 여기 시계가 있다고 말한 후 지시했나.

답 그렇습니다.

문 사와바시가 다른 곳에서 시계를 가져와서 그곳에 넣은 건 아닌가.

답 그렇지 않습니다.

문 증인과 사와바시가 그 손목시계가 있는 방에 들어간 것은 언제인가.

답 같이 들어간 적이 있는지 없는지 기억나지 않습니다.

문 사와바시가 그곳에 손목시계를 넣을 시간적 여유는 있었나.

답 기억나지 않습니다.

문 하지만 증인은 사와바시와 그곳에 거의 동시에 들어가지 않았나.

답 기억나지 않습니다.

문 그럼 사와바시는 뭐라고 했나.

답 여기 시계가 있는 걸 발견했다고 말했습니다.

문 그곳에 시계가 있었나.

답 그렇습니다.

문 그 후 사와바시가 지갑과 넥타이핀을 발견했을 때, 증인은 어디 있었나.

답 8첩 방에 다른 부하와 같이 있었습니다. 사와바시가 그곳으로 와서 같은 곳 벽지 아래 부분에 또 뭔가가 있으니 보러 와주십시오, 라면서 저를 부르러 왔습니다.

문 그때 지갑과 넥타이핀은 벽지와 벽 사이에 들어 있었나?

답 그렇습니다.

문 사와바시가 처음에 손목시계를 발견한 후 다시 같은 곳 아래쪽에서 지갑과 넥타이핀을 발견한 것이 부자연스럽다고는 생각하지 않았나. 즉 손목시계와 동시에 발견되지 않은 것 말일세.

답 그런 느낌은 받지 못했습니다.

― 재판장의 초반 질문에서 N서가 처음부터 범인은 아오자 무라츠구라고 찍어놓았기 때문에 외부에서 침입한 절도범이나 불량학생 같은 것을 전혀 생각하지 않았다는 것을 알 수 있었다. 또한 그 다음 질문은 손목시계, 지갑, 넥타이핀 등이 경찰관에게 발견된 상황이 부자연스러워서, 앞에서 적은 것처럼 경찰이 아오자를 범인으로 결정짓기 위해 꾸민 것이라고 재판장도 느낀 것 같다.

또 재판장은 손목시계를 발견했을 때 사와바시 형사와 노나카 사법 주임의 행동을 시간적으로 묻고 있지만, 노나카는 불리할 것 같은 부분은 전부 '기억이 나지 않는다'고 대답했다. 경찰이 법정에서 불이익을 당할 만한 부분은 전부 '잊었습니다' 라든가 '기억나지 않습니다' 라고 말하는 건 상투적인 답변이었다.

또한 노나카 사법 주임은 피고인 아오자 무라츠구가 말한 N서의 심문을 전면적으로 부정하고 있다. 물론 이걸 인정하면 일이 커지기 때문에 부정할 수밖에 없었을 것이다. 하지만 염주로 피고를 심문한 것은 인정했다. 노나카의 대답은 상기처럼 변명이지만, 염주로 심문한 것 자체가 피고에 대한 심리적인 고문을 의미한다.

이렇게 법정 심리가 끝났고, 1941년 12월 14일, 도쿄지방법원 형사 제6부 법정에서 쿠보타 재판장은 피고 아오자 무라츠구에게 '무죄' 판결을 내렸다.

그 이유 중에는 다음과 같은 설명이 있었다.

"…… 경찰의 이후 피고인 취조 경과로 미루어보아, 피고인은 사법 경찰관 취조에서 수차례 진술을 번복, 혹은 변경했지만 그간 스스로 아내 카즈에 살해 사실을 자백하고, 예심 판사의 제1차 심문에서 자신의 범행이라는 내용을 자백한 데다, 증인 이케가미 겐조는 피고인과 같은 방을 쓰면서 피고인이 스스로 범행을 긍정하는 듯한 말을 하는 것을 들었다고 증언했다. 이상의 모든 점들로 미루어 판단하면 본 범행은 피고인의 소행이라고 단정할 수 있을 것 같다.

하지만 뒤집어서 본 사건 범행 동기로 보이는 사정, 피고인의 성격, 자백 내용, 범행이 행해진 당일 피고인의 행동, 여러 증인들의 증언, 그 외의 점들에 대해 더욱 깊게 성찰하면 반드시 상기 범행이 피고인의 짓이라고 속단할 수 있는 것은 아니다.

예심 판사 및 당 법원에서 피고인과 그 외 다른 관계 증인의 취조에 의하면 카즈에는 피고인에게 불만의 기색이 있었고 결혼 후에도 그 어머니나 언니에게 불만의 뜻을 비친 것은 사실이나, 평소 딱히 부부 사이가 원만하지 못했던 흔적은 없고, 피고인이 아직 이전에 피해자에게 격분하여 난폭한 행위에 이른 흔적은 보기 어렵기 때문에 피고인의 특별한 성격 외에 아무런 특수한 사정이 보이지 않음에도 상기처럼 단순한 사정으로 갑자기 아내에게 중대한 일격을 가했다고 믿을 수 있는 근거가 빈약하다.

피고인에게 위와 같은 특수한 성격이 있었다는 사실 및 달리 피고인이 상기 난폭한 행동을 할 수밖에 없는 사정이 보이지 않으므로 본 사건 범행 동기로 보이는 점은 다소 확실치 않은 감이 있다. 그뿐 아니라, 피고인이 경찰에게 이후 자백한 부분을 요약하자면 위와 같은 동기로 카즈에의 흉부를 주먹으로 구타하고 피해자가 그 자리에 혼절했을 때 옷자락이 흐트러진 피해자의 모습에 갑자기 성욕을 느껴, 여자의 목을 조르면서 성행위를 한 후 손수건 등으로 피해자의 목을 강하게 졸랐다고 한다.

그런데 카즈에의 사체 해부 혹은 감정 결과에 따르면 우측 제

4 내지 제6늑골사이의 골간 골절 및 간장 파열과 그 부분에 다량의 출혈 등, 다소 강력한 외부의 힘에 의한 것이라고 추측되는 상해 흔적이 보이며, 이러한 상해는 일반인의 주먹에 의한 타격 혹은, 단순히 무릎으로 압박하는 정도의 외부의 힘으로는 발생하기 힘들다는 점은 명백하기 때문에 위 자백은 이상의 감정 결과와 합치되지 않는다.

또한 위와 같은 사정에서 아내가 쓰러진 것을 보고 갑자기 성욕을 느껴 자진해서 성행위를 했다고 하나, 피고인이 매우 특수한 이상성격자가 아니라면 쉽게 상상할 수 없는 일이다. 당 법원에서 취조한 모든 증거에 비추어 보아도 피고인이 특수한 성격 이상자라고는 도저히 생각되지 않기 때문에 피고인의 위와 같은 자백은 신용할 수 없다."

8

제1심에서 피고인 아오자 무라츠구가 무죄를 받았기 때문에, 검사는 즉시 공소했다. 도쿄 공소원에서는 1942년 11월 7일에 원 판결을 뒤집고 피고인을 '유죄'라고 보고, '징역 7년'의 판결을 내렸다.

그 이유로는 피고 아오자 무라츠구의 최초 범행 자백을 전면적으로 채용, 또 유치 중에 피고와 같은 방을 썼던 이케가미 겐조의 증언 채용, 피해자인 카즈에의 부모 증언 채용, 더욱이 각 경찰관의 증언을 채용하고, 이것들을 종합하여 '따라서 판시 사실은 전부 그 증명이 있다'고 했다.

피고 아오자 무라츠구는 이에 불복하고 대법원에 상고했다. 하지만 대법원에서는 이 상고를 '기각'했다. 따라서 피고인의 유죄, 징역 7년 형은 확정됐다.

대법원은 변호인이 낸 상고취지서를 전면 기각했는데, 변호 요지의 주요점은 다음과 같다.

① 전심 판결의 이유가 된 것이 경찰의 취조서에만 중점을 두고 심리한 점. 이들의 취조서는 피고가 N경찰서 및 경시청에서 여러 고문을 당해 엉터리 진술을 받아 취조서로 작성한 것이기에 신용할 수 없다. 그리고 이것을 기초로 한 판결은 명백히 사실의 오인에 의한 것이다.

② 전심 공소원의 판결에 기초한 증인의 진술은 전부 증언 중 피고에게 불리한 점만 채용한 것이다. 특히 이케가미 겐조의 증언을 중시한 것은 그가 전직 경시청 형사로, 사기죄로 검거되어 피고와 같은 방을 쓸 때 피고와 여러 이야기를 나누고, 그때 피고가 카즈에를 살해했다는 말을 하지 않았음에도 불구하고, 이케가미 본인이 자기 죄를 어느 정도 감면받기 위해 담당자인 노나카 경감의 뜻에 영합하여 마치 죽인 것처럼 증언한 것은 본의本意가 아니다.

③ 전심은 피고가 카즈에의 흉부를 두세 차례 강하게 때리고,

그로 인해 늑골이 골절된 것처럼 판결했지만, 이러한 행위로 피해자 카즈에의 골절이 일어날 수 없는 것은 명백한 사실이다. 설령 과학 수사로 감정을 명하고, 그 결과로 강력한 타격에 의한 것이라는 감정이 나왔다 해도 주먹으로 뼈를 부러뜨리는 것은 용이한 일이 아니기 때문이다. 따라서 한 번으로 골절됐다는 피고의 자백이 정당하다고 해도, 이건 과학적으로 합치하지 않는다. 합치하지 않는 것을 억지로 합치하게 만들기 위해서는 자연히 수사관의 증언을 채용할 수밖에 없게 된 것이다. 이것을 상기 피고의 범행이라고 한 것은 전심의 사실오인이다.

④ 피고인 아오자 무라츠구에게 유리한 증인의 증언과 피고의 진술 및 검증 결과, 그 외에 피고에게 유리한 점은 전심판결에서는 원용하지 않았다.

⑤ 피고가 5월 20일 오후 5시 20분경에 집에 돌아왔을 때 아내 카즈에와 약속한 영화관 일로 분개하여 8첩 방에서 카즈에 앞으로 돌아가 말없이 오른쪽 주먹으로 두세 차례 때리자 카즈에가 앞으로 쓰러졌다는 기재와 관련하여, 이를 판정 자료로 하는 것은 사실오인의 원인과 같다. 정신병자라면 모를까 보통 사람들은 내심 달갑지 않은 일이 있다 하더라도 카즈에를 8첩 방까지 쫓아가서 말없이 두세 번 때리는 행위 자체가 정상적이라고 할 수 없다. 또한 피고는 지금까지 카즈에에게 이러한 행동을 한 적이 없다.

⑥ 아내 카즈에가 혼절한 것을 보고 성행위를 했다는 인정은 불합리하다. 그 정황에 대해서는 자신의 돌격으로 카즈에가 혼절

한 것을 본 피고인은 무서운 짓을 저질렀다, 죽여 버렸다고 생각했지만 카즈에의 옷자락이 걷어 올라간 것을 보고 마지막 관계를 맺자는 생각에 피해자 위에 올라탔으나, 피해자의 몸이 아직 따뜻했고 완전히 죽은 건 아니라고 생각했다.

피고가 이 같은 행동을 한 이상, 카즈에가 소생해서 자기 행동을 다른 사람에게 알리면 곤란하니 절대로 살아나지 못하게 하자고 생각했고, 또 진작부터 여자의 목을 조르면서 관계하면 어떤 기분일까라는 엽기적인 마음이 들어 카즈에 위로 올라간 채로 목 양쪽을 두 손으로 누르고 관계했지만 카즈에가 축 늘어지는 바람에 정말 죽었구나 생각했다는 사실 인정의 취지이다.

하지만 위와 같은 행동은 아무리 잔인한 사람이라도 진짜로 시행하기는 어려우며, 전심 판결은 피고가 상기 행동을 영화관 이야기로 아내를 기쁘게 해주려고 집에 돌아왔을 때 우발적으로 추행한 것이다라고 했다. 피고가 성격이상자라면 모를까, 위와 같은 행동을 인정한 전심 판결은 불합리한 사실 인정을 억지로 한 것이다.

⑦ 카즈에의 친아버지인 이시다 주타로 및 아내 치즈루의 증언에 따르면 피고에게 당황하여 쩔쩔매는 태도가 없었던 점을 전심 판결은 증거로 채택하고 있지만, 피고가 귀가하여 아내의 전혀 다른 모습을 보고 망연자실한 것은 이미 N서에서 제1차 조서를 쓴 이후 명백해 보인다. 아내의 사체를 보고 반드시 대성통곡을 한다고는 할 수 없으며, 사람에 따라서는 너무 놀란 나머지

비상식적인 행동을 하는 것이 오히려 자연스럽다.

또한 피고는 카즈에를 살해했기 때문에 공포심을 느껴 피해자 옆에 있지 못하고, 또 뭔가 응급조치를 취하지 않았다는 사실에 의거하여 피고의 범행이라고 인정하고 있지만, 갑작스런 이변을 맞닥뜨려 망연자실한 경우에는 이와 같은 일이 일어날 수 없다고만은 할 수 없다.

이상이 변호인의 상고취지서의 개요였다.

하지만 대심원 형사부 제3부 법정에서는 상기의 변호인 상고취지서를 전면 부인했다. 판결문은 다음과 같다.

'피고가 아내 카즈에를 살해한 것은 내용을 보아서 알 수 있고, 기록을 자세히 검토해보아도 이 사실의 근거에 중대한 오인이 있었다고 보기는 어렵다. 즉 전심 판결의 사실 인정 및 증거이유 모두 정당하다. 또한 담당관이 피고인을 불법으로 부당하게 취조해서 거짓 진술을 받았다고 볼 근거가 없다.'

재판장은 대심원 판사 오쿠라 슈타로라는 사람이었다.

이 오쿠라 슈타로라는 판사는 2차 대전 이후 자신의 체험을 책으로 써서 출판했다. 그 저서 가운데 다음과 같은 문구가 있다.

'공판 판사는 사건 발각 당시 수사에 관여하지 않고, 피의자,

관계자의 사건 당초의 취조에도 입회하지 않기 때문에 사건에 대한 인상의 깊이에서 직접 이들을 취조한 경찰과 검사보다 손색이 있는 것은 어쩔 수 없는 일이다. 따라서 이들 취조 중, 지금까지 아무도 눈치채지 못했던 새로운 단서를 발견하는 경우는 생각보다 적으며, 판사의 새로운 발견은 증거물을 자세하게 점검하는 것에 의해 이루어지는 경우가 많다. 특히 서증文書로 된 증거은 경찰에 의해 중요한 점을 간과하고 끝난다는 점에서 판사는 그 경험에 근거하여 면밀한 검토를 더 할 여지가 있다. 서증을 날카로운 눈으로 검토하면 당사자의 허점이 생각지 못한 곳에 숨어 있을 수도 있기 때문에, 검토를 반복하면 의외의 수확을 거둘 때도 있다.'

그 오쿠라 슈타로 판사가 이 사건에서 피고인 아오자 무라츠구를 아내 살인범으로 인정한 것이다.

— 오쿠라 판사의 부녀자 살인사건 관계증서를 보는 눈은 이렇게 되어 있다. 즉, 경찰이 처음부터 범인을 피해자의 남편이라고 예단하고 다른 방면의 수사에는 별로 신경 쓰지 않은 점과 아오자는 그 범죄에서 이상 성격에 가까운 행동을 했지만 평소 그에게서 그런 성질은 보이지 않았다는 점, 아오자에게 그 정도의 완력이 있다고는 여겨지지 않음에도 피해자를 한두 번 때려서 늑골 골절과 비장 파열 등이 일어날 정도의 강타를 가한 점, 또한 그 범죄 인정은 대부분 아오자의 자백뿐이라는 점, 그 자백은 경찰 고문과 유도심문에 의한 것으로 판단되는 점, 전직 형사

였던 같은 방 사용자를 증인으로 하여 그 밀고를 방증으로 삼고 있는 점, 이상의 점들을 오쿠라 판사는 일절 부정하고 만 것이다.

서증에 대한 오쿠라 판사의 예리한 눈에는 아내에게 영화 관람을 거절당해 이성을 잃은 남편의 폭행만 보인 모양이다. 피해자 체내에 남아 있는 A형은 가장 흔한 혈액형이지만 오쿠라 판사는 이것을 아오자 범행의 물적증거로 택하는 것에 주저함이 없었다.

대심원의 판결이 확정되어 아오자 무라츠구가 복역을 시작한 지 얼마 지나지 않은 1943년 7월의 일이었다. 사건을 다룬 관할서인 N서에 내가 그 살인사건의 진범이라고 나선 남자가 있었다. 그는 아오자 무라츠구 집에 주문을 받으러 갔던 야마무라 마사오였다.

그는 경찰에서 이렇게 말했다.

"저는 아오자 씨 댁에 주문을 받으러 다니는 사이 그 댁 부인을 사모하게 되었습니다. 기품 있는 사모님이었지만 저와는 허물없이 이야기를 나누어 주었거든요. 어느 날 그 댁에 미소 백 문을 오후 4시 반쯤 배달하러 가니 뒷문이 열려 있었습니다. 소리 내어 불렀는데, 부인은 평소와 달리 아름답게 화장을 하고 나왔습니다. 그 모습으로 저는 부인이 외출 준비를 하고 있다는 것을 알고 부인, 어디 나가십니까, 라고 농담조로 물었습니다. 그러자 사모님은 한 시간만 지나면 남편이 돌아와 같이 영화를 보러 간다고 했습니다.

저는 미소를 뒷문 옆 주방 마루에 내려놓고 사모님, 즐거우시 겠습니다라고 말하면서 서 있었는데 사모님은 주점 배달원인 저 같은 건 눈에 들어오지도 않는 듯 눈앞에서 아무렇지도 않게 오 비를 풀고 상의를 벗더니 옆을 보고 앉아 아무렇지도 않게 타비 까지 양쪽 모두 벗었습니다. 그때 나가주반겉옷과 같은 기장의 속옷과 케다시속치마 위에 겹쳐 입는 옷의 붉은 자락이 보였습니다.

전 그것을 보고 갑자기 성욕이 일어 저도 모르게 집 안으로 들어갔습니다. 사모님은 깜짝 놀라 믿을 수 없다는 표정으로 저 를 쳐다보더니, 갑자기 제가 서 있는 반대쪽 옷걸이로 도망쳤습 니다. 저는 재빨리 쫓아가 부인 앞으로 돌아갔습니다. 사모님이 창백한 얼굴로 당장에라도 큰 소리를 지를 것 같아서, 저는 소 리가 나면 이웃에 들릴 테니 무심결에 온 힘으로 부인의 가슴을 두세 차례 때렸습니다.

그러자 사모님은 아무 소리도 내지 못하고 쓰러졌습니다. 저는 평소 무거운 것을 운반하거나 배달하는지라 남들보다 힘이 센 편입니다. 그래서 사모님이 잠시도 못 버틴 거겠죠. 쓰러진 사모 님은 그대로 축 늘어져 버렸습니다. 저는 쓰러진 사모님의 허벅 지 부근을 보고 도저히 욕정을 억누를 수가 없어져 사모님 위에 올라타서 제 바지를 내리고 사모님의 가랑이를 벌린 후 목적을 달성했습니다. 그러나 행위 한참 도중에 부인의 눈이 저를 노려 보는 것 같아서 무서워진 저는 그 얼굴을 옆으로 돌렸습니다.

하지만 고작 두세 대 때린 것만으로는 죽었으리라는 생각은 들

190

지 않아서 만약 의식을 되찾으면 제 행동을 알고 남편에게 말할지도 모르겠다는 생각에 주방에 있던 무명 수건으로 사모님 목을 감고 힘껏 졸랐습니다. 이걸로 됐다고는 생각했지만 시간적으로 미소를 배달하러 온 제가 한 짓이라는 게 경찰에 알려지면 큰일이다 싶어 강도의 소행처럼 보이도록 사모님의 다리 밑에 유카타를 밀어 넣었습니다. 그 유카타는 옷장 안에 있던 것이죠. 그리고 사모님이 벗어놓은 평상복도 얼굴에 덮어 씌웠습니다. 이건 사모님이 눈을 부릅뜨고 있어서 무서웠기 때문입니다.

그것만으로는 도둑의 짓이란 생각이 들지 않을 것 같아 사모님이 오비를 풀 때 놓아둔 것으로 보인 지갑을 챙기고, 사모님의 손목에서 은제 손목시계도 풀었습니다. 그러고도 부족하다는 생각에 장롱을 어지르려고 서랍을 열었더니 속에 물건이 가득 들어 있었습니다. 하지만 앞으로 한 시간 후면 남편이 돌아올 거란 생각에 침착함을 잃은 전 결국 넥타이핀 하나만 훔쳐냈습니다. 집에서 불이 났을 때 정작 중요한 것을 꺼내지 않고 별 볼 일 없는 것만 들고 도망칠 때의 심정과 마찬가지였어요. 훔친 세 물건을 품에 넣고 뒷문으로 나가려 했지만, 미소를 뒷문에 놔둔 것을 떠올리고, 뒷문으로 들어왔다고 여기면 곤란하기 때문에 뒷문을 닫아 안쪽에서 자물쇠를 채웠습니다.

그리고 제 신발과 미소를 양손에 들고 현관으로 가서 대나무 껍질에 싼 미소는 현관 옆에 두고 신발을 신고 현관으로 나갔습니다. 사모님이 평소에 뒷문이 닫혀 있을 때는 현관으로 들어와서 그곳에 물건을 놓아두라고 말했기 때문입니다. 아오자 씨 댁은 현관도 대문도 늘 열어놓거든요.

그리고 가게로 돌아가 다른 배달을 하며 돌아다녔지만 품에는 그 집에서 훔쳐온 시계, 지갑, 넥타이핀이 들어 있어서 제정신이 아니었습니다. 현관에 미소를 두고 나왔기 때문에 언젠가는 경찰이 제게도 사정을 물으러 오겠지 싶어 변명거리를 생각했습니다. 그러자 그날 밤 8시쯤 형사님이 와서 제게 사정을 물었기 때문에 전 3시 반쯤 아오자 씨 댁 뒷문으로 들어가 안녕하세요 하고 인사했지만 대답은 없었다, 그래서 현관으로 돌아가 미소를 왼쪽 구석에 두고 문을 닫고 돌아왔다, 그때 그 댁에는 아무도 없는 분위기였고 현관 장지문은 왼쪽에서 오른쪽으로 열려 있었다라는 식으로 진술했습니다. 형사님은 그 말만 메모하고 달리 이상한 점은 없었는지만 물었기 때문에 제가 전혀 눈치채지 못했다고 대답하자, 형사님은 아, 네, 고맙소, 하는 말만 하고 돌아갔습니다. 그래서 저도 안심했죠. 그 후로는 한 번도 경찰이 오지 않았습니다.

하지만 몰래 가지고 나온 손목시계, 지갑, 넥타이핀을 어떻게 처리하나, 어디에 묻어버릴까 생각했는데, 다른 사람에게 들킬 것 같아서 차마 결단을 내리지 못했습니다. 그러던 중 다음 날 조간을 보자 부녀자 살해사건 기사가 대대적으로 보도되었고 은시계, 지갑, 넥타이핀 등이 도난당했다고 적혀 있었습니다. 저는 경찰이 도난당한 물건을 찾고 있다고 생각하자 평정심을 유지할 수 없어서 버릴 곳을 찾았습니다. 그리고 아침 일찍 마침 아오자 씨 댁 근처에 배달 건수가 있어서 갔을 때 그 세 가지 물건을 그 댁에서 한 채 떨어진 집 뒤의 쓰레기장에 버리고 왔습니다.

나중에 전 그 세 가지 물건을 경찰이 아오자 씨의 집 안에서 발견했다는 말을 듣고 이상하다고 생각했어요. 저는 틀림없이 두 채 옆집 뒤의 쓰레기장 옆에 버리고 왔거든요. 제 혈액형은 A형입니다.

아오자 씨가 아내 살인죄로 형무소에 들어갔다는 말을 듣고 양심에 가책을 느낀 전 큰마음 먹고 자수를 하러 온 것입니다. 저는 그날 이후 이 일에 신경이 쓰여 어찌할 바를 몰랐고, 밤에 잠을 자도 제가 죽인 부인이 무서운 표정으로 제 머리맡에 서 있는 것을 몇 번이나 보았습니다."

하지만 관할서인 N서에서는 야마무라 마사오의 자수를 듣고도 받아들이지 않았다. 이때 노나카 사법 주임은 다른 서로 전출 간 상태였다. 후임자는 야마무라의 진술에 당황했고, 사람들의 시선을 피해 그를 불렀다.

"이제 와서 그런 재미없는 소리를 하면 곤란해. 아오자 무라츠구가 진범이라는 건 틀림없어. 그건 재판을 세 번이나 해서 최고 권위의 대심원 판결에서도 그렇게 확정한 거야. 아오자는 지금 자신의 죄를 뉘우치며 얌전히 복역 중이고. 그런 말을 하러 오다니, 혹시 머리가 어떻게 된 거 아닌가. 지금은 전국이 중대한 시기라 전 국민이 영미英美격퇴에 힘쓰고 있어. 그런 망상에 사로잡혀서

끙끙 앓는 인간은 국민으로서의 자격이 없는 거야. 이번에는 내가 못들은 것으로 해줄 테니 두 번 다시 이런 일로 경찰에 오거나, 다른 사람들에게 소문을 내고 다녀선 안 돼."

후임 사법 주임은 이렇게 설득했다.

9

— 1944년 4월, 이케가미 겐조는 37세의 나이로 노장 보충병에 소집되었다. 도쿄에서 편성된 그 부대는 한국의 용산으로 갔고, 그곳에서 오사카, 큐슈에서 온 각 부대와 만났다. 이 신新 편성 야전사단은 전국戰局이 불리한 필리핀으로 보내질 예정이었다.

용산에서 수송선이 인천항으로 들어오기를 기다리는 이 부대는 매일같이 3미터 정도 되는 전망대를 만들어 그 높은 곳에서 뛰어내리는 연습만 했다. 전망대의 양측에 사다리를 걸치고 모래 위로 뛰어내리는 것이었는데, 이건 수송선이 잠수함에 당했을 때를 대비한 해상 대피 연습이었다.

병사들은 풀 죽은 모습으로 모래 위로 뛰어 내렸다. 마치 죽음의 훈련을 하는 것과 마찬가지였다. 용산 부대는 병영이 다른 부대로 가득했기 때문에, 이 부대는 강당과 급조한 막사 등에 비좁게 수용되었다.

이케가미 겐조는 마찬가지로 도쿄에서 온, 서로 어디서 살았는지를 이야기하는 병사들 가운데서도 30대 정도의 눈이 커다란 신참 병사에게 흥미를 가졌다. 야마무라라는 이름이었다. 야마무라는 때론 이상하게 우울해하는가 하면, 때론 신나서 떠들어대는 남자였다. 그는 침울할 때는 창백한 얼굴로 생각에 잠겼고 멍한 상태가 되곤 했다.

"자네, 도쿄의 N초에서 왔다고 하던데, N초 어디쯤에 살았나?"

전직 형사이자 사기 전과가 있는 이케가미 겐조 일병이 야마무라에게 물었다. 비 오는 날이라 내무반은 낙하 연습을 쉬고 있었다. 이야기를 듣는 사람은 아무도 없었다.

"N초 XX번지입니다. 저는 그곳에서 주점 점원으로 일했습니다. 집은 그곳이 아니에요. 하치오지의 시골입니다."

"뭐, XX번지라고. …… 분명 그 주변에서 4, 5년 전에 부녀자 살인사건이 있었지. 남편이 아내를 죽인 사건인데."

이케가미가 생각난 듯 말했다.

"그건 제 이웃에서 일어난 사건입니다. 어? 병사님도 그 사건을 알고 계십니까?"

야마무라가 되물었다.

"당시 신문에서 요란하게 떠들어 댔으니까."

이케가미는 기침을 한 후 잠시 생각하다가 갑자기 짚이는 게 있다는 표정으로 야마무라에게 물었다.

"신문 기사에는 피해자의 집에 범행이 일어나기 전으로 추측되는 시간에 주점 직원이 미소를 배달하러 왔었다고 되어 있었는데, 혹시 그 직원이란 사람이 자네 아닌가?"

"네, 맞습니다."

야마무라가 시선을 내리깔았다.

"그렇군. 그게 자네였구먼."

이케가미는 감개무량한 듯 야마무라의 얼굴을 곰곰이 쳐다봤다.

"병사님은 그 사건을 어떻게 그렇게 잘 아십니까?"

야마무라는 이케가미의 표정을 보며 약간 의아한 듯 물었다.

"음, 그냥 좀. 역시 신문기사일까……. 그럼 자네는 그때 경찰에게 조사를 많이 받았겠군."

이케가미가 물었다.

"아뇨, 그 정도는 아닙니다."

"그런가. 근데 범행 시간 직전에 자네가 피해자의 집에 미소를 배달했으니까."

이케가미는 어느 틈엔가 형사 말투로 돌아왔다.

"하지만 형사는 한 번 물으러 온 게 다였어요."

그런가, 하고 말하고 자기를 쳐다보는 이케가미의 매서운 눈에 야마무라는 약간 주눅이 든 것 같았다. 그때 이케가미의 눈빛은 형사의 그것이었다.

그 후로 일주일이 지났다. 수송선이 인천으로 들어와 드디어 아침 일찍 필리핀 출항을 앞둔 밤이었다. 야마무라가 강당 마룻바닥에서 많은 사람들과 같이 앉아 있는 이케가미에게 기어왔다.

"병사님, 요전에 제게 동네에서 일어난 부녀자 살인사건을 물었는데, 병사님도 그 사건에 어느 정도 관련이 있나요?"

"자네는 어찌 생각하는데?"

이케가미는 되물었다.

"병사님은 경찰 관계자 아니었습니까? 얼마 전에 절 보던 눈빛을 보고 그렇게 생각했습니다."

"실은 경찰에 몸담았던 적이 있긴 하지. 하지만 N서는 아냐. 그러니까 살인사건이랑은 상관없어."

이케가미는 사기죄를 짓기 이전의 경력을 언급했다.

"역시 그랬군요."

야마무라는 한동안 생각했다.

"병사님은 제가 그 후에 그건 제가 한 짓이었다고 N서로 자수하러 갔단 이야기는 못 들으셨나요? 아오자라는 피해자의 남편의 형이 결정된 후에 말입니다."

"뭐? 그게 자네 짓이라고 자수하러 갔다고?"

이케가미는 눈을 부라렸다.

"네. N서에 얘기했으니 다른 경찰서 형사 동료들에게도 알려지지 않았을까 생각했는데요."

"아니, 난 못 들었는데."

이케가미는 마치 당시에도 형사였던 것처럼 가장했지만 그보다도 야마무라의 의외의 고백에 놀랐다.

"그렇군. 자네가 범행 시간 전에 미소를 배달했으니까. 대체 자수 내용은 어떤 것이었나?"

"네, 이런 것이었죠."

야마무라는 N서에 가서 사법 주임에게 했던 말 그대로 이케가미에게 말했다.

"그렇군. 이걸로 수수께끼의 답을 알았네."

이야기를 듣던 이케가미는 고개를 깊이 끄덕였다.

"근데 경찰서에서는 왜 자네를 체포하지 않았지? 그 자수를 듣고 뭐라고 하던가?"

"그 사건은 대심원 판결도 끝난 일이니까 쓸데없는 소리 하지 말라고 화냈습니다."

"흐음."

"하지만 병사님, 사실 그 사건의 범인은 제가 아닙니다."

"뭐, 그럼 왜 그런 거짓말을 한 거야?"

"…… 잘 모르겠습니다. 그때 제 마음을."

"자네가 한 게 아니라는 건 거짓말이 아니겠지?"

"거짓말 아닙니다. 경찰에 자수하면서 했던 게 거짓말입니다. 병사님은 범행 전에 제가 미소를 배달한 것을 기억하고 계시던데, 그 시각에 아오자 씨 댁에 간 건 저뿐만은 아닙니다. 신문 배달원도 있어요. 신문 배달원이 저보다 나중에 그 집에 갔습니다."

"음."

이케가미는 속으로 신음했다.

그러고 보니 석간은 우편함 안에 꽂혀 있지 않았고, 그 신문 기사에는 분명 8첩 방 식탁 위에 그 석간은 놓여 있었다고 했다. 그렇다면 살해당한 여인은 석간을 가지러 우편함으로 갔거나 아니면 그 석간을 직접 배달원에게 받았을 것이다. 문은 잠겨 있지 않았고 현관 격자문은 열려 있었다. 그 신문 배달원은 완력이 센 남자였을지도 모른다. 그리고 A형 혈액형이었을지도 모른다.

"신문 배달원이라. 그래, 그 신문 배달원은 경찰 조사를 받았나?"

"조사는 받았지만 저처럼 한 번뿐이었습니다. 그 신문 배달원은 얼마 안 있어 일을 그만두고 사라졌습니다."

이케가미는 야마무라가 자수한 내용이 사실인지 아닌지 아직 판단이 서지 않았다. 야마무라가 범인 같기도 하고, 그렇지 않은 것 같기도 했다. 만약 범인이 아니라면 왜 그런 거짓 자백까지 하며 자수한 걸까.

그날 밤, 이케가미는 잠을 잘 수 없었다. 다른 병사들도 쉬 잠들지 못하는 것 같았다. 내일 수송선에 탑승해도, 과연 필리핀에 무사히 도착할 수 있을지는 알 수 없다. 적의 잠수함이 동중국해를 활보하고 있다. 실제로 이 사단이 나오기 전 수송선이 세 척이나 당해서, 그 안에 꽉 차게 타고 있던 장병들은 대부분 바다의 폐기물이 되었다. 다이빙 연습도 별 도움이 되지 않은 것이다.

이때 이케가미의 머리를 스치는 것이 있었다.

만약 야마무라가 범인이 아니라면 왜 거짓 자백을 했을까. 그 수수께끼를 풀 생각이 떠올랐다. 야마무라는 징병당하고 싶지 않았던 게 아닐까. 그 자수가 거짓이든 사실이든 아무래도 상관

없었다. 그는 그저 형무소에 들어가고 싶었던 것이다. 전쟁이 진행됨에 따라 교육을 받지 않은 젊은이들이 점점 보충병으로 소집되고 있다. 이를 피하려면 중요 범죄인이 되면 된다. 형무소는 안전한 곳이다. 실제로 아오자 무라츠구는 7년 형이었다. 적어도 7년간, 아오자는 생명의 안전을 보장받는다. 야마무라 마사오도 아오자가 들어가 있는 그 안전지대를 노린 건 아닐까. …… 주위에서는 잠들지 못하는 병사들이 끊임없이 뒤척이고 있다.

— 이케가미와 야마무라가 탄 수송선은 내일 저녁, 바로 적의 잠수함에 의해 제주도 부근에서 격침당한다.

종족동맹

1

인간의 불행은 정말 사소한 계기로 일어난다. 마치 공기 중의 보이지 않는 균이 부유하다가 손끝에 닿는 것이나 마찬가지다.

내 경우, 그건 도쿄지법 복도에서 일어났다. 어떤 용무로 걸어가고 있었는데, 맞은편에서 옆구리에 불룩한 보퉁이를 끼고 급하게 오고 있던 동료, 쿠스타 변호사를 만났다. 우리는 그곳에 멈춰 서서 이야기했다.

"꽤나 바쁜 모양이군."

"응, 국선변호를 너무 많이 맡았어."

쿠스타 변호사는 옆구리의 꾸러미를 슬쩍 들어 올려 보였다. 물론 사건 서류가 가득 차 있는 꾸러미였다.

"자네는 열정이 넘치니까 어떻게든 할 수 있는 거 아닌가."

"그건 그런데, 좀 곤란한 일이 생겼거든. 센다이의 어머니가 위독하다네. 오랫동안 자리보존 중인 노인이라 이번에는 힘들지도 몰라. 그래서 나도 2, 3일 다녀오고 싶지만 이렇게 일이 산더미니 이를 어쩌나."

그는 어두운 얼굴로 말했다. 이렇게 나는 그를 돕게 됐다.

국선변호란 재력이 없어서 변호사를 살 수 없는 피고를 대신해 국가가 수임료를 대서 변호를 해주는 것을 뜻한다. 따라서 법정 변호료는 지독하게 싸다. 어느 정도 양으로 승부하지 않으면 수지가 맞지 않는다. 국선변호사는 변호 방법이 엉터리라든가 조잡하다는 비난을 받는다. 분명 심한 경우 제대로 기록도 보지 않은 채 감으로 법정에서 대변론을 늘어놓는 변호인도 있긴 하다. 하지만 모든 사람이 그런 건 아니다. 쿠스타는 양심적인 변호사였다. 그리고 내게도 가난한 피고를 위해 일하고자 하는 정의감은 있다.

내가 도와주겠다고 하자 쿠스타는 무척 기뻐하며, 그럼 재미있어 보이는 사건이 있으니 이걸 맡아주지 않겠냐며 사건 하나를 건넸다. 그게 바로 아니 렌페이에 관한 부녀자 폭행 사건이었다. 제2차 공판은 이틀 후에 열린다고 했다.

쿠스타는 복도 구석에서 사건 내용에 대해 간단하게 정리해서 말해주었다. 그의 이야기를 들은 난 이 사건이 '재미있다'는 것이 무슨 뜻인지 알았다. 사건 기록 서류는 나중에 내 사무소로 보내주겠다고 했다.

저녁에 사무소로 돌아오자 이미 쿠스타가 보낸 사건 서류가 도착해 있었다. 내 조수를 하고 있는 오카하시 유키코가 꾸러미를 풀어 검사 기소장을 읽고 있었다.

선생님, 이게 어떻게 된 거죠, 라는 그녀의 질문에, 쿠스타에게 인수받은 건데 어때, 재미있나, 라고 되물었다. 그러자 오카하시 유키코는 이 피고는 무죄일지도 모르겠네요, 무척 흥미로운 사건 같아요, 라고 말했다.

오카하시 유키코는 모 대학 법학과를 나와 바로 우리 사무실에서 일하기 시작했다. 벌써 4년이나 됐다. 딱히 자기가 변호사가 되겠다거나 이 일을 생업으로 삼겠다는 생각 없이 좋아서 하는 것이라고 했다. 머리가 좋은 사람이다. 나는 기록 서류 정리나 색인 만들기 등의 일체를 그녀에게 맡겨두었는데, 실로 섬세하게 신경을 써주고 있었다. 단순히 정리만 하는 게 아니라, 기록 읽는 방법이 익숙해지자 내가 미처 알아차리지 못한 것을 발견하기도 했다. 나는 그녀의 착상에 종종 도움을 받고 있다. 이건 평범한 머리의 소유자로서는 불가능한 일이다. 지금 그녀는 내게 둘도 없이 소중한 조수이다. 난 비서라는 호칭을 싫어한다.

그녀가 이 피고는 무죄일지도 모른다고 말하자 나는 더욱 흥미를 느꼈다. 쿠스타의 의견도 그와 같았지만, 그 말은 나를 크게 자극하지는 못했다. 누구든 자기가 담당한 사건은 편을 들게 되기 때문이다. 하지만 오카하시 유키코가 그렇게 말한 이상, 그럴지도 모른다는 강한 예감이 끓어올랐다.

무릇 같은 사건 변호라도 정상참작에 의한 형량 경감론이나 수사 불충분에 의한 작은 사실오인 지적, 즉 말꼬리를 잡는 변론만큼 재미없는 것은 없다. 예로부터 누가 뭐라고 하든 사형이냐 무죄냐 하는 스릴 넘치는 설정의 사건만큼 변호사의 흥분과 공명심을 부추기는 것은 없었다. 나는 흥분된 마음으로 아니 렌페이의 사건 기록을 얼른 읽어 보았다. 공판이 모레로 다가와 있었기 때문이다. 나는 빌딩 사무소에 남았다.

평소 같으면 서류를 집에 가지고 돌아가 천천히 읽었겠지만, 내 아내는 반년 전부터 심장병을 앓아 요양소에 들어가 있다. 우리에겐 아이도 없기 때문에 집에 돌아가 봐야 아무도 없다. 할 수만 있다면 집을 왕복하는 수고를 줄이기 위해 이 사무소에 침대를 갖다 놓고 싶을 정도다.

오카하시 유키코는 내가 밤에 이곳에 남기 때문에 장을 봐와서, 탕비실에서 간단한 저녁을 만들어 주었다. 최근 들어서는 물이나 끓이는 정도의 개수대가 그녀에 의해 아파트 부엌 비슷한 설비로 바뀌어 있었다.

유키코는 직접 만든 저녁을 나와 함께 먹고 뒷정리를 한 후, 평소처럼 작별 인사를 했다. 그 인사란 내가 그녀의 이마와 두 볼에 입을 맞추는 것이었다.

"선생님, 너무 늦게까지 무리하지 마세요."

그녀는 내 손가락을 잡은 후 나갔다. 이것도 언제나와 같은 일이지만, 나가기 전에 갑자기 가기 싫다는 듯 방 안에서 5분 정도 머뭇거렸다.

문이 닫히고 계단 아래로 사라져 가는 그녀의 구두 소리에 귀를 기울이고 있던 난 '아니 렌페이 피고에 관한 강도·강간·살인 사건' 기록을 꼼꼼히 살펴보기 시작했다. 경찰 수사 보고서, 검시 조서, 사체 해부 감정서, 영치 조서, 피의자 진술 조서, 피고인 진술 조서, 참고인 진술 조서, 기소장 등의 복사본이었다.

사건 내용 개략은 다음과 같다.

도쿄도 서쪽 외곽 가까운 곳에 T강 상류가 있다. 강폭은 20미터 정도, 물살은 제법 빨랐고 물속에는 솟아난 바위에 의해 하얀 거품이 만들어지고 있었다. 부근은 제법 깊은 계곡으로 경치가 좋아 봄부터 가을 말에 걸쳐 도쿄에서 관람객이 많이 온다. 큰길을 따라 열차가 지나고 있는데, 이 길은 옛날 에도도쿄의 옛 이름에 목탄을 공급하던 운반로였다. 계곡을 거슬러 올라갈수록 산림은 울창해졌다.

작년 4월 25일 새벽, 이 강에 설치되어 있는 현수교에서 2, 30미터 위로 올라간 남쪽 강가에서 물에 떠 있는 젊은 여성의 시체를 인근 주민이 발견했다. 강 중앙이 아니라 강가에 가까운 곳이었고, 바위가 튀어나와 있었기 때문에 시체가 그것에 걸려 있었던 것이다. 그곳은 노출된 커다란 암초 때문에 물길도 막혀 물이 고여 있었다.

사체는 아직 젊은 여성이었다. 붉은 스웨터와 스커트를 입고 그 웅덩이에 떠 있었다. 바로 옆은 울창한 숲으로, 강가는 낮은 단안을 이루고 있었다. 원래 이 주변 지형은 북쪽 강가에는 오래된 길도 있고 열차가 다니고 있어서 인가가 많은데, 남쪽은 미개발 지역이라 산림만 있을 뿐이었다. 그래서 유람객들은 자연스레 현수교를 건너 자연의 정취가 있는 남쪽으로 갔다. 다리를 똑바로 건너가면 Y마을로 들어가는데, 도중의 갈림길에서 신사가 있는 산기슭으로 빠진다.

지역 경찰이 와서 사체를 인양해갔다. 강물에 떠내려 간 건지, 아니면 도둑이 가져간 건지 사체의 핸드백은 없었다. 사체의 팔다리에는 찰과상이 나 있었다. 연령은 22, 3세 정도로 영양 상태가 좋고 피부가 하얀 오동통한 여자로, 미모도 나쁘지 않았다. 검시 법의학자는 사후 경과 14, 5시간으로 추정했다. 그럼 전날 오후 6시부터 8시쯤에 사망했다는 뜻이다. 찰상은 없었고, 목에 교살 흔적도 없다. 법의학자는 익사라고 했다.

사체는 해부를 위해 타치카와 병원에 보내졌지만, 소지하고 있 었으리라 여겨지는 핸드백이 없어서 신원 확인은 불가능했다. 복 장에서도 단서는 얻을 수 없었다. 하지만 딱 봐도 이 지역 사람 이 아니라 당일치기로 놀러온 도쿄 여성이리라 짐작되었다.

4월 24일이라고 하면, 이 계곡을 구경하러 오기에는 좀 이르 다. 하지만 그날은 토요일이었다. 따라서 이 계곡에 오는 사람들 이 내리는 O역의 승객은 평소보다 많았다. 역무원에게 물어보자, 분명 그런 여자가 오후 6시 10분 도착 열차로 신주쿠발 표를 내 고 개찰구를 통과한 기억이 있다고 했다. 하지만 그때는 20명 정 도 승객이 내렸기 때문에 과연 그녀에게 남자 일행이 있었는지 는 모르겠다고 했다.

해부 결과가 판명됐다. 역시 익사였다. 하지만 질에 AB형의 정 액이 남아 있었다. 아쉽게도 물에 장시간 잠겨 있어서 완전한 상 태는 아니었지만, 사망 직전에 성교가 있었다고 판단됐다. 팬티에 도 정액 반점이 남아 있었다. 단 그것이 강간에 의한 것인지, 합 의에 의한 성관계였는지는 알 수 없었다. 강간의 경우 나타나기 쉬운 질 주변이나 양쪽 가랑이의 상처가 없었다. 그렇다고 그것 이 곧 폭력에 의한 것이 아니라고는 단언할 수 없었다. 팔다리의 찰과상에 그녀의 저항을 추정하게 만드는 것이 있었기 때문이다.

2

누구나 그 여자가 도쿄에서 홀로 그곳을 구경하기 위해 오진 않았으리라고 생각할 수 있었다. 틀림없이 남자 일행이 있었을 것이다. 24일 오후 6시 10분 도착 열차의 하차 손님이라는 역무원의 목격담이 틀리지 않았다면, 관광이 목적은 아니었을 것이다. 이미 주변은 어두컴컴해졌을 시각이다. 아쉽게도 O역의 개찰구 직원은 기억하지 못하고 있었지만, 같이 내린 20명의 하차객 중에 상대가 있었을 가능성이 높다. 개찰구를 통과한 20명 중 반 이상은 남자였고 이 지역 사람들이 아니다. 젊은 남자도 7, 8명은 있었다고 역무원은 말했다.

이 인근에는 그런 관광객과 커플 여행객을 위한 여관이 강가에 몇 군데 있었다. 형사는 여관과 음식점, 특산물 가게 등을 조사했지만 단서는 없었다. 하지만 어두워질 무렵 여자가 그런 곳에 혼자 구경하러 올 리 없으니 틀림없이 남자와 함께였을 것이다. 날씨가 따뜻해지면 여관에 들어가지 않고 강 근처 깊은 숲 속에서 포옹하는 남녀도 적지 않다. 마을의 젊은 남자들 중에는 일부러 그런 것을 보러 가는 사람도 있었다.

그때 유력한 목격자가 나타났다. 현수교 북측의 동쪽에 목탄 도매상이 있었다. 그 가게 딸이 24일 오후 7시 전, 뒷문을 닫으려다가 현수교를 건너가는 빨간 옷을 입은 여자와, 그 옆에 있는 남자의 모습을 봤다고 했다. 그 집 위치에서 보면, 현수교는 딱 대각선으로 보인다.

그게 어떻게 7시 전이라는 것을 알았냐고 하자 텔레비전에서 뉴스 전 일기예보를 막 시작했을 때였기 때문이라고 했다. 그 집 딸은 문을 닫으면서 아나운서의 목소리를 들었으니 틀림없다고 말했다. 하지만 딸이 본 것은 여자의 모습뿐, 그 옆에서 걷고 있던 남자는 때마침 짙은 어둠과 여자의 그림자가 지는 위치에 있었기 때문에 옷도 확실히 보지 못했다고 했다. 게다가 빨간 옷의 여자는 현수교 중간쯤에서 반대쪽으로 걷고 있었기 때문에, 그 빨간색만 인상에 남아 있었다. 목탄 가게 딸은 이런 시간에 구경하러 온 것도 아닐 테고, 이웃 마을로 가는 사람도 아닌 것 같은데, 이 계절에도 벌써부터 커플이 숲 속으로 들어가는 건가 싶어서 덧문을 닫으려던 손을 멈추고 한동안 그 뒷모습을 지켜봤다고 했다.

그렇게 되면 그 여자가 O역에서 내린 것이 6시 10분이니까 약 45분에서 50분의 공백이 생긴다. 그동안 그녀는 무엇을 하고 있었을까. 이 수수께끼는 아직 풀지 못했지만 아마 같이 걷고 있었다던 남자가 다음 열차로 오기를 O역 부근에서 시간을 죽이며 기다리고 있었던 게 아닐까 여겨졌다. 이 O역 부근에는 상점가가 발달해 있었고, 그 시간에는 제법 많은 나들이 인파가 있다. 이 부근의 중심지다. 그래서 기다리고 있던 그녀의 모습도 각별히 사람들의 주의를 끌지는 않았을 것이다.

아무튼 목탄 가게 딸이라는 목격자의 증언으로 젊은 여자가 남자와 함께 7시 전에 현수교를 남쪽으로 건너갔다는 것만은 확실해졌다. 여자의 사체가 떠 있던 현장과 현수교 남단은 거리상으로 2, 30미터였다. 그곳에서 부근 일대의 수풀 속을 수색했다. 핸드백은 나오지 않았지만 익사한 곳에서 상류로 50미터쯤 더 올라가자 잡초가 엉망이 된 곳이 발견되었다. 딱 사람이 그곳에서 누워 뒹군 듯한 흔적이었다. 이게 과연 익사한 여자와 상대 남자의 행위의 흔적인지 아닌지는 판단할 수 없었으나 유력한 참고는 되었다. 단, 풀이 빼곡하게 나 있었기 때문에 발자국은 하나도 찾을 수 없었다.

만약 그 여자가 남자와 같이 현장에 와서 익사했다면 상대 남자가 강으로 밀어서 빠뜨렸을 가능성도 있다. 그녀는 팔다리에 찰과상을 입었으니, 그때의 저항이라고 추정할 수도 있었다. 소지하고 있었으리라 여겨지는 핸드백 분실도 강도설을 생각할 수 있었으나, 상대 남자가 여자의 신원을 알리고 싶지 않아서 가지고 갔다는 쪽이 자연스러운 견해이리라. 그렇다면 생전에 한 성교는 합의하에 한 것이 아니라 남자의 폭력에 의해 이루어진 것이라고도 생각할 수 있다.

남자는 여자를 데리고 저녁 7시 5분 전(가게 딸이 들은 일기예보 상황으로 방송국에 문의했다)에 현장에서 이야기를 나누었다. 그러는 동안 남자가 여자에게 성행위를 요구했다. 여자는 듣지 않았다. 남자는 억지로 그녀를 눕히고 성관계를 맺었다. 그 후 여자가 화를 내며 남자를 매도했다. 남자는 화가 나서 여자를 강으로 밀어버렸다 — 이런 모습이 상상되었다.

그 다음 날, 즉 26일에 여자의 신원이 밝혀졌다. 신문을 본 신주쿠의 '원저'라는 바에서 죽은 여자는 자기 가게에서 일하던 호스티스인 스기야마 치즈코가 틀림없다는 신고를 해왔다. 스기야마 치즈코는 오늘 밤은 쉬겠다고 가게로 전화 연락을 해왔다고 했다. 바의 경영자에게 사체를 보여주자 틀림없다고 확인했다.

스기야마 치즈코는 오오쿠보의 '와카바장'이라는 아파트에 집을 빌려 혼자 살고 있었다. 23살 여자다. 관리인에게 물어보자 그날 오후 4시 반쯤 아파트에서 나갔다고 한다. 딱히 어디 간다고도 하지 않았고, 또 남자와 만난다는 말 역시 하지 않았다고 했다. 하지만 바의 호스티스라는 신분을 알고 그게 타살이라면 범인의 범위는 상당히 좁혀진다.

'원저'에 오는 손님 중 치즈코와 친했던 사람이 경찰에 의해 드러났다. 가게 평판에 따르면, 치즈코는 특정 연인은 두지 않고 그저 돈을 목적으로 누구든 상관없이 일회성 관계를 갖는 것 같았다고 했다. 그렇게 되면 그녀가 왜 토요일 저녁 O계곡에 갔는지도 알 수 있다. 역시 돈 때문에 남자의 제안을 받아들였으리라고 생각할 수 있다.

이렇게 되면 그녀의 죽음 직전에 한 성관계는 폭력에 의한 것이 아니라 합의에 의한 것으로 기울어질 것 같다. 다만 그 후 다

틈이 생겼다면 금전상의 문제일 것이라는 추정이 강해진다. 즉 그녀가 요구한 액수가 터무니없이 높아서 상대 남자가 화를 내고 싸움이 시작되어 그런 흉악한 범행으로 이어진 건 아닐까. 그 설을 뒷받침하듯 오후 7시가 넘어 현장에서 여자의 비명을 들었다는 사람이 나타났다. 살인이라는 선은 더욱 유력해졌다.

스기야마 치즈코의 핸드백은 싸구려 검은 피혁 제품으로 안에는 항상 천 엔이나 2천 엔밖에 들어 있지 않았다. 모은 돈은 은행에 맡기고, 대부분 잔돈은 들고 다니지 않는다는 주의였다. 만약 그게 사실이라면 강도설은 사라진다. 그런데 그녀는 항상 목에 가는 은제 펜던트 목걸이를 걸고 있었다고 한다. 당일 외출했을 때도 관리인이 그것을 보았다.

그 펜던트는 그녀가 예전에 손님에게 받은 것으로, 타원형에 비너스 조각이 새겨져 있는 이탈리아 제품인데 안을 열면 조그맣게 사진 등을 넣을 수 있도록 되어 있다. 그녀는 연인 대신 죽은 어머니의 사진을 넣어 두었다고 한다. 이게 발견되지 않는 것으로 보아, 역시 신원을 알 수 없도록 상대가 체인을 끊어 도망친 것일지도 모른다. 실처럼 가는 은 체인이니 약간만 힘을 주어도 쉽게 끊어졌을 것이다.

스기야마 치즈코와 친한 손님 중에는 유력한 용의자가 나타나지 않았다. '원저'는 작은 바라 단골은 항상 정해져 있었다. 그들은 전부 사건 당일에 알리바이가 있었다. 다만 치즈코는 뜨내기손님이라도 돈만 받을 수 있다면 그날 밤이라도 여관에 갈 수도 있는 사람이기 때문에 상대를 단골로만 한정할 수는 없었다. 그렇다고 이 가게에 한두 번 정도 온 손님들은 이름도 모르니 찾을 도리가 없었다.

사나흘이 경과하자 관할서의 수사는 현장 부근의 취조를 중점으로 하는 것으로 돌아왔다. 이렇게 해서 떠오른 것이 아니 렌페이였다.

아니 렌페이는 카고시마 현 출신으로 32살이었다. 그는 현수교 북쪽에서 약 2킬로 동쪽으로 떨어진, 즉 T강 하류에 인접한 '슌주장'이라는 여관의 지배인이었다. 이름만 지배인이지, 잡역부 같은 존재로 욕실 청소와 정원 청소, 잔심부름 등 별 볼 일없는 일을 하고 있었다. 그는 이 여관에 2년 전에 고용된 독신으로, 입주 지배인이었다. 그전까지는 도쿄 센주의 금속 세공장에서 노동자로 일했지만, 그곳이 도산하는 바람에 '슌주장'에서 낸 신문광고를 보고 온 것이었다.

아니 렌페이가 수사선상에 오른 이유는 24일 오후 7시 35분에 그가 길 서쪽, 즉 상류 쪽에서 혼자 급하게 돌아오는 것을 '슌주장' 옆집의 주부가 봤기 때문이다. 이 시간은 그 주부가 도쿄에서 온 손님이 도착할 시간을 신경 쓰느라 손목시계를 보고 시선을 들었을 때 아니의 모습을 봤기 때문에 틀림없다고 했다. 그녀는 자신의 손목시계는 정확하다고 주장했다. 당시 그녀는 아니를 불렀지만, 그는 못들은 척하고 당황한 듯 '슌주장'으로 들어갔다고 했다. 언제나 농담을 잘 하는 남자였기 때문에 이상하다고 생각했다. 이 비밀 이야기가 수사원의 귀에 들어왔다.

'슌주장'에 대해 조사하자, 아니는 24일 오후 6시 10분경, 투숙객의 심부름으로 역 앞 카메라 가게에 필름을 하나 사러 갔다는 게 밝혀졌다. 마침 스기야마 치즈코가 역에서 열차를 내렸을 때다. 그때 하필이면 자전거는 다른 사람이 타고 나갔기 때문에 그는 투덜거리면서 걸어서 갔다. '슌주장'에서 역 앞에 가려면 일부 도로 공사 중인 강변도로를 따라 1킬로미터 정도 서쪽으로 가서 도중에 북쪽으로 꺾어 다시 경사길을 1킬로미터 정도 걸어야 했다. 보통 보행 속도로 카메라 가게까지는 약 30분이 걸린다. 사실 그는 필름을 사고 카메라 가게를 6시 45분경에 나왔다. 필름을 구입하는 데 걸린 시간은 약 5분.

그리고 이 카메라 가게에서 스기야마 치즈코의 익사체가 떠오른 곳, 혹은 풀이 엉망으로 쓰러진 장소에 도착하려면 역 앞 거리의 갈림길을 지나도, 현수교 등이 있기 때문에 도보로 15, 6분은 걸린다. 이 갈림길은 좁고 구불구불한데, 통칭 'A길'이라고 불린다. 그리고 이 현장에서 도보로 '슌주장'에 돌아오려면 20분은 걸린다.

그림으로 그리면 다음 페이지와 같다.

'슌주장'에서 역 앞 카메라 가게를 왕복하려면, 위에서 말한 대로 1시간이면 충분하다. 즉 가는 길이 30분, 오는 길이 30분, 게다가 카메라 가게에서 필름을 사는 시간이 5분이라고 치고 65분이면 보통 왕복시간이다.

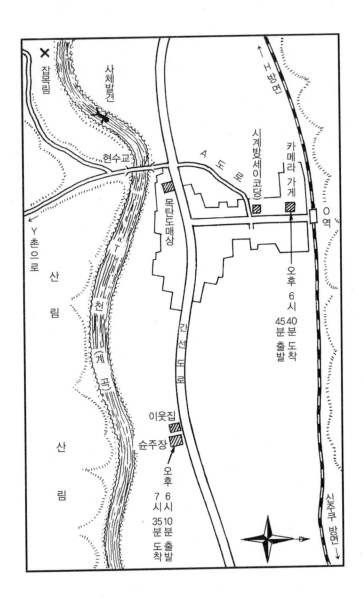

잠복림

사체발견

현수교

Y촌으로

산림

산림

천(계곡)

목탄도매상

A 도로

간선도로

시계방세이코당

카메라가게

H 방면

O 역

오후 6시 40분 도착
45분 출발

이웃집

순주장

오후 6시 10분 출발
7시 35분 도착

신주쿠 방면

216

하지만 아니 렌페이는 '슌주장'을 6시 10분에 출발하여, 7시 35분에 '슌주장' 문으로 돌아왔으니 왕복 약 80분을 소비한 셈이다. 가는 길은 일단 보통이었지만 돌아오는 데 50분이나 걸린 것이다. 그렇다면 20분이란 시간적 여유가 생긴다. 고작 20분이라고 해도 사람의 행동으로는 상당한 여유가 있다는 것이 수사 당국의 생각이다.

이렇게 아니 렌페이는 수사본부의 주목을 받게 되었다. 하지만 아직 이것만으로는 그를 연행할 수 없었다. 수사원이 '슌주장'에서 그를 염탐하는 사이 약간 희망적인 방증을 얻었다. 그의 담배꽁초를 손에 넣어 감정을 한 결과 혈액형이 AB형이었다. 즉, 스기야마 치즈코의 사체에서 나온 정액과 같은 혈액형이다.

여기서 필요한 지식은 혈액형에는 분비형과 비분비형이 있는데, 비분비형은 타액에도 정액에도 혈액형이 나타나지 않는다는 것이다. 가령 당사자가 A형이더라도 그건 혈액에서는 증명되지만 이상의 분비물에서는 증명되지 않는다. 아니 렌페이의 경우는 분비형이며, 범인으로 여겨지는 남자도 분비형이었다. 단, 채취한 정액은 피해자의 질액과 섞인 것이니 그에 따른 영향도 생각해야만 한다. 이것은 나중에 나온다.

3

수사본부에서는 아니 렌페이를 연행해 왔다. 이때 아니의 답

변은 이렇다.

그는 손님에게 필름을 사오라는 부탁을 받고 100엔 지폐 두 장을 받아 오후 6시 10분경에 '슌주장'을 나왔다. 평소 같으면 자전거를 타고 갔겠지만 하필이면 다른 사람이 먼저 타고 갔기 때문에 걸어가는 수밖에 없었다. 이날은 꽤 지쳐 있었고 약 2킬로나 걸어야 한다는 번거로움 때문에 터덜터덜 역으로 갔다. 도중에 역으로 가는 길모퉁이 앞에서 아는 동네 사람과 스쳐 지나가며 짧게 인사를 했다.

그리고 갈림길에서 역으로 가는 도중에도 알고 지내는 다른 여관 점원을 만났다. 그녀와도 두세 마디 이야기를 나누었다. 필름을 사서 돌아오면서 상점가에서는 쇼윈도를 들여다보았다. 이런 이유로, 평소 같으면 왕복 한 시간이면 충분했을 거리를 느릿느릿 걸었기 때문에 시간이 걸렸다고 했다.

그의 이야기에 따라 도중에 만났다는 마을 사람과 모 여관의 점원을 불렀지만, 둘의 증언은 그가 말하는 것과 같았다. 처음에 만난 마을 사람은 6시 25분쯤에 그와 만났다고 했고, 모 여관 종업원은 그와 만난 것은 6시 40분에 가까웠다고 말했다. 아니의 보행속도는 이 두 사람의 증언으로 확인되었다.

아니의 혈액은 틀림없이 AB형이었다. 그런데 피해자의 혈액은 검사해보니 A형이었다. 이 점에서 아니는 무척 불리한 입장에 처했다.

다음으로 아니의 본적지인 동사무소에 가서 조회해보니 그는 전과 2범이었다. 하나는 사기죄, 하나는 싸움에 의한 폭행죄였다. 호적등본에 전과는 기재되어 있지 않았지만 본적지인 동사무소에는 범죄인명부가 비치되어 있었다.

아니를 중요참고인으로 수사본부에 잡아놓은 동안, 그가 살고 있는 '슌주장'의 방을 강제 수색했다. 하지만 여기서는 스기야마 치즈코를 죽였다는 증거가 아무것도 나오지 않았다.

그런데 그 직후 중요한 것이 발견되었다. '슌주장'의 종업원인 카네다 스미코라는 사람이 범행 당일로 여겨지는 24일 밤에 아니에게서 가느다란 은 체인이 달린 펜던트를 받았다며 경찰에 제출한 것이다. 표면에 비너스의 옆얼굴이 부조된 펜던트는 안을 열어보자 피해자의 어머니인 노파의 얼굴 사진이 끼워져 있었다. 수사본부는 즉각 아니를 살인범으로 구속영장을 받아 본격적으로 조사하기 시작했다.

그 부분의 아니의 진술을 보면 다음과 같다.

"전 카메라 가게에서 손님에게 부탁받은 필름을 사서 그곳을 나왔습니다. 그때 카메라 가게 정면에 있는 시계바늘이 6시 45분을 가리키고 있었습니다. 벌써 시간이 이렇게 됐나 하며 점원에게 이야기했더니, 그 점원도 돌아서서 그 시계를 봤습니다. 그리고 왔던 길을 터덜터덜 돌아갔습니다만, 전에도 말씀드렸다시피 그날은 무척 피곤한 데다 자전거마저 없어서 천천히 돌아가자는 생각이 들었습니다. 여관에 돌아가 봐야 바로 일을 시킬 테니, 상점가의 쇼윈도를 구경하면서 터덜터덜 돌아갔죠. A길에 들어가기 직전 세이코당이라는 시계방에서 쇼윈도의 시계를 5분 정도 바라보았죠. 제 시계가 낡아빠져서 새 것이 갖고 싶었기 때문입니다. 그렇게 구경을 끝낸 후 문득 발치를 보니 가게 모퉁이에 뭔가 하얗고 조그만 것이 떨어져 있는 게 눈에 들어왔습니다. 주워보자 여자들이 목에 차는 펜던트였습니다. 서양인 여자의 옆모습이 새겨져 있었죠. 전부터 이곳에 떨어져 있는 것을 통행인들이 못 봐서 그대로 남아 있는 것이라고 생각했습니다. 저는 좌우를 둘러보았지만 딱히 주인으로 보이는 사람도 없어서 그것을 주머니에 넣고 돌아왔습니다. 돌아오는 길에는 아쉽게도 아는 사람과 만나지 않았죠. 그래서 '슌주장'으로 돌아온 것이 꽤 늦어졌습니다. 분명 이웃 아주머니가 뭔가 말을 건 것 같긴 한데, 심부름 시간이 좀 늦어진 전 문이 보이자 마음이 급해졌습니다.

저는 사온 필름을 주머니에서 꺼내 여종업원인 카네다 스미코에게 주며 손님에게 전해달라고 부탁했고, 그때 문득 다른 쪽 주머니에 들어 있던 펜던트를 이 아이에게 주자는 생각이 들었습니다. 하지만 왠지 그런 것을 주면 이상하게 생각할 것 같아서 나중에 기회를 봐서 그녀에게 건네줄 생각이었어요. 카네다 스미코는 항상 저를 감싸 주기 때문에 저도 호감이 있었거든요. 그리고 저녁 10시경이었나, 목욕탕 물을 보기 위해 별관으로 가는 도중 별관입구에서 안에서 나오던 카네다와 만났습니다. 그때 주머니에 넣어 두었던 펜던트를 꺼내 요 앞에서 주운 건데 괜찮으면 가지라면서 줬습니다. 카네다 스미코는 고맙다면서 그것을 보더니, 이건 외제 같으니 소중히 간직하겠다고 인사를 했습니다……. 그러니까 저는 그 펜던트를 A길로 들어가기 직전 시계 가게의 유리창 밑에서 주운 겁니다. 결코 다른 사람의 것을 훔친 게 아닙니다."

여종업원인 카네다 스미코의 증언은 아니 렌페이의 진술과 일치했다. 아니가 7시 반쯤에 '슌주장'에 돌아왔을 때, 어떤 모습이었는지 담당 형사가 묻자 그녀는 이렇게 대답했다.

"아니 씨는 그때 약간 숨을 몰아쉬고 있었던 것 같아요. 어딘가 초조한 모습이었습니다……. 제가 그 펜던트에 대해 얼른 형사님께 말하지 않은 것은 설마 그게 강에서 죽은 여자의 물건이라고는 생각 못했기 때문입니다. 아니 씨가 경찰조사를 받은 후, 이런 것을 갖고 있다간 어떤 화를 당할지 모르겠다는 생각이 들어서 경찰에 제출한 것입니다. 펜던트를 아니 씨가 줬을 때는 그냥 이런 것을 주웠는데 괜찮으면 가지라는 말만 했습니다. 그때는 딱히 이상한 모습은 없었습니다."

누가 뭐래도 유력한 증거가 나왔기 때문에, 아니 렌페이의 용의는 결정적이 되었다. 그는 기소당했다.

다음 검사의 기소장을 읽어보면, 피고 아니 렌페이의 죄상 입증으로서 다음과 같은 점을 들고 있다.

① 아니는 피해자의 펜던트를 갖고 있었다. O마을에서 주웠다는 것은 거짓말이다.

② 피해자의 질 내에 잔류해 있던 정액에서 검출된 혈액형은 AB 형이며, 아니의 혈액형은 AB형으로 이와 일치한다.

③ '슌주장'에서 O역 앞의 카메라 가게까지 도보로 왕복했는데, 소요시간이 너무 길다. 즉, 평소 50분 내지 60분이면 갈 거리인데 78분이나 걸렸다. 이것은 아니가 현장에서 스기야마 치즈코에게 범죄를 저질렀기 때문이라고 판단된다.

④ 가는 길에는 아니와 만난 목격자가 있으나, 돌아올 때는 한 사람도 없다. 추측건대 아니는 돌아올 때 서둘러 '슌주장'으로 왔을 것이다. '슌주장' 이웃의 주부가 목격한 '무척 서두르며 대답도 하지 않았다'라는 증언 및 아니에게 펜던트를 받은 같은 여관의 종업원 카네다 스미코의 '심부름에서 돌아온 아니는 어딘지 불안해 보였고, 약간 흥분해있었다'라는 증언 등으로 범행 후의 범인의 태도를 짐작하기에 충분하다.

이상에 따라 검사는 아니 렌페이의 범행을 다음과 같이 추정하고 있었다.

"아니 렌페이는 '슌주장'에서 6시 10분쯤 도보로 출발하여 도중에 지인 두 명을 만났고, 역 앞 카메라 가게에 6시 40분쯤에 도착했다. 손님에게 부탁받은 필름을 사는 데 약 5분이 걸렸고, 6시 45분쯤 그 가게에서 나왔다. 이때 아마, 역 앞에 있었으리라 생각되는 스기야마 치즈코를 발견하고, 피고가 먼저 말을 걸었을 것이다. 피해자인 스기야마 치즈코는 오후 6시 10분 도착 열차로 O역에 내렸지만, 현수교를 7시 5분 전에 건넜으니까 그전까지 역 부근을 산책하고 있었으리라 추정된다. 시간적으로 볼 때 역 앞 거리에서 피고와 만난 것은 틀림없다. 피고는 피해자와 면식은 없었지만 욕정을 느끼고 감언이설로 피해자를 유혹해 현수교로 가는 지름길인 A길을 걸어 7시 전에 둘이서 현수교를 건넜으리라 생각된다. 현수교 북쪽 강가의 동쪽에 있는 목탄 도매상 딸의 증언에 따르면, 텔레비전에서 7시 전의 일기예보를 하고 있을 때 현수교를 건너가는 붉은 옷의 여자와 남자의 모습을 봤다. 당연히 남자 모습과 옷은 때마침 저녁이란 시간과 원거리 때문에 증인은 확인하지 못했지만, 이때 붉은 옷차림의 여성이 피해자 스기야마 치즈코였으며, 같이 다리를 건넌 남자가 피고라고 추정하기에는 무리가 없다.

현수교를 건넌 피고는 피해자를 유혹해서 아마 현장검증 때 발견된 쓰러진 풀더미가 있는 곳에서 갑자기 성교를 강요했을 것이다. 피해자가 극구 저항했기 때문에 피고는 피해자의 목에서 은제 목걸이를 힘으로 빼앗았든지, 아니면 피해자가 피고와 싸우는 사이 가느다란 목걸이가 빠져 펜던트와 함께 떨어졌든지 둘 중 하나일 것이다. 피고는 결국 피해자를 넘어뜨려 깔고 누워 협박했고, 피해자의 저항불능을 틈타 욕망을 해결했다. 그 후, 피해자가 화를 내며 경찰에 신고한다고 말했거나, 아니면 더욱 크게 소리를 쳤을 것이다. 오후 7시가 넘어 현장으로 짐작되는 방면에서 여자의 비명을 들은 사람이 있다. 피고는 살의를 느껴 피해자의 몸을 등 뒤에서 강하게 밀어 T강에 빠뜨려 익사시킨 것으로 추정된다. 아마 피해자의 팔다리의 찰과상은 저항 중에 생긴 것이겠지만, 강이나 바다에 떠밀려 빠진 경우에 피해자에게 부상이 없는 것은 지금까지의 사례를 봐도 명료하다. 그리하여 피해자의 익사체는 하류로 떠내려왔고, 주변에 있는 암초의 벽에 가로막혀 발견 현장에 잔류해 있었을 것이다.

피고는 피해자에게 강탈한 핸드백을 강 속에 던져 넣었지만, T강 중앙 부분은 물살이 무척 거세어 핸드백은 바닥에 가라앉지 않고 하류로 떠밀려 내려가서 그 후 발견되지 않았을 것으로 사료된다.

피고는 범행 후, 펜던트를 주머니에 넣고 시치미를 뚝 뗀 채 '슌주장'에 7시 35분쯤 도착했다. 보통 역 앞 카메라 가게에서 '슌주장'까지 30분 내지 35분이면 도착하는 것을 약 50분이나 걸린 것은, 이 범행에 시간을 소비했기 때문이다.

이리하여 아니는 '슌주장'에 도착해서 피해자에게서 빼앗은 펜던트를 대담하게도 전부터 호의를 갖고 있는 같은 여관의 여종업원 카네다 스미코에게 주고, 그녀의 환심을 사려고 한 것이다.

피고는 경찰에게도 본관에게도 완강하게 범행을 부인하며 자기 진술을 똑같이 반복하고 있지만, 이상의 물증 및 정황증거에 의해 피고의 부인에도 불구하고 스기야마 치즈코를 T강에 빠뜨려 익사시킨 것은 피고의 계획적 범행에 의한 것이라 사료된다."

4

　나는 그날 밤 11시 넘어서까지 사무실에 남아 이 '아니 렌페이 피고에 관한 강도·강간·살인 사건'의 관계 기록 서류를 전부 훑어보았다.

　이건 어려운 사건이다.

　어디로 보나 피고 아니 렌페이의 범죄를 지적하는 검사의 주장을 깰 수 있을 것 같지 않았다. 우선 펜던트라는 증거품이 있다. 혈액형도 일치한다. 피고와 피해자가 역 앞에서 만났다는 시간적 일치 가능성이 있다. 피고가 일하고 있는 '슌주장'에서 역 앞 카메라 가게를 도보로 왕복한 소요시간도 너무 길다.

　어디서부터 무너뜨려야 할까. 나는 그 후로 한 시간 남짓 메모를 하며 생각하고, 혼자 사는 집으로 돌아온 후에도 이불 속에서 계속 생각했다. 생각하는 사이 입술에 닿았던 오카하시 유키코의 이마와 뺨이 떠올랐다. 그리고 그녀와 피해자 스기야마 치즈코의 환상이 겹치며 이상한 기분이 들었다. 유키코는 이 피해자처럼 교양 없고(?) 불순한(?) 여자는 절대 아닌데, 정말 이상한 일이었다. 나는 내 머리에서 이 불쾌한 결합을 분리하기 위해 노력했다.

　누가 뭐래도 곤란한 것은 은제 펜던트 목걸이였다. 이것만으로도 피고의 죄상은 결정된다.

　하지만 펜던트가 꼭 외부의 힘에 의해 목에서 빠졌다고는 할 수 없다. 목에 차고 있다가 모르는 사이 빠져 분실한 예도 얼마든지 있다. 그렇다면 피고 아니가 세이코당 모퉁이에서 그 펜던트를 주웠다는 것도 충분히 가능한 일이다.

나는 약도를 봤다. 그 시계방은 역 앞길에서 A길로 들어가는 모퉁이에서, 역 방향으로 봤을 때 두 번째에 있는 가게였다. 그럼 피해자는 현수교를 건너 현장으로 간 것이니, 당연히 A길을 통과했을 것이다. 그러니까 그 길로 진입하는 모퉁이 근처에서 펜던트를 떨어뜨렸다고 해도 이유는 성립한다.

하지만 이것은 피고의 발언이며, 판사를 승복시키기는 힘들다.

두 번째는 혈액형이다. 이것도 감식 결과, 피해자의 체내에 남아 있던 것과 피고의 것이 일치했다. 하지만 피고가 아니더라도 다른 AB형의 남자가 피해자가 죽기 전에 그녀와 성관계를 맺었다면 AB형을 남겼을 가능성이 있다.

이렇게 생각해도, 역시 이것도 피고의 무죄를 증명하기에는 설득력이 너무 없다.

다음으로 그나마 희망적인 것은 시간적인 문제다. 피고가 역 앞 카메라 가게에서 '슌주장'까지 돌아가는 시간은 확실히 평소보다는 길었다. 하지만 평소 소요시간이라 생각되는 30분을 기준으로 생각하면 피고가 소비한 시간은 약 50분이니까, 20분 정도 여유밖에 없었다.

그런데 과연 그 20분이란 짧은 시간에 피고가 피해자를 현장으로 데려가 폭력으로 욕망을 해결하고, 게다가 그 후 피해자를 강에 빠뜨린다는 것이 가능할 것인가. 여기서 현장에서 '슌주장'으로 돌아올 때 도보 소요 시간은 평균적으로 20분이라고 한다. 따라서 이 시간은 역 앞 카메라 가게에서 A길을 지나 현장으로 가서 '슌주장'까지 돌아오는 것과 비교하면 약 5분의 차이이다. 즉 15분에서 20분 사이에 아니의 범행이 가능한지 어떤지가 문제다. 검사는 가능하다고 보고 있었다. 하지만 이건 불가능해 보이기도 한다. 그러나 어쩌면 가능할지도 모른다.

이 부분이 이 사건 변호를 맡은 쿠스타 변호사의 착안점이다. 그도 약 20분의 시간에 이런 범죄가 성립할지 여부로 싸워볼 생각이었다고 내게 말했다.

하지만 그것을 압도하는 것이 역시 펜던트와 혈액형의 문제다. 그 외에 피고가 '슌주장'에 도착했을 때 불안해한 점이라든가, 흥분해있었다는 것은 증인의 주관적인 인상이니까 이것은 확실하지 않다고 반박할 수 있다.

다음 날 내가 평소보다는 약간 늦게 출근하자 오카하시 유키코는 벌써 나와 있었고, 사무원인 오오타에게 재판 기록 등사를 부탁해 놓았다. 그건 다른 사건이었지만, 그녀는 내 얼굴을 보더니 미소 지으며 물었다.

"선생님, 좋은 생각이라도 떠오르셨나요?"

"아니, 꽤나 어렵네."

"어젯밤에 늦게까지 조사하셨죠?"

"그래, 집에 들어간 게 11시 40분쯤이었으니까."

"저도 어제 선생님이 법원에서 사무실로 돌아오시기 전에, 쿠스타 선생님이 보낸 서류가 도착해서 먼저 대충 훑어봤어요."

유키코는 약간 얼굴을 붉히며 말했다. 그건 나보다 먼저 읽었기 때문이 아니라, 사건의 성질 때문이리라. 재판 기록이라 부녀자 폭행도 솔직한 필치로, 아주 객관적으로 서술되어 있었다.

"아, 그래. 자네는 어제 내게 이건 가망이 있을지도 모른다고 했지? 그건 역시 피고의 현장 왕복 소요시간 때문인가?"

나는 그녀에게서 시선을 돌리고 담배에 불을 붙이며 물었다.

"네."

"하지만 달리 어려운 증거가 갖추어져 있어."

"그건 압니다. 하지만 전 왠지 이 피고가 무죄 판결을 받을 것 같은 기분이 들어요."

"어째서?"

"이 기록을 읽었을 때, 이것과 비슷한 판례를 어디선가 본 것 같은 기분이 들었거든요. 도저히 기억이 안 났는데 어젯밤에 집에 돌아가 계속 생각하다 겨우 떠올랐죠. 그래서 오늘 아침 평소보다 빨리 와서 책장을 뒤져봤어요. …… 바로 이거예요."

유키코는 내 책상 한 구석을 가리켰다. 그건 종이가 누르스름하게 변색된 낡은 양서였다. 런던의 법률가 협회가 내고 있는《영국 저명 형사사건 재판 보고서집》"A casebook of English Criminal Court" by the Lawyers Association of London, 1925이었다. 700페이지나 되는 두꺼운 책이지만 중간쯤에 메모지가 끼워져 있었다.

"이런 걸 잘도 찾았네."

"일단 읽어보세요."

나는 의자에 앉아 메모지 부분부터 읽었다. 그건 다음과 같이 번역된다.

'가장 이례적이고 교훈적인 사건은 홀로이드 판사Mr.Justice Holroyed 관련으로 1817년 워우 위크 추계 순회 재판에서 재판받은 에이브라함 손턴 사건일 것이다. 오전 7시경 폭행당하고 익사했으리라 여겨지는 젊은 부녀자의 익사체가 어느 바위틈의 물웅덩이에서 발견되었고, 손턴은 그 범인으로 기소되었다. 이 사건에서 정황 사실은 다음과 같았다.

피해자의 모자, 구두, 가방이 물웅덩이 제방 위에서 발견되었고, 물웅덩이에서 40야드 떨어진 풀숲에는 사람이 누워 있었던 자국이 있었다. 그 다리 쪽 지면에는 다량의 피가 흘러 있었으며, 여러 개의 커다란 구두자국이 있고, 이곳에서 물웅덩이 방향으로 10야드 떨어진 곳까지는 보도 한쪽 끝에서 약 1피트 반의 풀숲에 걸쳐 혈흔이 있었다. 시체가 발견되었을 때는 풀숲 안에는 발자국이 하나도 없었고, 피가 묻은 풀에는 아침 이슬이 맺혀 있었다. 이 정황으로 풀숲의 피는 누군가가 피해자의 몸을 안고 운반할 때 떨어진 것임에 틀림없다고 여겨졌다. 시체 검시 결과는 위장 속에 0.5파인트(1홉 7작)의 물과 수초가 있는 것이 발견되어, 이로 인해 피해자는 죽기 전에 물웅덩이에 빠졌다는 것이 판명되었으나, 간음이 아니라고 볼 수 있는 신체상의 징후는 존재하지 않았다.

시체 발견 직후 물웅덩이가 있는 밭과 접한, 땅고르기를 한 지 얼마 안 된 밭에서 피고와 피해자의 양쪽 발자국이 발견되었는데, 발자국의 폭과 자국의 깊이 관계로 피고가 뛰어가는 피해자를 추적한 끝에 따라 잡은 것이라는 사실을 알 수 있었다. 피해자가 피고인에게 잡힌 곳부터 두 사람의 발자국은 보조를 맞춰 물웅덩이 및 사람이 쓰러진 흔적이 있는 풀숲 방향으로 물웅덩이에서 40야드 떨어진 지점까지 이어져 있었으나, 그 앞은 땅이 딱딱해서 발자국을 확인할 수 없었다.

또한 물웅덩이부터 앞서 말한 땅고르기를 한 밭을 횡단하여 뛰어간 피고인의 발자국이 있어서, 이를 근거로 피고인은 피해자를 물웅덩이에 던져 넣고 혼자서 밭을 횡단해 도주한 것이라고 주장했다. 이 외에도 물웅덩이 가장자리 근처에 남자의 양쪽 구두자국(이 구두자국이 피고의 것이라고 증명된 건 아니다)이 있었는데, 피고가 신고 있던 구두와 같은 좌우 한 쌍의 구두임이 밝혀졌다. 피고의 셔츠 밑 바지에는 혈흔이 묻어 있었고, 피고는 피해자와 성관계를 맺은 사실을 인정했지만 어디까지나 합의에 의한 것이라고 주장했다.'

5

문장은 계속 이어졌다.

'이상처럼 정황 사실은 피고에게 극히 불리하여 피고가 진범이라는 것은 언뜻 결정적인 견해로 보였지만, 피고는 부재의 항변을 제출했고 이것을 완벽하게 입증했다. 즉, 피고와 피해자는 전날 밤 술집에서 춤을 췄고, 한밤중에 같이 술집에서 나와, 새벽 3시 반쯤 사건 현장 부근에 있는 계단에서 같이 이야기하다가 그 후 4시경에 피해자는 전날 입은 옷을 넣은 봉투를 맡겨 두었던 엘진톤의 버틀러 부인 집을 방문했다. 그때 피해자는 기분이 좋아 보였고, 옷의 일부를 맡겨 두었던 옷으로 갈아입고 4시 15분경에 그 집에서 나왔다.

피해자가 자택으로 돌아오는 길은 밭 가운데 있었고 그 일부는 최근 땅고르기를 했는데, 물웅덩이는 이 땅고르기를 끝낸 길에서 인접한 밭의 중간에 있었다. 피해자가 버틀러 부인의 집을 떠난 다음의 행동은 여러 사람들이 계속 봤는데, 그에 따르면 피해자는 혼자 공용도로를 따라 자택 쪽으로 걸어가고 있었으며, 이 길에서 피고가 피해자와 같이 있었다면 피고의 모습은 멀리서도 볼 수 있었을 것이다. 마지막 목격자가 피해자의 모습을 본 것은 피해자가 위 부인의 집을 떠난 후 15분 이내, 즉 4시 반 전후였다.

다음은 피고 쪽인데 4시 반 경, 적어도 4시 35분 전에 피고와는 일면식도 없는 네 사람이 피해자의 집과는 반대 방향으로 골목길을 느긋하게 걸어가고 있던 피고와 만났고, 4시 50분경에는 또 다른 사람이 4시 반경 피고가 위의 네 사람과 만난 곳에서 1

마일쯤 떨어진 곳을 전과 같은 방향으로 여전히 느긋하게 걷고 있는 피고와 만났다. 그리고 피고에게 말을 걸어 15분 정도 서서 이야기를 했다고 한다. 이후 5시 25분에는 또 다른 사람이 반 마일쯤 떨어진 곳에서 집 쪽으로 걸어가는 피고를 만났다. 버틀러 부인의 집에서 물웅덩이까지는 1.25마일 정도다.

그런데 피해자가 이 거리를 20분에 걸어갈 수 있다면, 피해자가 버틀러 부인의 집에서 나와 물웅덩이가 있는 곳에 도착한 게 4시 35분경이라고 여겨지는데, 피고가 처음 네 사람과 만난 것은 아무리 멋대로 상상을 해봐도 4시 반 내지 4시 35분이며, 이 장소에서 물웅덩이까지는 2.5마일이나 떨어져 있으니 4시 35분경에 피고가 물웅덩이에서 피해자를 만난다는 것은 불가능하다.

피고를 진범이라고 가정하면, 피고는 피해자가 버틀러 부인의 집에서 나온 후, 피해자와 만나서 3.25마일 남짓을 걸어 ─ 이 동안 얼마간은 피해자와 함께 가서 ─ 20분 내지 25분간 추적, 성교, 살인을 하고, 그것도 모자라 피해자의 모자, 구두, 가방을 둑 위에 늘어놓기까지 해야 한다. 피고는 피해자의 사체가 발견된 후 2, 3시간 내에 체포되었는데, 그는 알리바이를 주장했다. 이 항변을 검시배심, 수사관헌의 취조와 공판에서도 시종 일관되게 주장했으나, 원고는 이에 대해 반박을 하지 않았고, 또한 위 항변을 입증한 증인의 증언 신빙성에 대해서도 아무런 반대가 없었다.

시간에 관한 증인들의 증언은 증인에 따라 매우 가지각색이었지만, 사건 발생 다음 날 신중하게 비교 검토하여 일반적인 때의 표준으로 고쳤기 때문에 증인들이 증언한 진짜 시간에 관해서는 의문의 여지가 없었다. 이렇게 보면 피고를 이 기소에 관한 범죄의 진범으로 보는 건 도저히 불가능하지만, 이 사건은 세간의 극심한 분노를 사고 있었기 때문에, 피고에게 무죄 판결이 내려지자 이 판결은 세간의 큰 불평을 받았다. 하지만 이 사건은 재판 관계자들이 침착하고 냉정하게 그 사명을 다한 좋은 실제 사례를 제공하는 것이다.

대체로 이 사건에서는 배심이 피의사실을 추리할 수 있는 범죄 사실에 관한 결정적인 증거가 하나도 없었다. 피해자는 피고의 유혹으로 성관계를 하고 피고와 헤어진 후, 실수를 했다고 후회하며 순간적으로 물웅덩이에 뛰어들어 자살한 것일지도 모른다. 혹은 술집에서 피고와 만난 날 아침에는 걸어서 시장에 갔다가 밤에는 밤대로 댄스에 열중했고, 더욱이 밤새도록 식사도 하지 않은 채 밭 가운데를 걸어 다녔기 때문에, 물웅덩이의 가장자리를 지나가다 댄스화를 전날 신고 봉투에 넣어두었던 부츠와 바꿔 신으려고 앉다가 피로 때문에 물웅덩이에 빠진 것일지도 모른다.

피고가 피해자를 강간하고 그게 발각될 것을 두려워하여 사체를 물웅덩이에 던져 넣었다는 주장은 단순한 억측에 불과하다. 아니, 피해자가 종전에 일면식도 없던 피고와 밤새 외출한 사실 및 버틀러 부인의 집에서 피해자의 행동으로 보면 성관계는 합의하에 이루어졌고, 피해자가 버틀러 부인의 집을 방문한 오전 4

시 — 피해자는 이때 집안사람에게 아무런 호소도 하지 않았을 뿐 아니라, 오히려 태연하고 밝은 얼굴이었다 — 이전에 있었던 일은 혐의가 없다는 뜻이다.

더욱이 피 묻은 풀잎의 이슬이 떨어지지 않았다는 사실에 의한 추론 또한 마찬가지로 근거가 희박하다. 확실히 풀잎의 이슬이 피가 묻기 이전에 맺힌 것이라는 증거가 없고, 오히려 피고와 피해자는 밤중에 분명 반대쪽 풀숲에 같이 있었으나, 이곳에도 두 사람의 발자국을 찾아볼 수 없었다는 점이 판명되었기 때문이다.

입장을 바꿔 피고의 부재 증명이 불완전하고, 피고가 피해자와 헤어진 후 다른 사람과 만나지 않고, 발자국 없는 풀에 묻은 핏방울에 의해 시사되는 추론이 피고와 피해자가 그날 밤 틀림없이 함께 있었던 반대쪽 풀밭에 이 발자국이 없었단 사실에 아무런 영향을 받지 않는다고 가정하면 어떤 결과가 나올까 — 이 경우에는 피고의 유죄는 의심의 여지가 없다고 생각되며 피고가 사형을 받는 게 확실하겠지만, 이상 지적한 정황사실은 전부 명백하게 유죄의 징표로 사료되는 사실과는 다른 독립적인 사실이며, 사실 이렇게 죄에서 벗어날 수 있는 정황사실이 있는 이상, 피고의 무죄는 당연하다.'

— 끝까지 읽은 나는 이 판박이 같은 사건 예시에 놀랐다. 이건 외국의 예지만, 지구상에 인류가 생활을 영위하는 이상 같은 현상은 틀림없이 일어날 수 있다.

하지만 오카하시 유키코가 이 보고문을 이전에 읽었고, 기억하고 있었다는 사실에는 감탄하지 않을 수 없었다. 나는 이 책을 자세히 읽어보지 않았기 때문이다. 하지만 이건 그녀의 정확한 기억력이 아니다. 그녀의 성의, 나에 대한 애정이 느껴졌다. 이 책에서 이 기사 부분을 찾아내는 것이 결코 쉬운 일은 아니었을 것이기 때문이다. 런던의 법률가 협회 회보는 20권 가까이 책장에 꽂혀 있다. 물어보니 그녀는 어제 그 기사가 있었던 것을 떠올리고 오늘 아침 8시부터 사무실에 와서 책들을 뒤졌다고 한다.

신기하게도 비슷한 사건이 무죄판결을 받았다고 생각하자 용기가 생겼다. 그 용기는 대부분 유키코가 내게 준 것이다.

이때, 유키코는 내게 이런 말을 했다.

"이 사건 기소장을 읽어보면 피고 아니는 피해자인 스기야마 치즈코를 감언이설로 유혹해 현장으로 데려갔다고 되어 있는데, 그전까지 스기야마 씨는 아니 씨와 일면식도 없었어요. 여자는 생판 모르는 남자가 말을 걸면 본능적으로 경계해요. 특히 피고는 여관 지배인이었으니까 풍채도 아마 별 볼 일 없었겠죠. 그런 남자를 피해자가 순순히 따라갈 리 없어요. 인적 없는 장소, 그것도 해질 때가 다 된 시간이에요. 피해자는 바에서 일하는 여자고 돈을 목적으로 손님과 바람을 피웠다고는 하지만, 피고에게는 그럴 만한 돈이 없잖아요."

이건 적절한 조언이었다. 아무리 스기야마 치즈코가 바에서 일하는 여자라도, 단지 역 앞에서 피고인 아니가 말을 걸었다는 이유로 순순히 저녁이 다 되어가는 그 한적한 곳에 따라갈 리가 없다. 설령 돈으로 유혹했다 하더라도 스기야마 치즈코 역시 긍지는 있을 테고, 경계심도 있었으리라. 아무리 봐도 이건 부자연스럽다.

"그럼 자네는 스기야마 치즈코가 그곳에 간 건 달리 연인이 있었고, 그 사람과 함께였기 때문이라고 생각한다는 거군."

"그렇게밖에 생각할 수 없어요. 스기야마는 6시 10분 전차로 O역에 내렸어요. 현수교를 건넌 게 7시니까, 그녀는 그동안 역 앞을 하릴없이 돌아다니면서 다음 열차로 올 연인을 기다리다가, 만나서 현장으로 갔을지도 몰라요. 그 열차는 30분 간격으로 도착하니까, 상대방이 오는 것은 6시 40분쯤이겠죠. 그 후에 커플 둘이서 즐겁게 이야기하면서 걸어가면, 그 현수교에는 딱 7시 전에 도착하게 돼요."

역 앞에서 현수교까지는 보통 걸음걸이로 약 10분이다. 하지만 여자가 연인과 이야기하면서 걸으면 대체로 그 속도는 떨어지게 마련이다. 즉, 흔히 말하는 어슬렁거리는 걸음걸이가 되기 때문에, 현수교 옆 목탄도매점의 딸이 7시 5분 전에 하는 일기예보 시간에 현수교를 건너는 빨간 옷의 여자를 본 건, 유키코의 말과 시간적으로도 부합된다.

나는 여기서 검사의 논고를 무너뜨릴 돌파구를 찾은 것 같은 기분이 들었다.

아무튼 제2차 공판은 내일로 다가왔다. 지금부터 구치소에 가서 피고 아니를 면회하고 싶었지만 그럴 시간도 없었다. 국선변호사가 보통 그러하듯, 법정에서 처음 피고와 만나게 되고 말았다. 하지만 나는 구치소에 가는 대신 아는 법의학자를 찾아갔다. 이것도 유키코의 사소한 말이 암시를 준 것이다. 암시라는 것은 그녀가 여자로서의 수치심 때문에 분명하게 입 밖으로 내어 말하지 못했다는 의미다.

다음 날 법정에서 나는 피고인 아니 렌페이의 얼굴을 처음 봤다. 그는 체격은 좋았지만 32세보다 약간 늙어보였고, 창백한 얼굴이었다. 아니는 처음에 국선변호인인 내게 그다지 기대하지 않는 듯 보였다. 어차피 대충대충 무성의한 변론밖에 안 해줄 것이라고 생각하는 것 같았다. 하지만 이건 피고 아니뿐 아니라, 국선변호사에 대한 피고들의 공통된 심리였다. 역시 자기 돈을 내서 의뢰한 변호사가 아니면 진지한 변호를 해주지 않을 거라고 믿는 것 같다. 하지만 내 변호가 진행됨에 따라 그의 눈은 빛났고, 그 옆얼굴은 때때로 내게 강한 눈빛을 보내게 되었다.

6

내 변론의 요지는 이렇다. 그 대략적인 내용만 적어 보겠다.

"기소장에 따르면 피해자의 은제 펜던트를 피고가 소지하고 있는 것이 유일한 물적 증거라고 한다. 정말 피해자가 죽기 직전에 소지하고 있던 것을 주웠다면 범죄를 증명하는 강력한 증거가 될 것 같다. 하지만 피고는 이 펜던트는 O역 앞길인 세이코당이라는 시계방 모퉁이에서 취득했다고 진술했다. 펜던트는 가느다란 체인에 달린 것으로, 이게 가끔 저절로 빠진다는 사실은 부녀자라면 종종 들었을 것이다. 이 증거품인 펜던트를 보면 가는 체인이 빠져 있는데, 이게 반드시 폭력에 의해 끊어진 것이라고는 볼 수 없다. 체인 고리가 헐렁한 경우 체인에서 빠지는 건 흔히 있을 수 있는 일이다. 부녀자들이 이런 펜던트를 분실한 경우는 대부분 체인의 고리가 빠져서 생긴다. 그렇다면 피해자가 세이코당 시계점 모퉁이에서 이 펜던트가 빠져서 떨어진 것을 눈치채지 못했을 가능성도 높다. 즉, 피고가 이 펜던트를 가지고 있다고 해서, 그게 곧 범죄와 이어진다고는 할 수 없다.

게다가 피고는 자기가 일하는 순주장의 여종업원 카네다 스미코에게 24일 오후 10시가 넘어 이것을 주었다. 피해자의 사망 시각은 24일 오후 7시에서 8시경으로 추측되는데, 과연 범인의 심리면에서 볼 때 피해자에게 빼앗은 것을 수 시간 후에 다른 사람에게 아무렇지도 않게 줄 수 있을 것인가. 사건에서 상당한 시일이 지난 시기라면 모를까, 자기 범죄의 증거품이 될 만한 것을 그 직후 다른 사람에게 줄 마음이 들 것인가. 범인은 당연히 경찰 수사를 예상했을 테니, 그런 것은 가능한 한 다른 사람 눈에 띄지 않는 곳에 은닉해 두는 것이 자연스러운 심리이다. 즉 이것은 피고가 은 체인이 달린 펜던트를 길에서 습득했다는 사실을 반대로 뒷받침해주는 것이다.

다음으로 기소장에 따르면 피해자의 체내에서 나온 정액 혈액형은 AB형이다. 그리고 피고의 혈액형도 AB형이다. 모든 사람들이 이를 근거로 피고가 피해자를 범했으리라고 본다. 피해자의 혈액형은 A형이다. 성관계의 경우 주의할 점은 남성의 정액에 여성의 질액이 혼합된다는 것이다. 이 사건에서는 피해자가 A형이고 피고가 AB형이다. 피해자의 체내에서 나온 정액은 AB형이지만, 이것만으로 바로 피고의 정액이라고 판단하기는 어렵다. 그이유는 피해자는 A형으로 나오니까, 만약 여기서 B형 남자가 그녀와 성관계를 할 경우, 그녀의 질액이 그것에 섞이기 때문에 검출된 정액은 AB형이 된다. 그러나 만약 A형인 여자가 AB형인 남자와 성관계를 했을 경우에도 그 질내에 잔류하는 정액은 AB형이 되는 것이다. 이것은 법의학계의 정설이다. 따라서 본 사건의 경우, 피해자의 체내에서 검출된 AB형 정액이 곧 AB형 남성의 것이라고는 말할 수 없다. 어쩌면 남자는 AB형이었을지도 모른다. 혹은 B형이었을지도 모른다. 말하자면 피해자의 A형을 생각하면, 남자는 AB형이라고도 할 수 있고, B형이라고도 할 수 있다. 이렇게 생각하면 피고가 AB형이라고 해서 이게 곧 진범이라고 결정하는 것은 불가능하다.

　다음으로, 피해자의 해부 소견에 따르면 팔다리에는 찰과상이 있지만 허벅지 안쪽, 외음부 등에는 강간당했을 경우 종종 볼 수 있는 표피박탈, 피하출혈 등의 소견이 없다. 그렇다면 이것을 강간이라고 결정짓는 것은 매우 위험하다. 오히려 합의하에 이루어진 성관계라고 생각하는 게 바람직하다. 기소장에서는 피해자의 팔다리의 찰과상은 저항에 의해 생긴 것이라고 추정하고 있지만, 현장은 자연 산림 속이었으며 잡초가 밀생해 있는 곳이었다. 피해자가 상대 연인과 성관계를 하는 사이, 그런 관목이나 나뭇가지, 가시, 억새 등에 다쳤을지도 모르고, 아니면 피해자가 강에 추락할 때 바위 등에 긁혀서 생긴 상처일지도 모른다.

이상에 따라 기소장에 있는 물적 증거는 뒤집을 수 있다고 생각하니, 다음 정황 증거로 이동하겠다.

피고가 이 범행을 저질렀다고 추정되는 또 하나의 근거는 피고의 순주장에서 O역 앞의 카메라 가게까지 다녀온 왕복시간이다. 보통 도보 속도로는 이 거리를 걷는데 50분 내지 60분이 걸린다고 한다. 실제로 피고는 카메라 가게에 가는 도중 같은 동네의 남자 지인과 다른 여관의 여종업원을 만났다. 두 사람의 증언 시간을 종합하면 피고의 보행 속도는 갈 때는 일반적인 속도에 가까웠던 것으로 보이지만, 피고의 진술에 따르면 여관에서 심부름을 부탁받았을 때 하필 자전거를 다른 사람이 타고 가버려서 왕복 약 4킬로미터의 거리를 걸어야만 한다는 심리적인 피로를 느꼈다고 했다. 뿐만 아니라 피고는 그날 꽤 많은 노동을 했기 때문에 신체적으로도 피로도가 더했다고 진술했다. 즉, 당시 피고의 상태는 심리적으로도 육체적으로도 피곤했다는 것이다. 피고는 자전거를 사용할 수 없었기 때문에 왕복 도보가 고통이었다. 그렇다면 평상시 도보 속도보다도 시간이 더 오래 걸린다는 것은 자연스러운 해석이다.

기소장을 보면 피고는 이 카메라 가게로 왕복 약 80분을 소요했고, 보통 왕복 시 걸리는 60분을 빼면 20분이 남기 때문에 이게 범행 시간이라고 추정하고 있다. 하지만 고작 20분 사이에 과연 피고가 이러한 범행을 해낼 수 있었을까. 검찰관의 추정에 따르면 피고는 카메라 가게를 오후 6시 45분경에 나와 피해자와 만났고 같이 통칭 A길을 지나 현수교를 건넜다. 이때 피고는 감언이설로 피해자를 동행하게 만들었다고 한다. 그렇다면 다리 옆 목탄도매상의 딸이 목격한 빨간 옷의 여자를 데리고 있던 남자는 피고라고 추정할 수 있다. 7시 5분 전에 그 현수교를 건넌 피고가 현장에 도착하기까지는 적어도 5, 6분은 소요될 것이다. 현장은 산속의 오솔길이다. 그렇다면 범행시간은 남은 15분이다. 이 15분 사이에는 현장에서 현수교로 돌아오는 5분도 포함되어 있으니, 그걸 제하면 피고는 10분 사이에 피해자를 폭력으로 제압하여 강간하고, 그 후 강에 밀어 떨어뜨렸다는 뜻이 된다. 이게 10분 사이에 가능한 범행일까. 검찰관은 그것을 가능하다고 하지만 본인은 오히려 불가능을 입증하는 것이라고 생각한다.

카메라 가게에서 통칭 A길을 지나 현수교에 이르는 시간은 보통 15, 6분으로 보지만, 피고는 지친 데다 피해자인 여성과 같이 가고 있었으니 아무래도 평소 걸음 속도보다는 느렸다고 봐야 할 것이다. 그러면 범행시간 10분은 더욱 단축될 것이다. 본인이 현지에 가서 답사해본 결과 순주장에서 O가도를 지나 도중의 갈림길에서 O역으로 가서 카메라 가게에 도착하기까지는 약 30분이 필요했다. 그리고 카메라 가게에서 통칭 A길을 지나 현수교를 건너 범행현장으로 여겨지는 산속의 풀들이 눌린 장소에 도착하기까지는 20분이 걸렸다. 더욱이 현장에서 순주장으로 돌아오는 길은 25분이었다. 순주장 근처는 당시 도로 공사 때문에 길 상태가 좋지 않았으니 더더욱 그렇다. 즉 전혀 피곤하지도 않고 걸음이 느려질 조건이 없는 본인의 걸음으로도 이상의 검찰관이 추정하는 경로를 따라 왕복하는 데 75분이 필요했다. 그동안 본인은 한 번도 걸음을 멈추지 않았고 현장에 도착해서도 쉬는 일 없이 왕복했다.

피고가 이 범행을 그 왕복 소요시간인 약 80분 안에 해내는 것은 불가능한 일임이 판명됐을 것이다.

더욱이 기소장에 따르면 피고는 상기 카메라 가게에서 필름을 사서 갈 때 우연히 역 앞에 있던 피해자 스기야마 치즈코를 보고 말을 걸어 달콤한 말로 현장에 데려갔다고 되어 있다. 하지만 일면식도 없는 피고의 말에 성인 여성이 순순히 그 적막한, 게다가 밤이 되어 가는 시간에 따라서 갈 것인가.

검찰관은 피해자인 스기야마 치즈코가 돈을 위해 여러 이성과 성관계를 맺었다는 평소 성격을 생각하면 피해자가 피고와 함께 현장에 가는 것은 부자연스럽지 않다고 했지만, 본인은 전혀 반대로 해석한다. 즉, 피고는 여관 잡역부이며, 복장도 볼품없었고 얼핏 봐도 돈 많은 사람으로는 보이지 않는다. 또한 피해자가 그런 성격이면 더더욱 상대를 까다롭게 고를 테니 아무리 피고가 '감언이설'로 상대를 유혹했다 해도 절대 응했을 리가 없다. 가령 응했다고 해도 피고가 여관이나 다른 시내로 피해자를 데려 갔으면 모를까 깜깜해져 가는 한적한 현장으로 데려가려 한다면 당연히 피해자는 신변의 위험을 느꼈을 테니 현수교를 같이 건널 리 없다. 기소장에 따르면 '감언이설로'라고 매우 추상적으로 표현되어 있는데, 검찰관은 피고가 어떤 '감언'으로 피해자를 유혹했다고 보는 것인가. 피해자는 바에서 일하는 여성이다. 남자의 속마음은 훤히 꿰뚫고 있는 직업이다. 그리 순순히 넘어갈 리가 없다.

더욱이 피해자가 갖고 있었으리라 여겨지는 핸드백은 지금도 행방을 알 수 없다. 피해자가 목에 걸고 있던 펜던트는 앞서 말했지만, 이 핸드백이 피고의 주변, 혹은 명백한 피고의 작위에 의한 장소에서 발견되지 않는 한, 이 사건을 피고의 범행이라고 할 수는 없다.

이상, 본 변호인이 고찰하기로는 피해자 스기야마 치즈코는 24일 오후 6시 10분경, 신주쿠에서 열차를 타고 와서 O역에 내려역 앞 부근에서 다음 열차에 타고 있었을 다른 남성을 기다리고있었으리라 생각된다. 다음 열차는 6시 40분에 도착한다. 그 남성은 아마 이 열차에 승차하고 있었을 테니, 피해자가 그 남성과 같이 통칭 A길을 지나, 7시 5분 전에 현수교에 이르는 것은 시간적으로도 합치한다. 이렇게 생각하면 피해자의 펜던트가 피고가 습득한 A길 입구의 세이코당 시계점 앞에 떨어져 있던 것이 충분히 합리적으로 이해가 된다. 또 상대 남자가 피해자의 연인이라면 오히려 그 시간에 인적 없는 풀숲에 같이 들어간 피해자의 심리가 쉽게 이해된다.

이렇게 추정하면 피해자의 몸이, 팔다리에 남은 미미한 찰과상 이외에 별 부상 없었던 것, 특히 대퇴부, 질부에 강간의 경우에 보이는 특징이 없었던 이유가 정당하게 해석될 것이다. 즉 피해자는 그 남자와 숲속에서 합의하에 성교를 한 것이다. 그러니 그 남성의 혈액형은 앞에서도 말했듯이 AB형일지도 모르고 B형일지도 모른다.

그렇다면 왜 피해자는 강에 빠져 익사한 것일까. 이것도 그 성교 후 피해자와 상대 남자 사이에 분쟁이 생겨 이성을 잃은 남자가 피해자를 강에 밀어 빠뜨렸기 때문일지도 모른다. 어쩌면 피해자가 물을 마시기 위해 강가에 쪼그려 앉았을 때 몸의 중심을 잃고 빠졌을지도 모른다. 이 경우 상대 남자는 매우 놀랐겠지만 그에게 있어 이 피해자와의 밀회는 다른 사람에게 알리고 싶지 않은 비밀이기 때문에 그대로 팽개치고 도망쳐 버렸을지도 모른다. 그렇다면 이건 살인사건이 아니다.

말하자면 이상의 여러 이유에 따라 피고 아니 렌페이가 피해자 스기야마 치즈코를 강간하고 살해했다는 증명은 어디에도 존재하지 않는다. 즉, 피고 아니 렌페이는 절대 무죄다."

이 변론에서 내가 오카하시 유키코가 보여준 '손턴 사건'을 인용한 것은 말할 것도 없다.

7

피고 아니 렌페이는 1심에서 무죄판결을 받았다. 내 주장을 판사는 전면적으로 인정해주었다. 물론 검찰 측은 '사실오인의 의심'으로 공소했다.

결론만 말하자면 2심도 무죄였다. 그래서 검찰 측은 자신감을 잃었는지 대법원에는 상고하지 않았다.

이 2심 판결 전날 밤, 나는 잠을 설쳤다. 이 재판은 매스컴에서도 화제가 되었다. 지금까지도 신문이나 주간지는 사건 내용과 재판 과정을 써왔다. 누가 뭐라 해도 사건이 사건인 만큼 세간의 호기심을 자극한 것이다. 그리고 얼핏 보면 무너질 것 같지 않던 물적 증거인 펜던트와 혈액형 문제를 깨부순 내 이론을 기리며 칭찬해주었다. 더욱이 왕복 도보 시간에 의한 짧은 범행 시간을 꺼낸 정황 증거 격파는 다른 유명 사건과도 공통되는 부분이 있었다.

그건 피해자에게 외상이 없었던 점에서 '외부의 공격에 의해 익사했다고만은 볼 수 없고, 피해자의 실수로 강에 빠졌을지도 모른다'는 추론이 쐐기의 하나가 되었다. 그렇다면 이 살인사건은 흔적도 없이 사라지게 된다. 이것도 유키코가 찾아 준 '손턴 사건'이 힌트가 되었다.

2심이 원판결을 뒤집고, 피고를 유죄라고 했다면 나는 당연히 대법원에 상고할 생각이었다. 만약 2심이 원판결 그대로라면, 검찰 측은 대법원에 상고할 것이다. 나는 그렇게 각오하고 있었지만 한편으로는 1, 2심 모두 무죄로 판결이 나면 검사가 상고하지 않을지도 모른다는 생각도 들었다. 이 예상은 반반이었다.

내가 2심 판결 전날 밤, 잠을 자지 못했던 것과 마찬가지로 오카하시 유키코도 거의 자지 못한 것 같다. 그녀는 그날 아침, 충혈된 눈을 하고 나를 따라 법정에 갔다.

"아니 씨도 어젯밤에는 구치소에서 제대로 못 잤겠죠?"

유키코는 재판소로 가는 차 안에서 말했다.

"응, 그렇겠지. 2심이 고비니까."

나는 1심 이후, 구치소에 방문해 아니 렌페이와 빈번하게 만났다. 아니 렌페이는 몸이 탄탄한 남자로 누가 보나 큐슈 남부 출생다운 커다란 눈과 편평한 코, 두꺼운 입술을 갖고 있고 광대뼈가 두드러진 얼굴이었다. 말수가 적고 동작이 느려서 지능은 높지 않지만 선량해 보이는 남자였다. 구치소 직원에게 물어보니, 유순하고 모범적인 구치소 피고라고 했다.

"아니 씨는 자기가 무죄 판결을 받을 것이라고 기대하고 있을까요?"

유키코는 내게 물었다.

"입 밖으로 내서 말하지는 않지만, 물론 그런 희망은 갖고 있겠지. 내심 2심 경과를 걱정하고는 있던데……."

여기서 나는 문득 생각나는 것을 말했다.

"그래그래, 그러고 보니 아니는 무죄가 돼서 석방되었을 때를 생각하고 있었지. 더 이상 순주장에서는 써주지 않을 텐데, 하면서 일자리를 걱정하고 있었어."

차 안에서 나는 운전수가 눈치채지 못하도록 유키코와 손을 맞잡고 있었다. 유키코는 잠시 생각하더니 이렇게 말했다.

"저기, 선생님. 그 아니 씨를 저희 사무소에서 쓰면 어떨까요?"

"우리 사무소?"

"지금 심부름 보낼 사람이 없잖아요. 오오타 씨는 약간 미안한 면이 있어서요. 아니 씨라면 가벼운 마음으로 잔심부름을 부탁할 수 있겠죠."

"그거 괜찮은 생각 같군."

유키코 말대로 우리 사무소에는 그런 심부름꾼 남자가 없었다. 아니라면 청소 외에 잔심부름도 시킬 수 있을 것이다. 나는 아니라면 편리하긴 하겠지만, 마음 한구석에서는 바로 그 제안을 받아들이면 안 될 것 같은 미묘한 주저함이 느껴졌다. 지금 생각해보면 그게 예감이라는 것이었을지도 모른다. 어딘가 걸리는 것이었다.

하지만 아니의 뒤를 지금까지 봐온 내게 유키코의 제안을 거절할 이유는 없었다. 어떤 의미로 나는 아니 렌페이 사건 덕에 꽤 유명해졌다고도 할 수 있었다. 아니의 뒤를 봐주는 게 내 의무처럼 느껴지기도 했다.

2심은 승소했다. 검찰 측이 항고하지 않겠다고 결정했기 때문에 그 결과는 완전해졌다.

검사 측에는 검찰 조직의 원칙이라는 것이 있다. 그건 일종의 종족동맹 같은 것이라고 해도 좋을 것이다. 변호인 측에는 이 검찰 측에 대항하는 연대의식이 있다. 이것도 일종의 종족동맹일지도 모른다. 검찰은 공익을 대표하고, 변호인은 피고 개인의 이익을 대표한다. 검찰은 죄를 무겁게 하려 하고 변호인은 그것을 가능한 한 경감해주려고 한다. 하나의 범죄 상황, 하나의 법령 조문을 둘러싸고 양자는 그것을 양극으로 끌어당기려 한다. 두 종족동맹은 영원히 대립하는 존재일지도 모른다.

국선 변호사가 이 정도로 성의를 다했다는 것도 화제가 됐다. 전에 말했다시피 국선변호사라고 하면 대부분 건성으로 변호하고 어물쩍 넘기는 사람들이라고 생각한다. 그 성의와 노력도 세간에서 높이 평가해줬다.

아무리 봐도 승산이 없는 불리한 재판을 멋지게 뒤집어엎은 수완에 동료 변호사들도 나를 다시 봤다. 선배도 칭찬해줬다. 논리 구성이 재판관을 설득했고, 검찰 측을 패배시킨 것이다.

인간은 언제 어디에서 어떤 사건에 말려들지도 모른다. 이 삶에서의 두려움도 일반시민에게 새삼 자기 주변의 위험과 자각을 깨우쳐준 것 같다.

제2심이 확정되자, 나는 재판소 앞에서 기다리고 있던 보도진에게 포위당했다. 나는 신문, 잡지 카메라와 텔레비전 뉴스 카메라의 세례를 받으며 몰려든 기자에게 이 사건 변호의 고생담을 늘어놓았다. 그날 석간에는 내 사진이 들어간 이 판결이 보도되었다.

나는 어떤 의미로 하룻밤에 작은 영웅이 되었다. 나는 그날 밤 유키코와 함께 축하 테이블에 앉았다. 도내의 일류 레스토랑에서 우리 둘만의 호화로운 식사를 했다. 글라스로 건배하고 그녀에게 축하한다는 말을 들었을 때는 눈시울이 뜨거워지며 유키코의 얼굴이 흐릿해졌다.

"이것도 다 네 덕분이야."

나는 유키코에게 고마움을 표했다.

"네가 없었다면 난 그 변호에 실패했을지도 몰라. 그리고 무고한 사람을 사형대로 보냈을지도 모르지."

난 행복에 취했다. 한 사람을 사형에서 구했다는 정의감과 변호사로서의 내 재능을 이 일로 자각한 것 같다는 만족감, 그리고 세간에 내 이름을 알렸다는 자긍심이 있었다. 그중에서도 나에 대한 유키코의 애정이 더욱 긴밀해졌다는 환희는 말할 것도 없었다.

돌아가는 길에 우리는 춤을 추러 갔다. 나는 오랜 고생에서 해방된 것이다. 이제 고생할 건 하나도 안 남았다. 지금은 그저 유키코와 손을 잡고 하나의 리듬 속에서 마음을 비운 채 몸을 맡기기만 하면 된다.

그리고 돌아가는 길, 나는 유키코를 데리고 어느 호텔로 들어갔다. 둘 다 취해 있었다.

아내는 요양소에 간 지 오래됐다. 다만 유키코와의 관계를 그 이유만으로 해석한다면 섭섭할 것이다. 유키코에 대한 내 애정은 만약 아내가 건강해서 항상 집에 있었다고 해도 변함없었을 것이다.

유키코는 이지적이고 다정했다. 아내는 그렇지 않았다. 난 아내를 비난할 생각은 없지만, 사무소에서 유키코를 매일 만나고 있으면 평소부터 아내에게 느꼈던 불만, 그걸 포기하고 있던 마음이 잠에서 깨어난 것처럼 유키코에게 향했다. 내가 지금 아내와 결혼한 것은 서로에게 불행이며, 내가 유키코와 만난 것은 아내만의 불행이었다.

나와 유키코는 한 달에 한 번 정도 호텔에 묵고 있었지만, 이 관계는 아무도 몰랐다. 자칫하면 여조수와의 사이는 다른 사람들이 색안경을 끼고 볼 수 있기 때문에 신중하게 그녀와 만나야만 한다.

아내에게 들키지도 않았다. 사무소에는 사무원인 오오타가 있기 때문에 우리는 신중하게 움직여야만 했다. 그 억제가 서로의 초조함과 열정을 부채질했다.

나는 미혼인 유키코를 이런 입장에 두는 것이 괴로웠다. 하지만 유키코는 나와도, 그리고 다른 남자와도 결혼할 생각이 없다고 했다. 그녀는 지금은 내 애정으로 살면 된다면서 미래는 전혀 생각하지 않는다고 했다.

나는 아내의 죽음을 은근히 바라고 있었다. 흉부 질환이 있는 아내가 그렇게 오래 살 것이라고는 생각할 수 없지만, 현재는 의술이 발달해서 폐결핵 같은 것은 쉽게 치료해버린다. 하지만 개중에는 단명한 환자도 있다. 절대 유키코에게는 말하지 않았지만, 나는 아내가 그 불행한 단명 그룹에 들어가기를 희망하고 있었다. 그날 밤은 내 행복에 유키코도 참가하여 아무런 거리낌 없이 둘만의 강렬한 도취에 녹아들었다. 나는 소리 내어 운 것 같다.

8

아니 렌페이가 내 사무소에 잡역부로 온 것은 그의 무죄가 확정되고 이틀 후의 일이었다. 피붙이가 없는 그를 위해 나와 유키코는 구치소 앞까지 신병을 인수하러 갔다.

아니는 내가 진심어린 축하 선물로 가져간 정장을 입고 기쁜 표정으로 나왔다. 유키코를 보고 잠깐 어쩔 줄 몰라 허둥거렸지만, 내가 조수라고 하자 수긍했다.

나는 아니를 사무소에서 쓰기로 했다. 그러기 위해서 그에게 독신자 아파트를 소개해줬다. 아니는 극구 사양하며 사무소 구석에서 자게 해주면 좋겠다고 했지만, 이 빌딩은 숙박이 불가능하다. 게다가 재워줄 곳도 없다. 일체 비용을 내가 냈기 때문에 아니는 무척 고마워했다.

그는 역시 내가 준비해준 말쑥한 정장을 입고 다음 날부터 사

종족동맹 251

무실에서 일했다. 성실했다. 동작은 다소 느렸고, 교육을 많이 받지 못해서 심부름을 보낼 때도 알아듣도록 차근차근 용건을 설명해줘야 했지만, 무엇을 하건 조금도 싫은 기색을 보이지 않았다. 그가 온 덕에 사무소 청소를 하는 유키코와 오오타의 수고가 줄었고, 심부름 시키는 게 얼마나 편리해졌는지 모른다.

아니 렌페이는 처음에 유키코를 아가씨라고 불렀다. 몇 번이나 주의를 준 후에야 겨우 오카하시 씨라고 부르게 되었지만, 그는 유키코를 마치 여주인님처럼 바라봤다. 내 말보다도 유키코의 말을 잘 들었다.

"좋은 사람이 와서 다행이에요."

유키코는 기뻐했다.

하지만 그건 지금 돌이켜보면 짧은 평화였다. 2개월쯤 지나자 아니 렌페이는 슬슬 그 본성을 드러내기 시작했다. 그는 방면 직후 내게, 끈덕지게 확인을 했다.

"그 사건은 이제 완전히 끝난 거죠? 앞으로 그 사건 때문에 불려갈 일은 절대 없는 거죠?"

"그래. 재판은 하나의 사건에 대해 판결이 확정되면 본인에게 나중에 어떤 일이 생기건 더 이상 그걸로 추궁할 수 없게 되어 있어."

나는 그렇게 말해 그를 안심시켰다.

하지만 나중에 돌이켜보면 그건 아니가 자신의 안전을 확인한 것이었다.

아니는 사무실 돈을 조금씩 빼돌렸다. 가령 뭔가를 사오라고 심부름을 시키면 잔돈을 잃어버렸다고 하는 것이다. 건네준 돈을 그대로 떨어뜨렸다면서 다시 돈을 받으러 돌아오곤 했다. 또 사무실에서 때때로 적은 액수의 돈이 분실됐다. 어느 날은 오오타의 지갑이 벽에 걸어둔 양복 주머니에서 통째로 사라진 적도 있었다.

나는 불쾌해졌다. 유키코의 얼굴도 흐려졌다. 그전까지는 한 번도 이런 일이 없었으니, 아니의 소행인 것은 틀림없었다. 하지만 직접 충고하는 것은 조심스러웠기 때문에 그가 없는 사이 돈에 관해서는 다들 충분히 조심하도록 일러두었다. 오오타는 젊어서 그런지 치밀어 오르는 부아를 가라앉히기 힘든 모양이었다.

아니는 절도뿐만이 아니었다. 그는 유키코에게 묘한 태도를 보이기 시작했다. 그녀가 일일이 내게 말하지는 않았지만, 어느 날 탕비실에서 아니에게 갑자기 손을 잡혔다고도 했다. 또 오오타도 출근하기 전에 사무실에 나와 있으면, 청소하던 아니가 묘한 웃음을 지으며 다가와 갑자기 그녀의 등을 손으로 쓰다듬었다고 했다.

"제 판단이 너무 어리석었어요."

유키코는 내게 말했다. 아니가 출소하면 이 사무실에서 쓰자고 제안한 건 그녀였기 때문이다.

"그 사람은 우리가 생각했던 선량한 성격의 소유자는 아닌 것 같아요."

우리는 불안한 눈으로 서로를 쳐다보았다. 단순히 아니가 그런 불량한 모습을 드러내 보였기 때문만은 아니었다. 그가 무죄 판결을 받은 그 T강 사건도 어쩌면, 하는 기분이 들기 시작했다. 아니다, 그럴 리가 없다고 나는 스스로에게 되뇌었지만 그 불안은 아니의 무례한 행동을 볼 때마다 점점 더해갔다.

아니는 34세 남자였다. 독신에다 수입도 적어서 아무런 즐거움도 없을 것이다. 만약 적당한 여자가 있다면 소개해주고 싶다, 그럼 그의 이상한 행동도 잦아들 테지라고 속으로 생각했다.

나는 넌지시 아니에게 그런 것을 암시하면서 은근히 유키코에 대한 무례한 행동을 지적했다. 아니는 실실 웃으면서 들었다. 이것도 불쾌하게 느껴졌다. 대체로 아니가 엷은 웃음을 지을 때 그 두꺼운 입술은 대담한 표정을 짓곤 했다.

어느 날, 유키코가 안색을 바꾸고 내게 말했다.

"선생님, 아니 씨는 글러먹은 사람인지도 몰라요."

"왜?"

"오늘 아침에도 사무실에 나오니, 아니 씨 혼자 그 근처를 정리하고 있더군요. 오오타 씨도 출근 전이고 저도 경계하며 바로 밖으로 나가려 했어요. 그러자 갑자기 아니 씨가 문까지 쫓아와서 뒤에서 절 껴안고 목덜미에……."

뜨거운 숨을 몰아쉬며 그 입술을 목덜미에 댔다는 것이었다. 그것도 그녀가 움직일 수 없게 두 팔을 잡고 말이다.

"만약 밤이었다면 무슨 일이 생겼을지 몰라요."

유키코의 얼굴은 창백했다.

나는 더 이상 참을 수가 없었다. 이제 그 남자를 쫓아내자. 그렇지 않으면 사무실의 평화는 지킬 수 없다고 생각했다. 마치 우리 사이에 폭발물이 놓여 있는 것 같았다. 언제 어떤 불상사가 일어날지 알 수 없다. 이래서는 마음 놓고 일을 할 수 없다.

지금까지 그의 변호인으로 일했던 나로서는, 그를 해고하는 것만은 차마 할 수 없었다. 특히 사건은 세간에 큰 화제가 되었다. 전 피고인을 냉대하면 세간은 나를 어떻게 볼 것인가. 인정 없는 변호사라고 생각할 것이다. 또 아니 덕분에 내 이름이 알려졌으니 내가 아니를 이용해 이름을 팔았다고 생각할지도 모른다.

실제로 아니는 이 빌딩 사람들이나 인근 사람들에게, "우리 선생님은 저 때문에 출세했어요. 전 선생님의 은인이라고요" 같은 말을 나불거리고 다녔다. 그런 사실을 유키코와 오오타도 밖에서 듣고 와 내게 말해주었다.

지금까지는 참았어도 결국 인내심이 사라져 아니를 불렀다. 유키코와 오오타를 일부러 외출시킨 후였다.

아니에게 유키코에 대한 그의 비상식적인 행동을 지적하고 해고를 암시하며 엄중하게 경고하자 그는 태연한 얼굴로 그것을 듣고 있었다.

아니 렌페이는 사과할 것이라는 내 예상을 뒤엎고 주머니에서 담배를 꺼내 피우기 시작했다.

"선생님은 제게 질투를 하고 있군요?"

그는 두 다리를 벌리고 서서 놀라운 소리를 했다.

"뭐?"

"그렇게 안색을 바꾸셔도 소용없습니다. 전 선생님과 유키코 씨가 어떤 관계인지 다 알고 있으니까요."

"무슨 소릴 하는 건가."

"숨겨도 소용없어요. 선생님이 아무리 입에 발린 말을 잘하는 변호사라도 제 눈은 못 속입니다. 전 그 O마을 여관에서 일해서 남녀 사이는 싫증날 정도로 봐왔거든요. 이래 봬도 그쪽 눈썰미는 좋아요."

아니 렌페이는 코웃음을 쳤다. 내가 말문이 막히자, 그는 야유하는 말투로 계속 말했다.

"선생님에게는 분명 사모님이 계시죠? 게다가 유키코 씨도 갖고 있고요. 여기 오래 있었던 오오타 씨도 눈치채지 못했으니, 정말 대단하십니다. 전 부인이 없어요. 저도 가끔은 유키코 씨를 만지게 해주세요."

나는 나무랐다.

"자네는 아무 근거도 없는 의심을 하는군. 그런 말을 하다니 도저히 이 사무실에 둘 수 없네. 당장 나가주게."

"아, 그럼 선생님은 저를 자르려는 건가요?"

그는 딱히 놀라는 기색도 없이 말했다.

"자네가 그런 불순한 마음을 갖고 있는 한 어쩔 수 없네. 나는 자네를 위해 재판 이후, 보수도 없이 굉장히 고생을 해왔지만,

이제 도저히 자네를 봐줄 수 없게 됐네."

"선생님, 선생님은 제게 은혜를 입었어요. 변호료가 제대로 안 들어와 부족한가 보군요. 흠, 하지만 제 입장에서 말하자면 선생님은 제 덕에 출세하셨잖아요. 오히려 제 쪽에서 거스름돈을 받고 싶을 정도예요."

"자네는 다른 사람들에게도 그런 소리를 하고 다니는 것 같더군."

"들으셨습니까? 아마 유키코 씨나 오오타 씨가 선생님에게 일렀겠지만, 맞는 말이니까요."

"좋아. 아무튼 이 이상 입씨름할 필요는 없을 것 같군. 자네도 여기를 그만두는 게 좋을 거야."

"그렇군요, 알았습니다."

아니 렌페이는 한동안 담배를 피우더니 희미하게 웃으면서 나를 얕보듯이 말했다.

"선생님. 그럼 제가 그 O사건의 진상을 세간에 알려도 되겠습니까?"

"진상?"

"그건 제가 한 짓입니다. 진범은 저예요."

아니 렌페이는 자신의 편평한 콧잔등을 검지로 가리켰다.

아아, 역시 그랬구나. 나는 딱딱한 것으로 가슴을 맞은 듯한 충격을 받았다.

"이제 제가 이런 말을 해도 법정에 설 걱정은 없으니까요. 그건 선생님이 똑똑히 보증해주셨잖아요. 대신 선생님에겐 도움이 안 되겠네요. 어쨌든 제가 한 짓이 아니라고 열심히 변론해서 진범인 저를 무죄로 만들어주었으니까요. 변호사로서의 실력은 인정받을지 몰라도, 세상은 선생님을 욕하겠죠."

아니는 말했다.

"네가 진범이라고? 그럼 어떻게 그 짧은, 10분이라는 시간에 그 범죄를 저지른 거지?"

펜던트를 주웠다는 것은 아니의 거짓말일지도 모른다. 하지만 그는 어떻게 일면식도 없던 피해자 스기야마 치즈코를 그런 저녁 시간에 현장으로 쉽게 유혹할 수 있었던 걸까. 아니, 순주장까지의 왕복 보행 시간을 어떻게 단축시켜도 그 범행은 무리인데, 그게 가능했다는 것인가.

9

이런 내 의문에 아니 렌페이는 히죽히죽 웃으며 대답했다.

"그건 말이죠, 이래요. …… 전 그날 저녁 6시 10분에 순주장에서 나와서 역 앞 카메라 가게에 6시 40분경에 도착했어요. 그때, 그 여자가 역 앞에서 어슬렁거리는 것을 봤죠. 전 도쿄 사람 같은 괜찮은 여자가 있군 하고 생각하면서 카메라 가게로 들어가 손님에게 부탁받은 필름을 샀습니다. 계산을 하느라 5분 정도 지나 가게를 나오자 그 여자가 남자와 같이 A길 쪽으로 꺾어져 가는 모습이 보였습니다. 그것을 본 저는 요즘 시기에 도쿄에서 온 연인이 A길로 가는 것은 현수교를 건너 그 한적한 수풀 속으로 들어가는 거라고 생각했습죠. 저는 그 여관에 있었기 때문에 밤이 되면 커플이 그곳으로 들어가 애정행각을 벌인다는 사실을 알고 있었거든요. 그래서 아직 계절이 이른데 벌써 나타난 건가 싶기도 하고, 또 그 여자 얼굴이 좀 괜찮았기 때문에 살짝 뒤를 밟았어요. 꽤나 거리를 두어서, 현수교를 건널 때 목탄집 딸이 남자와 함께 가는 여자의 모습을 봤지만, 바로 그 뒤 딸이 덧문을 닫아서 나중에 따라간 제 모습은 다행히 보지 못한 거죠.

생각대로 그 두 사람은 풀숲으로 들어가 강가로 갔습니다. 내가 소리 죽여 다가가자 두 사람은 서서 열심히 키스를 하더군요. 아무래도 상대는 중년 남자 같았어요. 내가 마른침을 삼키며 보고 있으니 남자는 여자를 풀에 눕혔습니다. 드디어 시작하는구나 생각했죠.

이때 묘한 마음이 물씬 피어올랐습니다. 저런 멋진 여자를 다른 남자와 처음 하게 하는 건 아깝다는 마음 말이에요. 이미 재미있겠다든가 몰래 숨어서 봐야겠다는 마음은 날아가 버리고, 오랫동안 여자와 살을 맞대지 못했기 때문에 나도 모르게 그곳으로 뛰어나갔습니다. 그러자 남자는 깜짝 놀라 여자에게서 떨어졌죠. 야, 하고 한 마디 하자 어떻게 된 건지 신사 분위기의 그 남자는 뒤도 안 돌아보고 도망쳐 버렸습니다. 아마 그런 곳에서 소동을 일으켜 여자와 함께 있었다는 것이 알려지면 곤란할 가정 사정이 있는 남자였을지도 모르죠. 하지만 아무리 그래도 매정하게 여자를 내팽개치고 자기만 달아나더군요.

저는 그 자리에서 도망치려는 여자에게 다가가 내 말을 들으라며 앞을 막아섰습니다. 여자는 겁에 질려 아무 말도 못했죠. 내가 어깨를 끌어안았을 때 처음으로 목소리를 냈고, 말을 잘 들을 것 같지도 않아, 저는 여자의 얼굴을 대여섯 번 연달아 때렸습니다. 여자는 그걸로 얌전해졌고요. 저는 여자를 쓰러뜨리고 올라타 원하던 것을 이뤘죠.

여자는 그 후 일어나자 무서운 얼굴로 바지 허리띠를 매고 있는 저를 노려보았습니다. 저는 여자가 경찰에 바로 신고할 거라는 생각에 여자의 어깨를 세게 밀었습니다. 여자는 휘청이며 두세 바퀴 빙글 돌았는데, 마침 등이 제 쪽으로 향하기에 강으로 툭 밀었습니다. 여자는 찍 소리도 내지 못하고 마치 돌처럼 강에 떨어졌죠.

그대로 두고 문득 아래를 보자 어두워진 풀 사이에 뭔가 빛나는 것이 떨어져 있었죠. 여자가 차고 있던 펜던트였습니다. 몸싸움을 하는 사이 목에서 빠졌나 봐요. 전 그걸 주머니에 챙겨 넣었습니다. 왠지 아까운 것 같기도 하고, 이런 곳에 떨어져 있으면 들킬 거라는 생각이 들었거든요. 그리고 또 하나, 핸드백도 떨어져 있었죠. 이거 안 되겠다 싶어서 그걸 주워 그로부터 50미터 정도 떨어진 숲 속 나무뿌리 밑을 파서 묻어 두었습니다. 그리고 위에는 풀로 덮어서 아무도 못 찾은 거죠. 무엇보다 그곳은 숲이 울창했고 풀이 빽빽하게 자라나 있었으니까요.

그런 일로 돌아가는데 시간이 걸려서 슌주장 사람들이 수상하게 여길 것 같다는 생각에 서둘러 현수교를 건너 돌아갔죠. 다행히 아무도 못 봤고요. 저는 빨리 돌아가야겠단 생각에 목탄가게 옆에서 트럭 뒤에 올라타 슌주장 30미터 앞까지 왔습니다. 현수교 옆의 목탄가게부터 슌주장 근처까지는 걸으면 20분이지만 트럭이라면 겨우 3, 4분 정도니까요. 제가 트럭 뒤에 찰싹 달라붙어 있는 모습은 다행히 아무도 못 봤습니다."

"트럭?"

나는 신음했다.

"그 트럭이란 건 어떤 거지?"

"그냥 지나가던 트럭이요. 그 길에는 트럭이 자주 지나가요. 목탄가게 앞이 약간 커브길이라, 트럭이 거길 천천히 가거든요. 또 슌주장 바로 앞은 그때 도로공사를 심야부터 했기 때문에 길이 좀 패여 있었습니다. 그건 선생님도 현장조사라는 것을 하셨다니까 잘 알겠죠. 거기서도 트럭은 서행을 해요. 저는 이 두 개의 서행 지점에서 트럭 뒤에 올라타고 내렸습니다. 이건 아무도 눈치채지 못했겠죠. 검사님도 도로공사에 좀 더 신경을 썼으면 좋았을 텐데. 하긴 선생님도 몰랐으니까요. 전 트럭에서 뛰어내려 마치 역 앞에서부터 걸어서 돌아온 척을 하며 슌주장에 들어갔습니다. 다행히 옆집 수다쟁이 아주머니가 제 모습을 봐준 덕에 살았죠."

난 신음했다. 그런 내 얼굴을 보고 아니 렌페이가 웃었다.

"이래도 선생님은 제가 저지른 짓이 아니라고 생각하십니까? 아직 의심스러운 모양이군요. 그럼 좋은 걸 보여드리겠습니다."

아니 렌페이는 언제 준비한 건지 더러운 보자기를 탕비실 찬장 안에서 꺼내왔다. 그는 그 매듭에 손을 댔다.

"선생님이 오늘쯤 그런 말을 하지 않을까 싶어 집에서 가져왔죠. 자, 보세요."

그는 의기양양하게 보자기를 풀었다. 나는 눈을 부릅떴다. 그 속에서 나타난 건 진흙투성이 핸드백이었다. 검은 가죽 핸드백으로 그가 안을 열어보이자 여성용 지갑, '윈저'라는 이름이 적힌 술값 청구 전표 등이 나타났다. 스기야마 치즈코의 것이었다.

"그제 일요일, 저녁에 열차로 O마을에 가서 이걸 나무뿌리 밑에서 파내왔습니다. 어떻습니까, 선생님.. 이래도 제가 한 것이 아니라고 생각하십니까?"

아니 렌페이는 새파래진 내 쪽으로 담배 연기를 연신 뿜어댔다.

"자, 이제 틀림없죠? 판결은 정해졌으니, 제가 끌려갈 일은 없을 테고요. 하지만 앞으로 선생님의 신용은 뚝 떨어지겠죠. 이걸 제가 모두에게 말하면 말입니다. 선생님은 제 사건으로 출세하신 만큼 그 여파가 상당할 겁니다. 아무리 변호사 실력이 좋아도 살인자를 억지로 무죄로 만들어줬다고, 모두 선생님을 냉랭한 눈초리로 바라보겠죠."

지당한 말이었다. 이게 알려지면 나는 많은 사람들에게 비난

받을 것이다.

그 비난은 법률이 아닌 도덕적인 측면에서 나오는 것이며, 세상의 상식에서 쏟아지는 것이다. 내가 지금까지 얻은 분에 넘치는 평가는 반대로 '악덕 변호사'의 이름으로 전락할 것이다.

"전 여기 계속 있어도 되겠죠, 선생님."

아니 렌페이는 나를 협박하기 시작했다.

"아무리 선생님이 절 싫어하고 증오해도, 저는 유키코 씨에게 제 마음을 계속 나타낼 겁니다. 만약 유키코 씨를 제 눈에서 숨기려 하면 저는 이 사실을 세상 사람들에게 폭로할 뿐 아니라, 선생님과 유키코 씨가 불륜 관계라는 것을 병원에 계신 사모님께도 전부 이르겠습니다. 그리고 온 세상에도 퍼뜨릴 거고요."

— 나는 지금 이 버러지 같은 놈에게 살의를 느꼈다.

앞으로 내가 어떻게 될지는 나도 모르겠다.

유키코는 언제까지나 나와 함께 하겠다고 했다. 그곳이 형무소든, 무덤이든…….

산

여자의 목소리가 들렸다. 아오츠카는 선 채로 장지문을 살짝 열고 한쪽 눈으로 엿보았다.

이 시즈키관 앞에는 개울이 흐르고 있는데 그 위에 작은 다리가 놓여 있었다. 문 앞의 것은 손님용이라 넓었고, 통용문 앞의 것은 좁았다. 그 좁은 다리를 지나 차도를 가로질러 논두렁길 너머로 수다를 떨면서 걸어가고 있는 것은 시즈키관의 여종업원들이었다. 간소한 차림을 한 네 명이 일렬로 서 있다. 오후 1시 반이 되면 반드시 산나물을 캐러 산으로 간다. 산나물은 저녁식사로 나간다. 제일 뒤에서 걷고 있는 적갈색 카디건에 검은색 슬랙스를 입은 사람이 키쿠였다.

밭에서는 보리가 익어가고 있었다. 민예에 관심 있는 사람이라면 기뻐할 법한 돌이 놓여 있고 노송나무 껍질을 얹은 지붕집이 15, 6채 모여 있었다. 보리밭 다음은 뽕나무밭, 그리고 또 보리밭이다. 하지만 그리 멀리까지 가진 않았다. 산이 바로 앞을 가로막고 있기 때문이었다.

산에는 습곡이 몇 군데 있었다. 가까운 곳부터 말하면 잡목이 가득한 녹색 산봉우리가 두 개 겹쳐 있었다. 그 너머가 삼목과 노송나무 숲으로, 꽤 울창하고 색이 거뭇거뭇하다. 양쪽의 봉우리가 만나 계곡처럼 보였지만, 산은 각각 다른 산이었다. 그리고 정면으로 먼 곳은 중앙에 안부鞍部, 산등성이의 오목하게 낮아진 곳가 있는 푸른 산으로, 지방 사람들은 그 모양 때문에 쌍둥이산이라고 부르고 있다. 어디에나 있을 법한 평범한 산이다. 근처 산들은 꽤 복잡한 구성으로 높이 솟아 있었다. 가까운 곳에 있는 잡목 산의 가파른 경사면에는 붉은 진달래가 피어 있었다.

시즈키관의 여종업원들은 뽕나무밭 오솔길에서 이윽고 산길로 접어들었다. 키쿠는 아직 그 뒤를 걷고 있었다. 그 외 다른 사람의 그림자는 없었다. 해를 가로막은 채 움직이는 구름 때문에, 산림 위로 반점이 흘러갔다.

아오츠카 이치로는 장지문을 닫고 불그죽죽하게 바랜 다다미 위에 드러누웠다. 5월 중순이지만 산골 공기는 쌀쌀했다. 앞으로 20분쯤 후에 산책하는 차림으로 여관에서 나가려고 한다. 키쿠가 다른 종업원들 뒤를 따라가는 것은 복잡한 사정이 있기 때문이었다. 어느 지점에 다다르면 일행과 재빠르게 헤어지기 위해서다. 혼자 남아 아오츠카가 오는 것을 기다리려는 것이다.

산나물을 캐는 여자는 외롭기 때문에 가능한 동료들과 함께 있으려 하지만, 키쿠는 함께 있는 게 별로였다. 좋은 장소를 찾았으니 그쪽으로 가겠다고 하고 도중에 동료들과 헤어졌다. 그녀는 이 온천여관에서는 고참인 편이라 자기 마음대로 해도 괜찮았다.

그러나 아무리 마음대로 한다 해도 그건 이상하다. 산나물이 풍부한 장소라면 다른 사람들을 데려가야겠지만 그녀는 같이 가고 싶다는 종업원들도 거절했다. 가려는 곳은 여자 혼자서는 무서울 것 같은 울창한 숲 속이다. 다들 뭔가가 있을 것이란 사실을 짐작할 것이다.

아오츠카는 하늘을 보고 담배를 피우면서 이미 다른 여관 사람들도 알고 있을 게 틀림없다고 생각했다. 다른 종업원들이 자신을 보는 눈이 달라졌고, 지배인의 표정에서도 알 수 있었다.

산정온천이라고 했다. 중앙선인 M역에서 버스로 한 시간, 키소다니 쪽으로 들어간 곳이다. 여관은 다섯 군데밖에 없었다. 물이 미지근해서 겨울은 물론 지금도 데우지 않고는 들어갈 수 없다. 하지만 최근에는 특이한 것을 좋아하는 손님들이 늘어서 이 산골짜기 온천도 꽤 번창했다. 여종업원 넷이 같이 산나물을 캐러 가는 것도 그 때문이었다.

— 아오츠카 이치로는 회사 돈을 마음대로 쓰고 도망쳐온 남자다. 그 트럭 운송 회사에 다니기 전에는 호쿠리쿠 지방에 있는 도시의 지방 신문사에서 6년간 기자로 일했다. 중역의 여자에게 손을 댄 것이 알려져 더 이상 있을 수 없게 된 바람에 인근 현의 운송회사 경리과에 일자리를 얻은 것이었다. 그리고 3년차 때 회사의 돈을 썼다. 바에서 일하는 여자와 만나기 시작하자 어느 틈엔가 50만 엔 정도를 쓰고 말았다. 회계 감사가 있다는 걸 알고 도망쳤다. 시골의 조그만 운송회사라 경찰이 개입된 소동이 벌어질 것 같았다. 이왕 이렇게 됐으니 20만 엔 정도를 더 빼돌려 도망쳤다. 그 정도도 없으면 아무 데도 갈 수 없기 때문이다.

바로 오사카나 도쿄로 가고 싶었지만 그런 곳이면 수배가 돌

것 같아서 시오지리에서 환승해 중앙선 M역에 내렸다. 홈 간판으로 산정온천이 있다는 것을 알고 갑자기 생각이 난 것이다.

시즈키관에 들어온 것도 우연일 뿐, 사나흘만 체류할 생각이었다. 그게 오늘로 2주나 되었다. 다른 곳으로 옮겨봐야 마찬가지라는 생각도 있었지만, 또 다른 이유는 키쿠와의 관계가 생겼기 때문이다.

키쿠는 처음부터 그의 방을 담당하고 있었다. 서른은 됐을 거라고 생각했는데, 나중에 물어보니 그보다 2살이나 연상인 33살이라고 했다. 키가 작고 몸은 통통했다. 대신 피부가 하얬다. 웃으면 복숭아색 잇몸이 드러나는 것이 흠이었지만 얼굴은 그렇게 나쁘지 않았다. 부석부석한 눈꺼풀의 가느다란 눈도 어느 정도 매력적이다 — 그때는 그렇게 생각했다.

사흘째 밤에 이불을 깔러 온 키쿠에게 수작을 걸어 보았다. 그러자 키쿠는 동료들의 눈이 있어서 밤에는 곤란하다고 했다. 한 방에서 다 같이 자기 때문에 빠져나오기 어렵다는 이유였다. 아침 일찍이라면 괜찮다, 아침당번이니 이불을 정리하는 척하며 7시에 오겠다고 했다.

아오츠카는 여종업원들의 핑계인가도 생각했지만, 입술을 빨았을 때 여자의 숨소리가 거칠었기 때문에 반쯤 믿고 아침을 기다렸다. 키쿠는 7시에 장지문을 살짝 열고 들어왔다.

오비를 풀고 홑겹 기모노를 벗은 후 하얀 나가주반 차림으로 아오츠카 옆에 미끄러져 들어왔다. 그 나가주반과 코시마키기모노를 입을 때 아랫도리의 맨살에 두르는 속치마도 막 **빤** 것으로 바뀌어 있었다. 하얀 가슴은 풍만했다.

키쿠는 5년 전에 남편과 헤어졌다고 했다. 아이는 한 명 있지만, 시어머니가 키우고 있다. 그만큼의 부부생활 경험은 날 밝은 지 얼마 지나지 않은 이불에서 아오츠카와 마주했다. 여자는 처음부터 수치심이란 게 없었다.

헤어진 지 얼마 지나지 않아 이 시즈키관에 들어왔다고 했으니, 5년간 키쿠에게 남자관계가 없었다고는 할 수 없다. 온천여관의 여자 종업원이라면 손님과의 정사도 한두 번이 아닐 것이다. 돈 때문에 한 적도 있을 테고, 꼭 그 목적만은 아닐 때도 있으리라. 실제로도 아오츠카의 유혹에 바로 넘어왔다. 하지만 아오츠카는 키쿠의 그런 적극적인 모습으로 보아, 그녀가 오랫동안 그런 관계를 갖지 않았으리라고 생각했다.

여관의 여종업원들은 아침 당번과 밤 당번이 하루 걸러 바뀌었다. 키쿠는 동료들의 눈 때문에 밤에는 아오츠카의 방에 못 왔지만, 이틀 걸러 한 번꼴로 아침 7시쯤 그의 잠자리로 찾아왔다. 바로 옷을 벗고 뜨거워진 몸을 그에게 붙였다. 그런 행동이 점점 대담해졌다.

같이 지내는 건 고작 40분 정도밖에 되지 않았다. 다른 아침 당번 종업원들 눈을 언제까지나 피할 수는 없었다. 40분은 너무 짧았다. 키쿠는 끊임없이 원했다.

아오츠카는 키쿠에게 5천 엔 정도 줬지만 그녀의 목적이 돈이 아니라는 것은 알았다. 그녀의 욕정은 왕성했다. 키가 작고 오동통한 여인의 부드러운 하얀 피부는 무한한 정력을 내장하고 있는 것 같았다.

4, 5일 체재 예정이 열흘로 길어졌을 무렵, 키쿠가 산속 밀회를 제안했다. 산나물을 캐러 산에 가니까 그곳에서 만나면 좀 더 오랫동안 함께할 수 있으리라는 것이었다. 이틀에 한 번씩 갖는 40분의 만남을 그녀는 쭉 불만스러워했다.

아오츠카는 2시쯤 산책하는 척 여관에서 나와 키쿠가 가르쳐 준 대로 산길을 올랐다. 급경사가 이어져 숨이 찼다. 한쪽은 잡목이 무성한 밀림이고, 한쪽은 절벽이었다. 길을 올라갈수록 계곡은 깊어졌다. 계곡의 가장 깊은 곳은 15미터는 되어 보였다. 이쪽은 잡목과 풀로 덮인 경사면이지만, 맞은편은 벌거숭이 단안 절벽이다. 절벽 밑에는 커다란 낙석들이 흩어져 있었다. 이 산길은 구부러져 있다.

몇 번 꺾어져 들어간 모퉁이에서 키쿠의 모습을 발견하고 손짓으로 불렀다. 키쿠가 시선을 고정한 채 잇몸을 드러내며 방긋 웃었다. 아오츠카는 나무 숲 속으로 끌려 들어갔다. 키쿠는 산나물을 넣은 광주리를 옆에 두고 풀 위에 누웠다. 짙은 어린 싹에 숨이 막힐 것 같았다. 야성적인 장소에서 키쿠의 욕정이 분출되었다. 아오츠카도 첫 경험이라 흥분했다.

키쿠는 교육을 많이 받지 못한 여자였다. 태어난 건 이 현의 남부였지만, 초등학교밖에 못 나왔다. 전 남편도 농부였다. 하지만 세상 사람들만큼의 상식, 아니 여관 여종업원으로서 그 나름의 처세술에는 능한 여자였다. 홀몸이라 급료와 팁을 모아 약간의 돈도 갖고 있는 듯했다. 키쿠가 아오츠카에게 마음을 허락한 것은, 그에게 돈을 요구하지 않는 대신 돈을 뜯길 일도 없을 것이라고 생각했기 때문인 것 같았다.

키쿠가 아침에 오지 않는 날은, 산에서 밀회를 가졌다. 아오츠카는 키쿠의 유혹을 차마 거절할 수 없었다. 매일 하릴없이 빈둥거리고 있으려니 그도 체력이 남아돌았다. 온천여관에는 젊은 부부도 오지만 중년남자가 매춘부를 데리고 오기도 했다. 그게 그의 마음을 자극했다.

밤늦게 아오츠카가 온천장으로 내려가자 옆의 여탕에서는 여종업원들의 떠들썩한 이야기소리가 들려왔다. 키쿠의 웃음소리가 한층 높았다. 그게 '남자'를 얻은 여자의 만족감으로 들렸다.

아오츠카는 불쾌해졌다. 횡령으로 쫓기는 몸만 아니었다면, 이런 산속 온천에 체류할 일도 없었을 테고, 여관 여자와 관계를 가질 일도 없었을 것이다. 있었다 해도 하루 이틀의 쾌락이다. 하지만 다른 곳을 어슬렁거릴 수 없다는 약점이 당분간 여기에 눌러앉게 만들었다. 약점이라면 키쿠의 몸에서 벗어나지 못하는 것도 있었다. 여기 있는 한 자제할 수가 없었다. 하지만 연상의 여관 여종업원이라는 점이 아오츠카에게 굴욕감을 줬고 주눅 들게 만들었다.

그래도 이 시즈키관에 있는 동안은 어쩔 수 없다고 포기했다.

산정온천에는 돈에 넘어오는 게이샤도 없었고, 여자 안마사도 없었다. 마을에서 부르기에는 너무 멀다. 이런 것도 여행지의 경험이다. 할 수 있는 것을 하는 것뿐이라고 생각했다. 이대로 키쿠와 은근슬쩍 살림을 차릴 일도 없을 테고, 길어봐야 앞으로 보름 정도라고 생각했다. 관계가 지속됨에 따라 키쿠의 애정은 깊어졌지만, 그렇다고 해서 남자가 여관에서 나가는 것을 잡을 리도 없을 것이다. 설령 뿌리치고 나간다 해도 남자의 뒤를 쫓아오진 못하겠지, 라고 생각하며 아오츠카는 가능한 앞일은 접어두고 현재의 개운하지 못한 즐거움에만 빠져들기로 했다 — 오늘은 5월 10일이다.

2

똑바로 누워 담배를 피우던 아오츠카는 담뱃재가 목에 떨어지자 바닥에서 몸을 일으켰다. 키쿠가 다른 종업원들과 산에 가기 위해 뽕나무 밭을 지나간 지 20분쯤 지난 때였다.

아오츠카는 숙소의 기모노를 입고 삼나무 게다_{일본사람들이 신는 나막신}를 신고 나왔다. 산에 올라간다고는 생각하기 힘든 차림이었다. 하지만 어렴풋이 알아차린 지배인은 슬쩍 웃으면서 배웅했다. 그는 지배인의 눈을 피해 일단 큰길 오른쪽으로 걸어가다 보리밭 안으로 들어가서 마을 뒤로 되돌아갔다.

늘 다니던 산길을 올라갔다. 삼나무 게다로는 걷기가 힘들었다.

기모노 자락이 다리에 엉켰다. 그는 그곳에서 옷의 뒷자락을 걸어 오비에 끼웠다. 급경사길은 구불구불했고 산이 깊어졌다. 한쪽 계곡 바닥은 점점 멀어졌다. 반대쪽 단안 절벽 단면이 거칠었다. 꾀꼬리가 운다. 산무애뱀이 앞을 가로질러 갔다. 풀이 꽤 자라 있었다.

키쿠가 나온 곳은 늘 만나던 장소였다. 이 밀회가 당연해지자 더는 웃음을 보이지도 않았다. 한 손에는 광주리를 들고, 다른 한 손으로 아오츠카의 소매를 잡고 좁은 샛길을 같이 올라 숲속으로 들어갔다. 장소도 정해져 있었다. 사방이 나무에 가로막힌 풀밭이었다.

처음에 아오츠카는 행위 도중에 누군가가 엿보고 있는 것 같은 기분을 느꼈다. 산에는 숯쟁이도 들어오고, 젊은 사람이 나무를 베러 오기도 한다. 신경이 쓰여서 불안했지만, 지금은 편안했다. 이런 자연 정취가 넘치는 정사에도 익숙해졌다.

둘은 한 시간 후 일어났다. 키쿠가 검은 슬랙스를 입었다. 서로 옷에서 풀을 털어냈다. 풀은 어깨에서 등에 걸쳐 들러붙어 있었다. 키쿠의 적갈색 카디건 등에는 초록색 풀물이 배어 있었다.

두 사람은 그곳에서 길로 나왔다. 이대로 내려가면 산기슭의 뽕나무밭이 나온다. 하지만 키쿠는 광주리에 산나물을 다 채워야 했기 때문에 그와 도중에 헤어져야만 했다. 키쿠가 찾은 작은 산골짜기에는 아직 다른 여종업원들이 모르는 산나물이 가득나 있었다. 그곳이 아니었다면 나물 캐는 시간에서 밀회 시간을 단축할 수 없었을 것이다.

한쪽에 절벽이 있는 길 위에서 헤어지는지라, 그 반 가까이 내려왔을 무렵 키쿠가 멈추어 서서 계곡을 바라봤다.

"저런 곳을 사람이 걷고 있네."

아오츠카도 쳐다보았다.

키쿠가 저런 곳이라고 말했듯, 맞은편의 급한 경사를 계곡 바닥에서부터 웬 남자가 관목에 의지해 올라가고 있었다. 회색 바위 표면이 보이는 절벽이었지만, 그 아래쪽 산기슭 부근은 키 작은 나무와 잡초에 가려져 있었다. 가장 높은 절벽 위는 눈이 맑아지는 듯한 신록의 나무숲으로 산중턱 삼나무 숲으로 이어져 있었다.

관목 사이를 헤치고 올라가고 있는 남자는 검은 스웨터에 쥐색 바지를 입고, 같은 색의 헌팅모를 쓰고 있다. 이곳에서는 뒷모습만 보이는데다 거리까지 있어서, 청년인지 중년인지 알 수 없었다. 보는 동안에도 남자는 관목이 난 경사면을 올라가고 있었는데, 그 등반 모습으로 보아 도저히 실력이 좋다고는 할 수 없었다. 그러나 급해 보였다.

그 모습은 마치 경사면을 따라 계곡 바닥까지 내려가, 다시 올라가고 있는 것처럼도 보였다. 또 산기슭에서 쭉 계곡 아래까지 걸어와서, 그곳에서부터 경사면을 올라가고 있는 것처럼도 보였다. 어느 쪽이든 계곡은 아무도 가지 않는 곳으로, 길도 하나 나 있지 않은 곳이었다. 키쿠가 말한 그런 곳은 단순히 관목 경사면

만을 뜻하는 건 아니었다.

무엇을 하고 있는 걸까, 아니면 하고 있던 걸까라고 아오츠카는 생각했다. 남자의 모습은 그 사이에 겨우 경사면 위로 올라가 위쪽 숲 속으로 사라졌다.

"이상한 사람이네."

키쿠가 뒷모습을 보면서 말했다.

"이 근방 사람은 아닌 것 같아."

아오츠카는 말했다.

"어딘가 여관에 묵고 있는 손님일지도 모르지만, 그렇게는 안 보이네."

산정온천에는 여관이 시즈키관을 포함해 다섯 군데밖에 없었 기 때문에 다른 곳 숙박객은 키쿠도 대부분 알고 있었다.

"저런 곳에 내려가 봐야 별것 없는데."

키쿠가 뒷모습을 보며 말했다.

실제로 별것 없는 곳으로, 계곡에는 왜소한 나무와 잡초, 그 사이에 낙석 돌덩어리가 굴러다닐 뿐이었다.

"숙박객이 심심풀이로 가봤나 보지."

아오츠카는 그것을 무료한 손님의 행위라고밖에 해석할 길이 없었다.

하지만 두 사람은 그 이상은 관심이 없었다. 키쿠는 무한한 만 족감을 느끼며 의무를 다하기 위해 산나물이 있는 작은 계곡 쪽 으로 갔다. 아오츠카는 시시한 기분을 느끼며 산길을 내려갔다.

숙소의 삼나무 게다를 신고 있는 탓에 내려가는 게 올라오는 것보다 힘들었다.

피곤해서 도중에 주저앉았다. 날씨가 좋다. 담배를 두 대 태웠다. 그러려던 건 아니지만 앞일에 대한 생각이 들었다. 어떻게 될지 스스로도 알 수 없었다. 투자했던 여자와는 멀어졌다. 원래 있던 곳으로 되돌아가기에는 경찰이 무섭다. 막연하게 오사카나 도쿄를 생각했지만, 그곳에서도 형사가 기다리고 있을 것 같았다. 차라리 이 산속 온천여관의 지배인이라도 되어 키쿠와 잠시 맞벌이를 할까도 생각해봤지만 여기도 안전하다고는 할 수 없었고, 무엇보다 이런 곳에 눌러앉을 마음은 없었다. 31세, 아직 희망이 있다. 지방지지만 신문기자를 했던 경험이 앞날의 야심을 멀리 보게 했다.

그 자리에서 30분 정도 있었다. 잠이 와서 일어났다. 산기슭 길을 내려가려던 아오츠카는 다시 발을 멈추었다.

아오츠카는 그 산길이 아래쪽 마을길로 접어드는 곳에 사람이 서 있는 것을 발견했다. 그 남자가 아까 경사면을 오르던 헌팅모에 검은 스웨터를 입은 사람이라는 것을 깨달은 아오츠카는 나무 그늘에 몸을 숨겼다. 딱히 숨을 마음은 없었는데, 조금 전까지 생각하던 경찰이 머릿속에 남아 있어서 그랬는지 순간적으로 그런 행동이 나온 것 같았다.

그의 위치에서 보면 헌팅모를 쓴 남자는 산길을 내려가는 정면에 서 있었다. 남자는 한동안 주변을 둘러보는 듯했는데, 전에 봤을 때는 멀어서 얼굴을 정확히 못 봤지만, 지금은 20미터 정도 앞에 서 있어서 옆모습이 확실하게 눈에 들어왔다. 마른 남자로, 46, 7세 정도일까. 코가 높고 볼이 약간 패였으며 비교적 단정한 얼굴이었다. 모자를 쓰고 있어서 헤어스타일은 알 수 없었지만, 어쩌면 좀 더 나이가 들었을지도 모른다. 모자를 쓰면 남자는 젊어 보이는 법이다.

그 남자는 딱 한 번, 이쪽 산길을 올려다보았다. 덕분에 정면 얼굴이 확실히 보여 단정한 인상이 좀 더 명확해졌다. 기품 있는 신사였다. 역시 도회지에서 이 온천에 놀러온 손님이었다.

그 남자는 이쪽을 올려다보며 이 산길을 올라가 볼까 고민하는 것처럼 보였지만, 바로 생각을 고쳐먹은 것 같다. 그대로 옆으로 걸어 왼쪽 수풀 그늘로 사라졌다.

아오츠카는 그 남자가 가로질러간 후 밑으로 내려왔다. 남자가 가로질러간 길로 나와 떠난 방향을 보자 검은 스웨터 모습은 산자락과 뽕밭 샛길로 사라졌다. …… 그냥 그뿐이었다. 그래서 그때는 아오츠카도 딱히 의문을 갖지 않았다.

아오츠카가 헌팅모를 쓴 남자의 행동을 수상하게 여긴 건 이튿날이었다. 색 바랜 다다미 위에서 무료하게 늘어져 있어서 그랬는지, 달리 생각할 것도 없었지만 문득 천장을 보며 피고 있던 담배 연기 속에서 그게 떠오른 것이었다.

그 남자는 그런 곳에서 무엇을 하고 있었을까—.

만약 최근 이 온천장에 온 손님이라면 그런 골짜기를 돌아다니고 있을 리가 없다. 아무리 달리 볼 곳이 없다고 해도 너무 특이하지 않나. 게다가 아오츠카가 본 바로는 그는 어엿한 중년 신사였다.

처음에는 식물학자인가 하는 생각도 했지만, 그런 것치고는 그 관목 경사면을 바쁘게 올라가고 있던 모습이 이상했다. 손에 풀 한 포기 쥐고 있지 않은 건 눈에 띄는 식물을 발견하지 못했기 때문이라고 해석한다고 쳐도 수상했다. 그 모습은 경사면에서 일단 골짜기로 내려갔다가 한 번 더 위로 올라가는 느낌이 강했기 때문이다.

— 그건 골짜기에서 무언가를 찾고 있었다는 뜻이 아닐까.

이런 생각에 이르자 아오츠카는 호기심이 동했다. 이것도 따분함이 시킨 것이다. 일부러 옷을 스포츠 셔츠와 바지로 갈아입었다. 그곳은 삼나무 게다로는 갈 수 없다.

그는 오랜만에 여관 기모노를 벗고 나온 것을 희한하다는 듯 쳐다보는 지배인에게 일부러 지팡이를 빌려 뽕나무밭으로 가는 길을 걸었다. 오늘은 키쿠와의 약속이 없기 때문에 지배인이 봐도 주눅 들 필요 없다. 키쿠는 다른 여종업원들과 나중에 산나물을 캐러 갈 것이다.

3

아오츠카는 평소 다니던 길을 바꿔 계곡 입구 쪽으로 향했다.

계곡 입구까지는 꽤 걸어야만 했다.

계곡 입구는 자란 풀로 무성했다. 한쪽은 우거진 나무숲 경사면이었지만, 왼쪽은 노출된 암석 절벽이 시작되고 있었다. 안쪽으로 갈수록 단안 절벽은 높아졌고, 끝에는 계곡에 막혀 있었다. 계곡은 안쪽으로 활처럼 굽어 있어서 노면에서는 정면이 보이지 않았고, 안으로 들어갈수록 절벽이 더욱 넓게 보였다.

아오츠카는 여관의 지팡이로 풀을 쳐내면서 안쪽으로 들어갔다. 이윽고 어제 남자가 기어 올라가던 경사면이 보였기 때문에 그곳에 서서 한쪽을 보자 풀이 난 경사면 위는 딱 키쿠와 함께 남자를 봤던 지점이었다.

아오츠카는 남자가 관목을 손으로 잡고 올라가던 경사면 아래로 나왔다. 그 주변에선 아무런 변화도 찾아볼 수 없었다. 다시 안으로 들어갔다. 계곡 바닥은 넓었기 때문에 풀로 덮인 계곡에서 무엇을 찾아야 할지 감도 안 잡혔지만, 아무튼 막다른 곳까지 가보기로 했다.

이윽고 풀 사이에 커다란 돌이 굴러다니고 있는 절벽 정면 아래에 왔다. 낙석이 여기저기 있었다. 입구에서 점점 올라간 단안 절벽도 여기서는 15미터 정도의 높이였고, 그 위에는 나무숲이 신록을 빛내고 있었다.

낙석 사이를 걷고 있던 아오츠카의 눈에 풀이 약간 쓰러진 곳이 보였다. 그게 끊어졌다 이어지면서 한줄기를 이루고 있었다. 한 번 쓰러졌던 풀이 시간이 지나 다시 일어서려는 느낌이었다.

이 한 줄로 쭉 누운 풀의 흔적과 헌팅모를 쓴 남자의 행동을 연결시키는 것은 간단했다. 경사면을 헤엄치듯 올라가던 남자는 분명 이 쓰러진 풀과 관련이 있을 것이다. 풀들의 모습은 최근 사람이 한 행동의 흔적을 분명하게 보여주고 있었다.

아오츠카는 크고 작은 낙석 사이를 걸어갔다. 그러다 그는 꽤 큰 낙석의 그늘에서 무언가 검은 것이 몇 개 빛나는 것을 발견했다.

들여다보니 그것은 깨진 소형 카메라였고, 파편이 흩어져 있었다. 카메라를 어지간히 강한 힘으로 내리친 것임에 틀림없었다. 그렇지 않으면 이렇게 산산조각 날 리가 없다. 몸체는 두 개로 쪼개졌고, 뒷덮개는 떨어지고 렌즈는 튀어나와 깨졌으며, 그 외 다른 부품도 풀 사이에 여기저기 흩어져 있었다.

아오츠카는 카메라의 파편을 들어 보았다가 별 도리가 없었기 때문에 그냥 그곳에 내던졌다. 그러자 그게 떨어진 곳에서 또 하나의 부품 같은 것이 보였다. 다가가 보자 그건 카메라에서 떨어진 필름이었다. 파트로네에서 반쯤 길게 나온 필름은 릴에서도 떨어져 풀에 감긴 채 새까매져 있었다.

아오츠카는 필름을 들어 보았지만, 미촬영 부분이 금속심인 파트로네 안에 반쯤 남아 있는 것 같았다. 그는 이번에는 별 생각 없이 그것을 주머니에 넣고 높은 절벽을 올려다보았다. 카메라가 이렇게까지 부서진 것은 이 절벽 위에서 떨어졌기 때문이리라.

그때 그는 2, 3미터 앞의 풀 위에 흙이 끼얹어져 있는 것을 보았다. 커다란 낙석 바로 근처였지만, 지팡이 끝으로 흙을 살짝 긁어보자 아래쪽이 불그죽죽하게 물들어 있었다. 피가 오래 되면 이런 색이 된다.

아오츠카는 숨을 죽이고 흙을 보다가, 과감하게 지팡이 끝으로 아래까지 파보았다. 하지만 그 흙은 풀 위에 약간 덮여 있는 정도였으니, 그 아래 피의 정체가 있을 리 없었다. 나타난 것은 역시 검붉은 색으로 물든 풀뿐이었다.

여기까지 보자 아오츠카도 사정을 알 수 있었다. 위에 뿌려진 흙은 풀을 물들인 혈흔을 가리기 위한 것이었다. 여기서는 틀림없이 인간의 어떤 행위가 있었던 것이다.

아오츠카는 풀이 누운 길과 그 풀을 연결시켰다. 망설임 끝에 결국 호기심이 이겨서 뭐가 됐든 한 줄을 이루고 있는 풀을 따라가 보기로 했다. 초여름의 밝은 태양이 그를 안심시켰다.

풀이 누운 길을 따라 도착한 곳은 단안 절벽 왼쪽 끝이었다. 하지만 그 절벽은 얼핏 봐서는 별다른 것도 없었고 기이한 현상도 없었다. 고요한 계곡 바닥이었다.

하지만 아오츠카의 눈에 그 절벽 아래에 동굴처럼 움푹 패인 곳이 보였다. 동굴 앞에는 그 구멍을 막듯 조그만 낙석이 두 개 놓여 있었다. 허리를 숙이고 돌 사이로 어두운 구멍 안을 들여다보았다.

처음에는 아무것도 알 수 없었지만, 잠시 후 눈이 어둠에 익숙

해짐에 따라 뭔가 하얗고 짧은 봉 같은 것이 희미하게 보였다. 그는 좀 더 눈을 구멍 입구에 가까이 댔다. 그리고 하얀 봉이라고 생각한 그것이 사람의 다리라는 것을 알아차렸다.

아오츠카는 뭔가 외치고 싶었지만 주변에 아무도 없음을 깨닫고 자신의 목소리가 무서워져, 원래 있던 곳으로 정신없이 돌아갔다.

위에서 그의 이름을 부르는 소리가 났다. 키쿠의 목소리라는 것을 바로 알아차릴 법도 했지만 그때는 한참 동안 깨닫지 못했다.

"아오츠카, 아오츠카. …… 거기서 뭐 해?"

키쿠의 목소리가 이어졌다. 그녀는 그 경사면 위 산길에 늘 입는 적갈색 카디건 차림으로 서 있었다.

"음."

아오츠카는 정신을 차린 듯 그곳에서 키쿠를 손으로 불렀다.

"뭐야?"

키쿠는 멀리서 말했다. 아오츠카는 아직 마음이 진정되지 않아 말없이 손짓만 했다.

"뭐냐니까? 이상하네."

키쿠는 당신이 이쪽으로 올라오라고 했지만, 아오츠카가 움직이지 않아서 결국 고집을 꺾고 내려왔다. 그곳에서는 바로 경사면을 내려올 수 없기 때문에 멀리 우회해서 돌아왔다.

키쿠의 모습이 일단 사라졌다가 풀을 밟으며 계곡 입구에 다시 나타난 것은 시간이 한참 흐른 후였다. 평소처럼 한 손에 산나물이 든 광주리를 들고 작은 키로 그리 서두르는 기색도 없이 천천히 다가왔지만 동그란 얼굴은 중천에 뜬 태양빛을 받아 종이처럼 편평했다. 아오츠카도 그녀에게 다가갔다.

"이런 곳에서 뭐하는 거야?"

그녀는 싱글거리며 웃었다. 착각을 하고 있는 모양이다.

"사람이 죽었어."

아오츠카는 오히려 담담한 목소리로 말했다.

"사람이 죽었다니…… 응? 어디서?"

키쿠는 깜짝 놀라 아오츠카의 얼굴을 바라보았다.

"저쪽."

그는 뒤를 보고 벼랑 쪽을 가리켰다.

"거짓말!"

"거짓말을 왜 해. 가보면 알 거 아냐."

키쿠는 입을 다물었지만 표정이 약간 달라졌다. 그녀도 어제 이 경사면을 기어 올라가던 남자를 떠올린 건지 가보자고 말을 꺼냈다.

아오츠카는 키쿠를 동굴 입구로 데려가 안을 보여줬다. 그녀는 안을 유심히 바라보더니, 가는 눈을 동그랗게 뜨고 말했다.

"어머, 정말이잖아. 이쪽으로 맨발이 나와 있어."

하지만 자고 있는지도 몰라, 같은 부자연스러운 소리를 하자, 아오츠카는 바위 옆의 풀 위에 뿌려져 있던 흙을 이야기했다.

"피를 흙으로 가려놨어. 그곳에서 죽은 게 틀림없을 거야. 풀 위를 끌고 간 흔적이 있어."

키쿠는 당찼다. 아오츠카가 그곳에 있기 때문이기도 했지만, 그것을 보고 싶다고 말을 꺼냈다.

아오츠카도 기운을 차렸다. 이번에는 반쯤 길라잡이 같은 기분으로 그녀를 그곳으로 데려갔다. 지팡이 끝으로 땅을 파고, 핏자국을 보여주었다.

"정말."

키쿠는 한동안 그것을 바라보더니 바로 고개를 들고 단안 절벽 위를 올려다보았다. 위와 아래를 번갈아 보듯 고개를 상하로 움직이더니 외쳤다.

"아, 알았다. 저 절벽 위에서 떨어뜨려 죽인 거야. 그리고 살인자는 나중에 이곳에 와서 이 핏자국을 처리하고 시체를 저 절벽 동굴 안에 끌어다 놓은 거지. 풀이 쓰러진 것이 그 흔적이야."

아오츠카도 카메라가 엄청난 힘에 의해 깨진 이유를 알았다.

키쿠는 그 주변을 두리번거리며 보더니 혼자서 대여섯 걸음 앞으로 나아가 그를 불렀다.

"여기, 이것 좀 봐. 바위 끝을 깎은 자국이 있어."

아오츠카는 다가갔다. 그리 크지 않은 낙석의 일부를 무언가로 비빈 흔적이 있었다. 그곳만 먼지가 없고 간 듯이 빛이 났다.

"벼랑 위에서 떨어진 사람이 이 바위에 머리를 부딪쳐 죽었을지도 몰라. 살인자가 나중에 내려와서 그 핏자국을 지운 거겠지."

여기까지 전후의 상황이 상상이 되자, 아오츠카의 눈앞에 완성된 이야기가 펼쳐지며 등골이 오싹해졌다.

"살해당한 건 여자야."

키쿠가 느닷없이 말했다.

"그걸 어떻게 알아?"

"동굴 안의 발이 하얬어. …… 게다가 그 남자가 범인이라면 살해당한 건 당연히 여자지. 여긴 온천장이잖아."

키쿠 말대로, 일리가 있었다.

"경찰에 알려야 해. 틀림없이 어제 그 경사면을 올라가던 남자가 벼랑에서 밀어서 죽였을 거야. 그리고 시체를 저 동굴까지 끌어다 숨긴 거고."

키쿠가 바로 말했다.

"음, 신고해야지."

아오츠카는 앞뒤 생각 없이 그렇게 말했지만, 그 자리에서 벗어나 걷기 시작하자 갑자기 자신의 입장이 신경 쓰였다.

"경찰에는 알리지 않는 게 좋겠어."

"왜? 왜 신고를 안 해?"

"신고하면 내가 곤란해."

키쿠는 갑자기 입을 다물고 가느다란 눈을 빛내며 그를 쳐다봤다.

"착각하지 마. 난 이 살인과는 상관없어. 그러니까, 언젠가 나중에 말하겠지만, 난 경찰과 얽히고 싶지 않아."

키쿠는 고개를 끄덕였다.

"역시 내가 상상한 대로네."

"뭘 상상했는데?"

"별로 제대로 된 사람은 아닐 거라고 생각했어. 생각해 봐, 이런 온천장에 멀쩡한 사람이 아무 하릴없이 빈둥거리고 있잖아."

"이미 꿰뚫어보고 있었다니 어쩔 수 없지만, 미리 말해두는데 난 딱히 살인을 한 것도 아니고, 강도나 사기죄를 지은 것도 아니야. 그냥 다른 사정이 있을 뿐이지. 그러니까 이 일을 경찰에 알릴 생각은 하지 마. 우리가 말하지 않아도 언젠가는 누가 발견하고 신고할 테니까."

"당신이 그렇게 말한다면야 뭐."

아오츠카는 키쿠와 나란히 걸으면서 그녀가 알아차리지 못하도록 주워서 주머니에 넣어두었던 필름을 살짝 빼내 풀 위에 버렸다. 이런 것은 가지고 있지 않는 편이 좋다. 어떤 의심을 받을지 알 수 없다. 조만간 필름은 풀 속에서 비를 맞아 삭을 것이다.

4

그것이 정말 이상한 일이었다는 것은 도쿄로 나온 후 때때로 아오츠카와 키쿠가 나누는 대화였다. 반년이나 지난 대낮의 환상 같은 목격담이다.

아오츠카는 키쿠를 데리고 도쿄로 나왔다. 운송회사에서 가져온 20만 엔에 의지해 에도가와 쪽의 싸구려 아파트를 빌려 같이 살기 시작했다. 아오츠카는 전에 신문사에서 일한 경험을 살려 인쇄공장의 교정 자리를 얻었다. 키쿠는 아사쿠사 쪽의 닭 요릿집 종업원으로 취직했다. 이것도 온천여관 종업원의 경험을 살린 것이었다.

인쇄회사 교정 작업은 야근이 있어서 귀가가 늦었다. 닭 요릿집도 밤늦게 장사를 하기 때문에 잘된 일이었다. 아침에도 키쿠가 훨씬 늦게 나가지만, 아오츠카 역시 다른 회사보다는 출근이 늦다. 인쇄소는 매일 밤 늦게 끝나기 때문에 자연히 그렇게 되었다. 둘 사이의 대화는 같이 저녁 식사를 할 때나 아침에 잠자리에서 이루어졌다.

"지금 생각해보면 왠지 그건 꿈을 꾼 것 같은 기분이 들어. 정말 그랬는지 어떤지 알쏭달쏭해졌어."

키쿠는 도쿄로 나온 후로 더욱 살찐 얼굴을 좌우로 흔들면서 웃었다.

"하지만 본 것은 사실이야. 혼자 본 것도 아니고 둘이 함께 본 거니 틀림없어."

아오츠카는 당연한 사실을 말했다.

그렇게 말하지 않으면 안 될 정도로 증거는 두 사람의 눈뿐이었다. 그게 반년이나 지나자 도무지 믿을 수가 없어졌다.

"하지만 만약 그게 사실이라면 아무도 발견 못했을 리 없고, 경찰에게 신고도 했을 거야. 우리는 그 후로 한 달이나 온천장에서 나가지 않았으니까."

키쿠의 작은 눈은 먼 곳을 보는 듯했다.

"그 한 달 안에는 발견한 사람이 없었지만, 우리가 산 정상 온천을 나온 후에는 어떻게 됐을지 모르지."

"하지만 그 후에도 신문에는 안 나왔어."

"이쪽 신문에 나오지 않았을 뿐, 의외로 지방 신문에는 요 반년 사이에 나왔을지도 몰라."

"만약 그렇다면 후지코 씨의 편지에 그 일에 대해 쓰여 있지 않았을까."

"당신, 아직도 후지코랑 편지를 주고받고 있어?"

"그렇게 놀랄 것 없어. 운송회사 돈 좀 빼돌린 정도로 경찰이 쫓아오진 않아. 의외로 회사도 경찰에 신고하지 않고 자체적으로 수습했는지도 모르지. 생각해 봐, 여태 아무 일도 없잖아. 내가 후지코 씨랑 편지를 주고받아 그 일로 덜미를 붙들려 경찰에 잡힌다면, 당신은 진작에 형사들에게 끌려갔을 거야."

"아직 안심하긴 일러."

아오츠카는 일단 그렇게 말했지만 키쿠 말이 맞다고 생각했다. 주변에서 경찰의 눈을 전혀 못 느꼈기 때문이다.

"그때, 당신이 그걸 너무 두려워한 나머지 경찰에게 알리지 않았지만, 알렸어도 괜찮았을 텐데."

"헛소리 마. 그때랑 지금은 달라. 누구든지 경찰과 얽히는 건 제 발로 죽으러 가는 거라고 생각했을걸."

"그때 당신이 너무 경찰을 두려워해서 대체 무슨 죄를 저질렀나 했는데, 나중에 듣고 어이가 없었지 뭐야. 고작 그 정도 일로 벌벌 떠는 당신이 얼마나 웃기던지."

"넌 너무 무신경해."

아오츠카는 이렇게 말했지만, 그녀가 자신보다 훨씬 대담할지도 모른다고 생각했다. 처음 도쿄로 나와 아사쿠사의 닭 요릿집에서 근무하면서도 아무 동요도 하지 않았다. 오래전부터 있던 동료들과 비슷하게 팁을 받아왔다.

아오츠카가 결국 키쿠를 떨쳐내지 못한 것도 말하자면 그녀의 붙임성 때문이었다. 그리고 또 하나, 자신의 비밀을 털어놓았다는 약점도 있었다. 사람은 약점을 잡히면 오히려 친밀감이 커지기도 한다. 물론 그녀가 그를 놓지 않은 건 그런 이유 때문만은 아니었다. 그녀 역시 산속 온천여관 종업원으로 일생을 마치고 싶진 않았기 때문에 아오츠카를 지푸라기마냥 필사적으로 붙잡은 것이다. 도회지에 나가면 좀 더 불행해질지도 모르지만.

하지만 첫 행운이 아오츠카에게 왔다. 그건 처음엔 작은 행운으로 그의 앞에 모습을 드러냈다.

어느 날 아오츠카는 업계지가 신문에 기자 모집 광고를 낸 사실을 알았다. 혼고 쪽에 있는 회사로, '요리계 통신'이라는 업계지였다. 주로 호텔, 레스토랑, 요정, 음식점을 타깃으로 한 전문지로, 요리법이나 최신 유행 같은 것들부터 영업 경영방침까지 다루고 있었다. 그 신문사는 작은 빌딩에 있으면서, 그나마 편집부는 사무실 하나밖에 없었다.

아오츠카는 신문기자 경험이 있다는 것을 말했다. 채용하기 전에 호쿠리쿠에 있는 전 신문사에 문의를 할지도 모른다. 그렇게 되면 그 후 옮긴 운송회사의 회사 돈 유용사건을 알게 될지도 모른다고 걱정했지만, 운에 맡겨보기로 했다. 재수 없으면 채용되지 않는 것에서 끝나지 않고 용의자의 거처를 안 경찰의 수배 손길이 뻗쳐올지도 모른다.

하지만 그건 기우였다. 키쿠의 말이 맞았다. 신문사는 다음 날, 속달로 채용 통지를 보내왔다.

급료는 낮았다. 오히려 작은 인쇄소 교정자가 더 나을 정도였다. 하지만 지방 신문사에 근무한 경험이 있던 그는 이런 업계지 일에 꽤 짭짤한 것이 있다는 것을 알고 있었다. 기자는 광고 모집 일도 겸하고 있다. 이 광고는 어느 경우는 일종의 공갈 취급을 받을 정도로 돈이 그 목적이었다.

사실 사장은 광고료에서 얼마간을 모집자에게 돌려준다고 했다. 옛날부터 있는 기자들은 그 보수가 주요 수입이고, 급료는 보조금에 불과하다는 사실을 안다.

하지만 그런 찜찜한 직업에 싫증을 느끼고 그만두는 사람들도 있어서 기자 인력은 늘 부족한 경향이 있었다. 사장 입장에서 보면 기사만 쓰는 기자는 물론, 광고료 벌이 기자라면 몇 명이나 고용해도 나쁠 게 없었다.

아오츠카는 취직한 날 밤, 키쿠에게 물었다. 그녀는 산속의 온천여관 종업원이었지만, 어느 정도 여관 경영을 보아왔기 때문에 참고가 될지도 모른다고 생각한 것이다.

키쿠는 시골 온천여관에서도 세금 탈세 대책이 있고, 또 손님을 대하는 요령이 있다는 것을 가르쳐줬다. 들어보니 그게 도회 식당에도 통용될 것 같았다.

아오츠카는 처음에는 동네 우동 가게보다 약간 나은 식당을 돌았지만, 점차 요령이 생겨 좀 더 큰 식당이나 레스토랑을 돌아다니게 되었다. 아직 호텔에 들어갈 실력은 되지 않았다.

하지만 그래도 배짱이 생기자, 갑자기 호화로운 식당이나 레스토랑에 뛰어들 수 있게 되었다. 아직 기사 취재뿐이었지만, 광고를 따려면 우선 얼굴을 알려 놓을 필요가 있었다.

방문한 곳에 따라서는 '요리계 통신'이란 말을 듣고 일부러 피하는 곳도 있었고, 싫은 소리를 늘어놓는 곳도 있었다. 이 신문이 명백하게 광고 따는 것을 목적으로 하고 있었기 때문이다. 하지만 어떤 장사에도 약점은 있었다. '후환'이 두려워 사무실이나 '사장실'에 들여보내주는 곳도 있었다.

아오츠카는 오로지 선전 기사만 썼다. 상대에겐 처음부터 광고 얘기 없이 그냥 칭찬만 했다. 편집장은 어떤 기사가 나와도 불평하지 않았다. 신문사는 그 선전 기사가 얼마 후 돈이 될 것이란 사실을 알고 있었다.

아오츠카가 '스메루'라는 레스토랑을 점찍은 것은 입사한 지 2개월 정도 지났을 무렵이었다. 아카사카에 본점을 두고, 도내 7,

8개 지역에 지점을 갖고 있는 '스메루'는 일종의 체인 경영을 하고 있었다. 이 음식점은 무척 번창하고 있어서, 지점도 시가지 확대와 함께 발전을 거듭하고 있었다.

게다가 '스메루'는 같은 이름의 볼링장도 경영하고 있었다. 번화가 두 곳에 볼링장이 있었는데, 최근 '스메루' 체인의 발전 자금은 볼링 사업에서 나온다는 소문이었다. 사장은 이치사카 히데히코란 쉰 정도 되는 사람이었다.

이치사카 사장은 칸사이 출신이라고 하지만, 그 경영 수완은 업계에서 경외의 대상이 되어 있었다. 물론 개중에는 중상모략하는 사람들도 적지 않았다. 이치사카는 일본인이 아니라든가, 실은 자본주는 따로 있는데 바로 유명한 고리대금업자라든가 하는 종류의 것들이었다. 하지만 점포가 무척 세련된 점이나, 독특한 디자인이 매력이라는 것은 모두가 부정하지 않았다. 이치사카는 아이디어 뱅크로 요리에서도 그 점을 잘 살리고 있었다. 원래 칸사이의 서양음식점 요리사였다는 사람도 있었는데 본인도 부정하지 않았다.

아오츠카는 몇 번이나 아카사카에 있는 '스메루' 본점에 갔다. 하지만 이치사카 사장은 만날 수 없었다. 지점이 여기저기 있었기 때문에 언제나 그 가게 중 어딘가에 갔거나, 출장 중이었다. 사실 '스메루' 기사를 쓰는 것만으로도 커다란 수확이었다. 업계지라면 다들 노리고 있는 가게였다. 하지만 약 3주간 꾸준히 다닌 사이 아오츠카는 이치사카 사장을 만날 수 있었다. 그건 그가 잡은 행운이기도 했다.

5

아오츠카는 이치사카 히데히코와의 첫 만남을 잊을 수 없었다.

그리 넓지 않은 사장실에서 면회를 한 아오츠카는, 이치사카 사장의 긴 얼굴을 어디선가 본 적이 있는 것 같다고 생각했다. 이마는 약간 벗겨졌지만 단정하게 가르마를 타고 있었고, 콧날이 높은 입체적인 얼굴이었다. 서양요리점 사장이라고 해서 살이 올라 뚱뚱한 남자를 상상했던 아오츠카는 의외의 느낌을 받음과 동시에 그런 단정한 이목구비에 대해 선천적으로 경외의 감정을 느꼈다.

이치사카 사장은 10분 동안의 약속에서 아오츠카 기자의 질문에 대답해주었다. 그의 말투에는 역시 어딘가 칸사이 사투리가 섞여 있었고, 부드러우면서 조용한 어조는 여운을 품고 있었다.

사장실의 한쪽 빛 때문에 이치사카의 얼굴은 움직임에 따라 밝은 부분과 어두운 부분이 변했다. 그게 입체적인 얼굴을 여러 각도로 더욱 입체감 있게 보여주게 되었는데, 볼이 조금 패인 부분이 아오츠카에게 무언가를 연상시켰다.

아오츠카는 어, 이 얼굴 역시 어디선가 본 적이 있어, 라고 생각했다. 얼핏 보인 빛줄기 속에서 본 얼굴 각도가 그 생각을 더욱 강하게 만들었다. 하지만 겨우 그것에 생각이 미친 것은 그가 '스메루'의 본점을 나와 근처 지하철 돌계단을 내려가고 있을 때였다.

그래, 지금, 이렇게 지하도로 내려가는 도중이지만, 딱 이 정도의 위치에서 아래쪽의 그 남자를 본 것이다. 이치사카의 벗겨진 이마를 헌팅모로 가리면 산 정상의 온천 산길에서 본, 그 검은 스웨터에 쥐색 바지를 입은 중년 신사가 되지 않을까. 그리고 보니 그때 헌팅모의 신사는 어느 길로 갈까 생각하듯이 문득 이쪽 산길을 올려다보았다. 그때의 얼굴과 똑같지 않나.

그래, 이 위치였어, 하고 아오츠카는 지하도 계단에서 걸음을 멈춘 채 바라보았다. 아래쪽 홈을 걸어가는 사람들의 모습이, 딱 그가 나무 그늘에 숨어 지켜보았던 그 남자의 그것이었다―.

"잘못 본 거 아냐?"

키쿠는 아오츠카의 이야기를 듣고 이렇게 반응했다. 닭 요릿집에서 돌아와 손님이 남긴 음식을 반찬 삼아 저녁 식사를 하려던 참이었다.

"틀림없다고 생각하지만 비슷한 사람은 세상에 얼마든지 있으니까 단언할 순 없지."

키쿠는 뼈를 잡고 고기를 뜯으면서 말했다.

"한 번 확인해보지그래?"

"확인할 방법은 없어. 그때 그 남자가 당신이지, 하고 물어볼

순 없잖아."

"만약 그렇다고 해도, 상대는 순순히 대답하지 않겠지."

키쿠는 닭 뼈를 버리고 입 주변을 휴지로 닦으면서 말했다.

"지금이니까 하는 말이지만, 우리가 절벽 아래에 숨겨져 있던 시체를 본 다음 날, 몰래 하류온천에 가서 그쪽 여관에 슬쩍 물 어봤거든."

하류온천은 아오츠카가 키쿠와 함께 올라간 산 맞은편에 있었 다. 정확하게는 산을 비스듬하게 가로질러 내려가야 했지만, 산 정온천에서는 하류온천을 산 맞은편이라고 했다.

"그랬더니 하류의 카와타 여관에 우리가 시체 발을 보기 전날 밤, 47, 8세 정도의 남자랑 27, 8세 정도의 여자가 묵었다는 거야. 그 두 사람은 다음 날, 그러니까 그날 점심을 먹고 산책을 하러 나갔대. 그때 여자는 카메라를 들고 있었다던데."

아오츠카의 머리에 낙석 그늘에 망가져 있던 카메라가 떠올랐 다.

"그 남자의 복장이 당신도 본 것처럼 헌팅모에 검은 스웨터, 쥐색 바지였다든가?"

"틀림없이 그랬어."

"같이 간 여자는?"

"여관에는 돌아오지 않았대. 남자 이야기로는 마침 산정온천 까지 갔는데 그곳에 와 있던 여자의 친구와 우연히 마주치는 바 람에 여자는 오늘밤 그곳에서 자게 됐다, 그래서 여자의 짐도 자신이 가지고 가겠다면서 정산하고 나갔다더라고. 짐이라고 해봐야 수트케이스 하나였다고 하지만."

키쿠는 말하면서 흥분했다.

"숙박장의 이름은?"

"둘 다 안 적혀 있었어. 여관에서는 탈세를 하려고 하룻밤에 두 팀이나 세 팀은 숙박장에 안 적는데, 그중에 그 두 사람도 들어 있었나 봐."

그 남자에게는 행운이었다.

"그때는 당신이 너무 경찰 추격을 두려워해서 나도 그걸 듣기만 하고 돌아왔지만, 그렇지 않았다면 틀림없이 살인사건으로 파출소에 신고했을 거야."

시체의 발을 봤을 때 경찰에 신고하지 말라고 한 건 아오츠카였다. 실제로 그때는 경찰과 연관되는 것을 극도로 두려워했다.

하류온천인 카와타 여관에 머물렀던 남녀가 그 현장의 당사자라는 것은, 키쿠의 이야기로 결정적이 되었다. 카메라의 잔해가 키쿠의 이야기와 완벽하게 일치했다.

"당신, 2, 3일 정도 회사를 쉬고 산정온천 계곡에 몰래 다녀오는 게 어때?"

키쿠가 권했다.

"왜?"

"그야 당연하지. 만약 그 증거를 확실히 잡는다면……."

"이제 와서 신고하는 건 이상해."

"그런 게 아니라. 상대가 그렇게 큰 레스토랑 사장이라면 돈을 꽤 많이 갖고 있지 않겠어? 볼링장은 요즘 돈벌이가 꽤 짭짤하다 면서."

키쿠는 아오츠카의 얼굴을 가만히 들여다보았다.

3월 중순의 어느 날, 아오츠카는 베레모를 쓰고 짙은 선글라스를 낀 후 산정온천의 버스 정류장에 내렸다. 그는 카메라만 어깨에 둘러맸을 뿐, 짐은 하나도 없었다. 도쿄에서 야간 버스로 왔듯이, 여기서는 일박도 하지 않고 야간 버스로 도쿄로 돌아갈 생각이었다.

그는 시즈키관 앞을 곁눈으로 훑었다. 산책할 때 묘한 웃음을 짓던 지배인의 모습은 보이지 않았고, 입구 안쪽에서 여종업원인 후지코가 멍하게 통행인들을 보고 있었지만, 그를 보고도 누군지 알아보는 기색은 없었다.

아오츠카는 보리밭이 된 논두렁길을 걸어 뽕나무밭을 지나 산자락으로 갔다. 아직 1년도 지나지 않았지만 그리운 곳이었다. 키쿠가 다른 여자들과 함께 산나물을 캐러 걸어가는 모습이 이 근처 어디서 나올 것만 같았다.

그는 계곡 쪽으로 먼저 갈 것인지, 아니면 벼랑 위로 갈 것인지 고민했다. 원래라면 계곡 쪽이 중요했다. 그 동굴을 들여다보고 여자의 시체가 남아 있는지 아닌지 확인해야만 한다. 하지만 그 동굴 안에서 반쯤 백골화가 진행된 부패한 시체를 보는 것을 상상하는 것만으로도 위에 생리적인 이상 증상이 생길 것만 같았다. 그는 싫은 것은 나중으로 미루고, 어찌 됐든 먼저 절벽 위로 올라가 보기로 했다. 키쿠와의 정사를 위해 급히 가던 추억이 많은 산길을 올라갔다.

겨우 골짜기 안에 막다른 벼랑 위로 나왔다. 지금까지는 한 번도 이곳에 온 적이 없었지만 지금 이 단안 절벽 위에서 아래를 내려다보니 어지러울 정도로 까마득한 수직이었다. 풀 사이에 낙석이 하얗게 흩어져 있었다. 그 바위 중 하나에 여기서 떨어진 여자가 흘린 피가 묻어 있는 것이다. 혈흔을 갈아냈던 돌은 기억으로 바로 감을 잡았다.

이 장소에 와서 안 것이지만, 입구를 보면 골짜기에 이어 분지가 펼쳐지고, 맞은편으로는 다른 산이 보였다. 여기까지 올라오지 않으면 이 경치는 보이지 않는다.

아오츠카는 남자와 여자가 이곳에 서 있던 이유를 알았다. 여자는 카메라를 들고 있었다. 카메라는 남자의 것인지 여자의 것인지 알 수 없었지만, 여자가 이 풍경을 배경으로 남자의 모습을 찍으려 했다는 것은 분명할 것이다. 그때 남자가 갑자기 밀어 떨어뜨렸는지도 모른다.

그는 일단 그렇게 생각했지만 이윽고 그 생각을 정정했다. 만약 그렇다면 남자가 단안 절벽을 뒤로 하고 그 끝에 서 있어야만 한다. 여자의 위치는 촬영 관계상, 남자와 반대가 되기 때문에 안전했을 것이다. 오히려 밀려 떨어진다면 남자 쪽이다.

하지만 추락한 것은 여자이니, 어떻게 하든 여자가 벼랑 끝에 서서 그곳을 배경으로 카메라를 들고 있어야만 한다. 남자는 반대로 안전한 곳에 서 있게 된다.

그렇게 생각한 아오츠카가 단안 절벽의 맞은편을 바라보자, 나무숲이 끊어져 그 사이로 중앙에 안부가 있는 쌍둥이산이 의외로 높고 선명하게 솟아 있었다.

이 산은 아오츠카도 시즈키관의 2층에서 보곤 했다. 그저 위치상으로 여관방에서 볼 때는 잡목림의 방해로 정상 부근만 보이는 낮고 시시한 산이었다. 하지만 여기서 본 그 산은 전혀 다른 모습이었다.

좌우 두 개로 V자 모양으로 갈라진 잡목림 사이로 나타난 쌍둥이산은 그림의 구도 같았다.

잡목림 사이에는 의외로 길이 나 있었는데 그 앞은 보이지 않았다. 그 방향으로 가면 하류온천이 있다. 즉, 하류온천에서 산을 타고 이곳으로 올 수 있다는 뜻이다. 그러니까 하류온천의 카와타 여관에 있던 남녀는 여기까지 와서 이 풍경을 배경으로 기념사진을 찍을 생각이었으리라. 그러려면 당연히 남자는 쌍둥이산을 배경으로 해서 벼랑에서 떨어진 안전한 장소에 서는 반면 촬영자인 여자는 절벽을 등지고, 그것도 벼랑 끝에 가까운 곳에 서게 된다. 이거라면 남자는 갑자기 여자 쪽으로 나아가 양손으로 힘껏 밀어 떨어뜨릴 수가 있다. 여자가 벼랑 끝에 서 있으면 위를 향한 상태에서 15미터 아래로 낙하시키는 것은 간단한 일이다.

여자는 추락해서 수직 단안 절벽 아래에 쓰러졌다. 남자는 위에서 바라본 후 절벽 끝을 따라 걷다가, 절벽이 낮아지면서 관목과 풀이 난 경사면이 나타나자 기어 내려갔다. 계곡 바닥에 도착해서 여자가 죽은 곳으로 걸어가, 그 시체를 동굴까지 끌고 가서 구멍 안에 숨겼다. 바위에 묻은 피는 다른 조약돌로 갈아버렸다. 마찬가지로 혈흔이 묻은 풀 위에는 흙을 뿌려두었다. 그리고 다시 관목을 따라 경사면을 황급히 올라가서 달아났다. 카메라는 깨졌으니 아마 그대로 방치해 두었을 것이다.

— 아오츠카는 전에 키쿠가 이 절벽 아래에 서서 상상력으로 여자의 죽음에 이른 이야기를 만들어냈듯, 지금은 그 이야기를 더 정확하게 완성시켰다.

정확하다고 하면, 남자가 절벽 위에서 산림의 길을 돌아가지 않고 아오츠카가 내려간 길 앞을 가로질러 뽕나무밭 옆을 걸어간 이유도 알았다. 남자는 죽인 여자와 같이 온 길을 혼자서 돌아가는 것이 내키지 않았던 것이다. 올 때 둘이 오는 것을 누군가 봤을지도 모른다는 걱정도 들었겠지만 그보다, 같은 길을 단독으로 돌아가면 죽인 여자의 환상이 떠오를 것 같아 무서워졌으리라. 다른 코스로 가는 게 안전하다.

그 남자를 두 번째 볼 때까지 아오츠카는 도중에 길에서 30분 쉰 기억이 있었지만, 그 30분은 남자가 일단 절벽 경사면을 올라갔다가, 생각을 고쳐먹고 이번에는 경사면 위를 우회해서 계곡 입구로 내려와 그곳에서 나올 때까지의 소요시간이었을 것이다.

아오츠카는 그의 상상대로 절벽 끝을 따라 아래쪽을 향해 걸어갔다. 길이 없었고 나무와 관목이 방해해서, 계곡 입구로 나오기까지는 제법 시간이 걸렸다. 이거라면 30분은 걸리고도 남을 것이다. 그는 점점 자신의 상상이 적중해 가고 있음을 깨달았다.

계곡 입구에 도착한 그는 드디어 마지막 행동에 착수했다. 동굴을 들여다보고 그곳에 여자 시체가 남아 있는지 확인하는 것이다. 주변을 둘러보니 때때로 새가 우는 소리만 들릴 뿐, 인적이라곤 없어서 땅 속의 울림이 전해져 오는 것만 같았다. 약해진 햇살이 쓸쓸한 이 장소를 부드럽게 비추었다.

그는 동굴 근처까지 왔다. 동굴 입구에 낙석이 놓여 있었다. 그때와 조금도 변하지 않았다. 시체는 발견되지 않았을지도 모른다. 만약 누군가가 발견해서 경찰이 시체를 거두어 갔다면, 당연히 동굴 입구를 막고 있는 이 돌을 움직였을 테니까. 그게 그대로 있는 것을 보면 살해당한 여자의 시체는 하얀 다리를 이쪽으로 향한 채 여전히 누워 있을 것임에 틀림없다.

지금은 당연히 그 하얀 다리도 썩어서 뼈가 드러나 있지 않을까. 그때가 5월 10일이었다. 거의 1년 가까이 지났기 때문에 육체는 부패액에 녹아버렸을지도 모른다.

아오츠카는 그곳부터 앞으로 발이 나아가질 않았다. 이때 지방대학 국문과를 졸업한 그의 머릿속에 학창시절에 읽은 '고사기_{고대 일본의 신화와 전설을 기록한 책}'의 한 구절이 머리에 떠올랐다. 이

자나기가 황천국의 이자나미(의 시체)를 엿보는 문장이었다.

불 하나를 켜고 안을 들여다보자, 이자나미노미코토는 구더기에 둘러싸여 있었고 목도 쉬어서 갈라지는 소리를 내고 있었다. 머리에 오오이카즈치, 젖가슴에는 호노이카즈치, 배에는 쿠로이카즈치, 음부에는 사쿠이카즈치, 왼팔에는 와카이카즈치, 오른팔에는 츠지이카즈치, 왼쪽 다리에는 나리이카즈치, 오른쪽 다리에는 후시이카즈치, 모두 합쳐 8명의 뇌신雷神이 태어나 있었는데……

여자의 부패한 시체에 대한 끔찍한 묘사였다. 아오츠카는 이 동굴의 어둠 속에 살해당한 여자의 육체가 '쿠로이카즈치'처럼 검게 되어, 그 찢어진 음부에는 구더기가 드글거리고 눈과 코도 벌레에게 물어뜯겨 있을 것을 상상하자 차마 동굴에 다가갈 용기가 없었다. 그때 본 다리는 '나리이카즈치'가 있는 왼쪽다리일까, 아니면 '후시이카즈치'가 있는 오른쪽 다리일까.

아오츠카는 동굴 입구를 막은 돌이 그대로 있었기 때문에 볼 것도 없이 그곳에 시체가 남아 있으리라고 생각했다. 그는 다시 돌아가려 했지만, 문득 그때 버린 필름이 떠올랐다. 그래서 분명 이 근처에 버렸는데 싶어 풀 틈새를 뒤졌다. 그러자 그건 짐작했던 곳보다 다소 떨어진 곳에서 발견되었다. 풀이 길게 자라 있었기에 그 후로 아무에게도 발견되지 않고 남아 있었던 모양이다. 그 정도로 여기는 사람이 오지 않았다. 동굴에 시체가 남아 있는 것도 그 이유 때문이다.

그는 필름을 집어 들었지만, 금속성 파트로네는 녹슬어 있었고, 비어져 나와 있던 필름은 부식되어 가고 있었다. 물론 파트로네 안에 들어 있는 필름은 미촬영 필름이니, 이걸 가지고 가봐야 아무 증거도 되지 않는다. 촬영한 분은 햇빛에 노출되고 비를 맞아 전혀 도움이 되지 않을 것이다. 하지만 그는 그것을 손수건으로 싸서 주머니에 넣었다. 마치 키쿠와 걸었을 당시처럼.

아오츠카는 골짜기 입구까지 돌아왔지만 그곳에서 생각을 바꿨다. 자신은 아무 증거도 찾지 못한 것이다. 이래서는 이치사카 히데히코가 정말 여자를 죽였는지 어떤지 알 수 없다. 즉, 키쿠가 말한 것처럼 이치사카를 협박하는 건 불가능하다.

아오츠카는 난처해졌다. 기껏 여기까지 와서 아무 도움도 되지 않은 것을 알면 키쿠는 틀림없이 화를 낼 것이다. 그녀는 가방끈은 짧았지만 그만큼 탐욕스러웠다.

그는 겨우 좋은 생각을 떠올렸다. 물론 이게 성공할지 어떨지는 알 수 없다. 다시 번거로움을 무릅쓰고 골짜기 바닥에서 절벽 위로 올라갔다. 두 사람이 사진을 찍었으리라 생각되는 곳에 오자, 그는 자신의 카메라를 어깨에서 내려 절벽을 등지고 섰다. 파인더를 들여다보자 잡목림의 갈라진 틈으로 평범한 쌍둥이산이 카메라 안에 들어왔다.

아오츠카는 그곳에서 필름 한 통을 전부 그 광경을 촬영하는 데 썼다. 여러 각도에서 찍었다. 이것을 도쿄로 돌아가 '스메루'

의 사장실에서 은근슬쩍 꺼내 보여줄 생각이었다. 그때 사장인 이치사카 히데히코가 어떤 표정을 짓는지 보면 된다.

만약 이치사카가 고의로 그 반응을 숨기려 하면, 이번에는 이치사카의 사진을 어디선가 입수하여 하류온천인 카와타 여관에 가져가 보는 것도 생각할 수 있다. 당연히 이것은 여관이 인정해도 이치사카 자신이 부정하면 그뿐인 이야기다. 살인사건은 존재하지 않으니까.

6

— 그 후로 열 달 가까이 지났다.

아오츠카 이치로의 이름은 기묘한 곳에서 활자가 되어 있었다. 아오츠카뿐 아니라 이치사카 히데히코의 이름도 그와 나란히 있었다. 둘의 이름은 '신류新流'라는 새로 생긴 종합 잡지의 판권장에 찍혀 있었다. '신류'는 320페이지 정도의 두께로, 표지는 최근 유행하는 사진이 아니라 유화 미인도였다. 표지 어깨에는 조그만 글자로 제7호라고 적혀 있으니 이미 창간된 지 7개월 정도 지났다는 것을 알 수 있었다. 서점 앞에 나와 있었지만, 쌓인 높이가 별로 줄어들지 않은 점을 보면 그다지 잘 팔리는 잡지는 아닌 듯했다. 실제로 어떤 서점에 들어간 샐러리맨과 학생이 목차만 보고 다시 원위치 시켜놓는 것을 보면 그다지 사람들을 끌어당기는 편집도 아닌 모양이었다.

— 2월 중순, 세타가야에 사는 평론가 겸 수필가인 오카모토 타케오의 집에 '신류 편집부 나카무라 타다요시'라는 명함을 가진 젊은 남자가 찾아와 썩 좋지 않은 8첩 응접실로 안내받았다.

오카모토는 원래 문예평론가였다. 지금도 스스로는 그렇게 생각하지만, 그 경쾌하고 재치 있는 글과, 무엇에든 호기심을 가져 평론하는 재능이 저널리즘의 일부에서 대우를 받아 어느 틈엔가 문화비평가인지 수필가인지 알 수 없는 존재가 되어 있었다. 어떤 때는 저명문화인의 출신지를 전국적으로 돌아다니고 평판기를 쓰는가 하면, 요즘 사상경향을 논하고, 또 여성 풍속을 논평했다. 소설 익명비평을 받아들이고, PR잡지의 대담에 기꺼이 응하기도 했다. 그도 사람들 앞에서는 '멀티플레이어'라고 스스로를 비하하곤 했는데, 호기심은 왕성했고 꽤나 바쁘게 돌아다녔다.

나카무라 타다요시라는 장발의 젊은 편집자는 숱 적은 머리에 하얀 것이 섞이기 시작한 오카모토 타케오와 만나자 요즘 발매 중인 '신류'의 3월호를 꺼내 이 잡지를 위해 20일 이내로 사회평론 같은 것을 원고지 30매 정도 써줄 수 없겠냐고 정중하게 부탁했다.

오카모토는 우선, 그 잡지를 들고 근시 안경을 벗은 후 목차면을 펼쳐보았다가 썩 내키지 않는 표정을 지었다. 집필진의 얼굴이 퍼뜩 떠오르지 않았기 때문이다. 그는 지금 일이 쌓여 있어서 나중에 써 주겠노라고 완곡하게 거절했다.

"바쁘신 것은 잘 알지만 어떻게 안 되겠습니까……."

나카무라가 물었다.

"저희 편집장님께서 꼭 선생님의 주옥같은 원고를 받아오라고 무섭게 명령하셔서요."

"아무리 그래도 당신……."

오카모토는 한 번 더 잡지를 눈앞에 가까이 대고 편집책임자의 이름을 읽었다.

"아오츠카 이치로라는 분인가?"

"그렇습니다. 편집장님이 선생님의 원고가 없으면 곤란하다고 하셨어요. 편집장님은 선생님 팬입니다. 아, 물론 저도 그렇습니다만……."

나카무라는 황급히 자기 이야기도 덧붙였다.

"그건 고마운데 아무래도 요즘은 바빠서……."

오카모토는 아부라는 걸 알면서도 기분이 썩 나쁘지만은 않아서, 어느 정도 어조가 부드러워졌다.

"그건 저도 잘 압니다만, 이렇게 부탁드리겠습니다."

나카무라는 이마에 드리워진 머리카락을 쓸어 올리고 무릎걸음으로 다가갔다. 오카모토의 표정이 움직였다는 것을 알아차린 모양이다.

"저희 잡지는 창간한 지 얼마 안 됐고, 이름도 알려지지 않았기 때문에 아무래도 집필해주시는 분들의 명성이 좀 약합니다. 그래서 이번에 선생님의 이름을 빌리면, 어느 정도 잡지에 무게도 생기고 생기가 돌지 않을까 싶습니다. 이대로라면 일류 분들께 부탁하러 가도 보기 좋게 거절당하고 말 겁니다. 선생님의 원고를 싣는 것만으로도 다른 일류 선생님들께 그럼 한 번 써볼까 하는 반응을 끌어낼 수 있으리라 생각합니다."

나카무라는 얼굴이 상기될 정도로 열심히 설득했다.

"아니, 내겐 그런 힘이 없어."

말은 그렇게 했지만 어느 정도 자부심은 있었다. 원래 자신은 일류는 아니지만, 이 잡지에 실린 집필진보다는 어느 정도 이름이 알려졌다고 생각했다. 그는 이 편집자가 말하는 대로, 자기가 손댐으로써 다른 기고가들이 움직인다면 써도 괜찮겠다고 생각했다. 별로 유명하지 않은 출판사에서 펴낸 새 잡지가 갖는 불리한 조건에 그 나름대로의 의협심이 생겨났다.

"20일 이내로는 곤란하지만, 그 다음이라면 쓸 수도 있을 것 같기도 하네."

생각 끝에 오카모토는 승낙했다. 한 회를 더 미루고 정말 쓸지 안 쓸지를 결정할 수도 있다. 젊은 편집자는 감격한 표정으로 이제 자기도 편집장님의 꾸중을 피할 수 있게 됐다며 몇 번이나 머리를 조아렸다.

오카모토는 한 번 더 잡지 목차를 펼치고, 안을 팔락팔락 넘겨보았다. 아무리 봐도 매력적인 편집이라고는 할 수 없었다. 조잡한데다 초점이 잡혀 있지 않았으며, 기성 잡지의 부분 부분을 흉내 낸듯한 편집까지 있어서 어디에 중점이 있는지 알 수 없었다. 하지만 그러고 보니 '신류'의 신문광고를 몇 번 본 기억은 있다.

그리 조그만 광고가 아니었다.

"신류사라는 것은 어디 있는 출판사지?"

"아카사카 근처입니다만, 아직 작아서 빌딩 사무실 두 개를 빌려 쓰고 있습니다."

"사장인 이치사카라는 분은 전에 어디 출판사에 있었던 분이 신가?"

"아뇨, 출판과는 전혀 연이 없는 분이십니다. 그래서 잡지에는 문외한이죠."

"초보가 잡지를 내다니 대담하군. 그럼 부자의 취미생활?"

"취미라고 하면 좀 그렇지만, 돈은 넘치도록 있습니다. 그러니 이 잡지가 설령 5년간 적자를 낸다 해도 절대 망할 일은 없을 것 같습니다. 이건 편집장님의 말입니다."

"그거 굉장하군. 부자라고 하면 뭔가 기업 쪽?"

"네."

나카무라는 좀 민망한 듯 눈을 내리 깔았다.

"선생님, 선생님은 스메루라는 레스토랑을 아십니까?"

"스메루…… 아아, 알지. 신주쿠에도, 이케부쿠로에도, 시부야 에도, 그래, 아오야마에도 여기저기 레스토랑을 갖고 있는 곳 아 닌가. 가게 외견도 간판도 전부 통일되어 있어서 인상에 남아 있 지. 얼마 전에도 어디선가 봤는데. 그래, 그건 지유가오카 쪽이었 나?"

"그렇습니다. 본점은 아카사카에 있습니다만 여기저기 지점을 갖고 확장해 나가고 있죠."

"그 스메루 사장님이라. 이거 참 놀랍군. 양식당을 하는 분이 이런 종합 잡지를 낼 줄이야."

"레스토랑만이 아닙니다. 그 외에도 커다란 볼링장을 두 개쯤 경영하고 계시죠."

"볼링장까지 한다고? 요즘 볼링장은 꽤 돈이 된다고 하던데."

"번창한다고 해서 수를 늘렸는데 최근 매상이 그리 좋지는 않다고 합니다."

"아무튼 돈 있는 사람이란 소리군. 그 사람이 젊었을 때 학자나 글쟁이를 지망하다가 부득이하게 요식업으로 전향했는데, 젊었을 적의 꿈을 지금 이 잡지로 이루겠다는 건가? 성공한 기업가가 종종 하는 짓이긴 하지."

"그런 이야기는 한 번도 들어보지 못했습니다. 사장님은 잡지의 완성도에 대해서는 아무런 말도 하지 않으십니다. 이런저런 주문도 안 하시고요."

"무척 이해심 넓은 사장님이로군. 그럼 매상을 올리라든가, 좀 더 벌 수 있도록 해보라는 말은 안 하나?"

"아무 말도 안 하십니다."

"그렇군, 음식이나 볼링으로 쉽게 돈을 번 사람다워. 잡지 하나가 내는 적자 정도는 신경 쓰지 않겠단 건가. 보통은 편집 비용을 줄이라는 말을 할 법도 한데."

"편집 비용을 줄이기는커녕 오히려 늘려 주셨습니다. 미처 말씀을 못 드렸습니다만, 선생님 고료도 특별히 우대해 드리겠습니다."

"고맙네. …… 그럼 편집장을 비롯하여 자네들도 자유롭게 뭐든 할 수 있겠군. 편집장이란 사람은 지금껏 어디 출판사에 근무한 베테랑인가?"

"아뇨, 잡지 경험은 없습니다. 호쿠리쿠 쪽의 신문사에 근무했다는 것 같습니다만."

"신문기자라."

오카모토는 약간 실망했다. 지방 신문사에 있던 남자란 말을 듣자, 잡지의 촌스러움이 이해되는 것 같았다. 그 남자는 도쿄로 올라와 잡지를 맡게 됐지만 결국 잘못된 편집을 하고 있는 것 같았다.

"아오츠카라는 편집장은 아직 젊은 사람인가?"

"네에, 33살이라고 들었습니다."

"잡지 편집장은 젊을수록 좋지. 나이를 먹으면 감각이 무뎌지니까."

하지만 한 번 더 이 잡지로 돌아가 보면, 아무리 봐도 감각이 뛰어난 편집이라고는 말하기 어려웠다. 그래도 경영주가 상당한 부자고, 그쪽도 5년 정도의 출혈은 각오하고 있다고 하니 조만간 변할지도 모른다. 아오츠카라는 편집장은 독재자 스타일이라는 것 같으니 바람직한 방향으로 가면 재미있어질지도 모른다. 반년 정도밖에 안 됐는데 판단하는 건 이르다.

나카무라는 몇 번이나 고개를 숙이고 잘 부탁한다고 말한 후 돌아갔다. 그 모습을 보아하니 편집장의 명령을 완수한 것이 어지간히 기쁜 모양이었다. 어쩌면 오카모토의 원고를 받게 됐다고 말함으로써 편집장에게 혼나지 않고 넘어가게 되었다는 안도감이 더 강할지도 모른다.

그로부터 얼마 후, 오카모토는 어떤 모임에서 동료 한 사람을 만났다.

"자네, '신류'라는 잡지 아나?"

오카모토는 은근히 물어보았다.

"아, 그거. 모른다고 할 것도 없지만."

그 동료는 출판사에 대해서는 꽤 잘 알고 있었다.

"자네한테까지 청탁하러 왔던가?"

"그래, 와서 한 번 쓰긴 했지. 원고료는 다른 곳보다 좀 많았는데 아무래도 잡지가 썩 와 닿지가 않는단 말이야. 사실 별로 팔리지도 않는 모양이더라고. 그래도 그곳 사장이 그 체인 레스토랑으로 유명한 스메루의 경영자라, 그쪽도 5년 정도는 적자가 나도 괜찮다는 모양인가 봐. 편집장은 독재자 스타일인데, 편집 비용을 많이 받아낸다는 모양이야."

"역시 자세히 알고 있군. 실은 내게도 부탁하러 왔었지. 나는 쓸까 말까 고민 중이야. 젊은 편집자였는데 자네 말대로 아오츠카라는 편집장은 독재자 스타일이라고 하더군."

"제법 대단한 사람인 모양이야. 사장도 한 수 접어준다던데.

근데 말이야, 이건 자네한테만 하는 말인데 아오츠카라는 남자는 상당한 인물로 편집 비용을 사장한테 그렇게 많이 뜯어내는 주제에 편집 자체에는 별로 돈을 쓰지 않는 모양이야. 즉 자기 주머니로 빼돌리고 있단 소리지."

"그런 놈이었나. 그럼 나는 원고를 거절해야겠군."

이렇게 말했지만 오카모토에게는 호기심이 있었다. 한 번만 같이 해보자, 그것을 인연으로 아오츠카라는 편집장을 더 알아두면 좋을지도 모른다고 생각했다.

"그렇게 사리사욕을 채우고 있다면 꽤나 요란하게 놀고 다니겠군."

"근데 그게 또 아니야. 아오츠카는 의외로 성실한 남자라더군."

"헤에. 그럼 그 돈을 모으고 있는 건가?"

"아오츠카의 부인이 야무진 사람인데 말이야, 이 사람이 남편을 꽉 잡고 여자랑 놀지도 못하게 하고 씀씀이도 단속하나 봐. 즉, 아오츠카가 착복한 돈은 부인이 빼앗아 저금하고 있다는 소문이지. 그 여자는 전에 아사쿠사 근처의 닭 요릿집 여종업원이었다더군."

"그럼 미인이겠구먼. 그래서 남편이 집사람에게 꼼짝도 못하는 건가?"

"말도 안 돼. 난 본 적 없지만 편집자 말로는 키가 작고, 뚱뚱한 여자로 돼지처럼 하얀 피부를 갖고 있는데 얼굴도 별로래. 하지만 보통 야무진 사람이 아닌 모양이야. 나이도 남편보다 연상인데, 훨씬 늙어 보인다더군."

"연상 아내는 남편을 귀여워하니까. 그나저나 그렇게 잡혀 사는 아오츠카란 사람도 좀 특이하군. 편집장으로서는 전횡을 부리지만, 그것도 아내에게 눌려 사는 울분을 풀기 위한 것일지도 모르겠네그려. 한 번쯤 어떤 사람인지 보고 싶어."

오카모토는 이 다음 원고를 써주고 그것을 계기로 만들어도 좋겠다고 생각했다.

다음 달에 오카모토는 30장 정도의 원고를 나카무라에게 건넸지만, 아오츠카라는 편집장은 모습을 드러내지 않았다.

"편집장을 한 번 만나보고 싶은데."

오카모토가 우회적으로 말했다.

"네, 조만간 선생님께 이번 일에 대해 인사하러 꼭 들르겠습니다."

나카무라가 고개를 숙였다.

"편집장은 여전히 시끄럽나?"

"네, 상당하죠."

"근데 잡지 성적은 썩 좋지 않은 것 같던데, 솔직히 어떤가?"

"그게, 정체상태입니다."

"그럼 아무리 독재자라도 사장한테 면목이 없을 텐데. 편집 비용을 상당히 가져간다던데, 언제까지나 계속 그럴 수도 없지 않은가."

"잘 아시는군요."

나카무라는 오카모토의 얼굴을 쳐다봤다.

"아니, 그냥 좀 들은 게 있어서."

"맞습니다. 요즘 편집장님은 기분이 아주 안 좋아요. 아무래도 사장님이 돈 내주는 걸 꺼려하는 듯합니다."

"그럴 만도 하지. 사장님도 잡지를 낸 지 1년 가까이 되면 아무리 문외한이라도 대충 감을 잡았을 텐데, 그렇게 무한정 돈을 쏟아 부을 순 없을 테니까."

"게다가 볼링장 매상이 떨어지고 있다는 것 같습니다. 여기저기 비슷한 것들이 생겨서 경쟁이 심하니까요. 그런 것도 사장님이 돈 내는 것을 꺼려하는 원인인 것 같아요. 편집장님이 어떻게든 해야 한다고 투덜거리고 있어요. 아무리 불평해봐야 우리 편집비로는 전혀 돌려주지 않으니 사실 관심 없지만요."

나카무라는 담배연기를 뿜으며 말했다.

7

4월 중순이 되자 오카모토에게 '신류' 5월호가 우송되어왔다.

오카모토는 그 표지를 보고 의아하게 여겼다. 지금까지 '신류' 표지는 화가에게 부탁해 여자 얼굴만 그려왔는데 이번에는 풍경이었다. 배경은 잡목림이었고, 그 숲이 V자형으로 갈라진 틈으로 산이 보이는 구도였다.

오카모토는 정말 재미없는 그림이라고 생각했다. 구도도 평범했지만, 무엇보다 잡목림 사이로 보이는 산의 형태가 평범하기 짝이 없었다. 어디에서나 볼 수 있을 법한 산이었다. 사진이 심심한 원인은 그것이었다. 이래서는 일부러 여자 얼굴에서 풍경으로 바꾼 이유를 알 수 없었다. 그는 사진 구석에 있는 서명을 보고 그린 사람이 지인인 화가 시로이라는 것을 알았다.

시로이가 왜 이런 그림을 그렸을까. 그의 화풍을 아는 오카모토는 의아하게 생각했다. 지금껏 시로이가 그려온 주제와는 전혀 달랐다. 어쩌면 그 화가가 무리하게 표지를 부탁받아 적당히 휘갈긴 것일지도 모른다고 생각했다.

그 잡지를 받은 지 일주일 정도 지났을 무렵, '신류'의 나카무라가 찾아왔다.

"이전에 받은 선생님의 원고는 매우 호평이었습니다. 그래서 편집장님께서 꼭 다음 호 원고도 부탁하고 싶다고 하셔서 찾아뵀습니다. 선생님, 부탁드리겠습니다."

나카무라는 이전처럼 정중하게 부탁했다.

"뭐 생각해보겠네."

오카모토는 대답했다. 이전 호는 첫 의뢰였고, 자기도 나름 공을 들였다. 다른 집필자와는 조금이라도 다른 면을 보여주고 싶었다. 어쨌든 그게 어느 정도 반향을 가져온 것은 그로서도 만족스러웠다.

"선생님, 그리 말씀하지 마시고 꼭 부탁드립니다. 편집장님께서 엄하게 말씀하셨어요. 선생님께 거절당하면 또 제가 혼이 날니다."

"아오츠카라는 편집장은 여전한가?"

"네, 점점 독불장군 기질을 발휘하고 있습니다."

"독재인지 뭔지는 모르지만 이번 호 표지는 대체 뭔가. 너무 재미없어."

"그랬나요."

"그랬나요, 라니 자네는 그리 느끼지 않나보군."

"네에, 지금까지는 아시다시피 여자 그림만 해왔으니, 새 풍조를 보이고 싶다는 편집장님의 의견이었습니다."

"그런 아이디어가 이 그림에는 전혀 나타나 있지 않네. 나는 시로이 군을 잘 알고 있네만, 시로이의 그림 치고도 좀 너무했어."

"그 때문인지는 잘 모르겠지만 이번 호는 다시 원래 미인도로 바뀐다고 합니다."

"이것 참, 풍경화는 일회성이었나. 편집방침이 흔들리고 있다는 걸 그것만으로도 알겠군. 그 아오츠카 편집장은 즉흥적인 생각으로만 움직이는 거 아닌가?"

"네에, 본인은 열심히 하고 있는데. 저희도 실은 그 풍경화에는 찬성하지 않았지만, 이번 호의 완성도가 별로라고 바로 이전 여자 얼굴로 바꾸는 건 경망스럽다고 생각해서 반대했죠. 근데 그런 말은 귓등으로도 안 듣는 분이라서요."

그로부터 편집장 이야기가 한동안 이어졌다. 오카모토는 얼마 전에 동료에게 들은 아오츠카의 부인에 대해 슬쩍 물어보았는데,

나카무라는 그것을 부정하지 않았다. 뿐만 아니라 이런 말도 했다.

"저희도 왜 편집장님이 그렇게 부인에게 잡혀 사는지 모르겠습니다. 편집장님은 급료와 그 외 다른 수입을 전부 사모님께 빼앗기는지, 자신의 용돈이라는 게 별로 없어요. 그래서 저희에게 뭔가를 사주는 일도 없습니다."

"그건 좀 너무했군그래. 그래서 아오츠카 편집장은 여자에게는 별 관심이 없나?"

"아뇨, 많은 것 같던데요. 그저 사모님의 눈이 무서워서 행동으로 옮기지 못하는 것 같습니다. 아무래도 사모님이 연상이고 그런 외모이니, 편집장이 다른 여자에게 끌리는 건 당연하다고 생각합니다. 사실 편집장님은 여자를 좋아하는 편이죠."

폭군 남편인 오카모토로서는 이해할 수 없는 이야기였다.

사람은 저마다의 생활 방식이 있지만, 아오츠카의 경우는 조금 이해하기 어려웠다. 무엇보다 다른 사람은 그 사람 부인의 외모가 추하다고 한다. 하지만 사람의 취향이야 제각각이니 부부가 될 정도면 다른 사람으로서는 알 수 없는 좋은 점이 있을 것이다.

"그건 그렇고."

나카무라는 생각난 듯 말했다.

"요즘 이치사카 사장님이 편집 비용을 넉넉하게 편집장에게 주게 됐다더군요. 그래서 요즘 편집장님은 무척 기분이 좋아요.

저희로서는 돈 관계는 모르지만 대충 분위기로 짐작할 수 있죠."

"호오, 한 번 닫힌 지갑을 또 열었나 보군. 그럼 레스토랑이나 볼링 경기가 좋아진 건가."

"글쎄요. 그렇게 갑자기 좋아졌다고는 생각하기 힘듭니다만. 오히려 볼링 쪽은 경영이 꽤 어렵다던데요. 일단 대자본이 진출해서 멋진 설비의 볼링장이 계속 생기고 있으니까요."

"그거 이상하지 않나. 경기가 나쁜데 왜 편집 비용을 또 올려준 거지? 아오츠카란 사람은 사장에게서 돈을 받아내는 기술이 어지간히 좋은가 보군."

"그럴지도 모르죠. 하지만 편집 쪽으로는 도통 돌려주질 않으니 저희는 그다지 풍족하지 못합니다."

"거 참 이상하네. 사장님은 그걸 알고 있나?"

"그런 것 같습니다. 역시 누군가가 그걸 직접 사장님께 말씀드린 모양이에요. 그런데 그 후, 조금도 사장님의 간섭이 없는 것을 보면 그냥 흘려들으신 모양입니다."

오카모토는 이상한 사람도 다 있다고 생각했다.

그 후, 그는 어느 파티 자리에서 화가 시로이를 만났다.

"자네가 그린 '신류'라는 잡지의 표지그림, 봤네."

오카모토는 거리낌 없이 말했다.

"자네 작품이지만 아무래도 그건 좀 별로였네. 잡지가 잡지인 만큼 자네도 적당히 그렸겠지만."

"그걸 본 건가?"

시로이는 고개를 숙이고 긴 머리를 긁었다.

"음. 실은 나도 그 잡지랑은 딱 한 번 같이 일을 했거든."

"그런가. 나도 그리는데 영 마음이 내키지 않았던 건 사실이지만, 편집장이 와서 주문을 하는 바람에 완성도가 더 떨어졌어."

"아오츠카라는 편집장이겠지. 주문을 한 건 알고 있네. 그런 형태의 산을 그려 달라고 하던가?"

"그쪽에서 사진을 가져왔어."

시로이는 얼굴을 찌푸렸다.

"사진을. …… 평범한 산 사진?"

"그래. 대여섯 장 정도. 그 산 사진을 가져와서는 이 중에서 골라서 그려 달라는 거야. 그 대신 재료는 내가 말한 것 갑절로 내줬지. 뭐, 그래서 어쩔 수 없이 그렸지만."

"아마 그럴 거라고 생각을 했네. 그런데 그 사진은 어디 경치인가?"

"글쎄, 나도 별 생각 없이 물어봤는데 똑바로 대답을 안 해주더군. 하긴 그런 경치야 우리나라 어딜 가든 흔해빠졌으니까."

"'신류' 표지는 그전까지 미인도였는데, 다음 호부터 미인도로 다시 돌아간다던데."

"그래. 내 그림이 어지간히 평판이 안 좋았나 보네."

화가인 시로이는 약간 의기소침해져 말했다.

— 시로이를 만나고 이틀 정도 지났을 무렵, 오카모토는 큐슈의 모 도시 주소를 쓴 노자키 치에코라는 사람이 보낸 긴 편지

산 321

를 받았다. 누구인지 짐작이 안 가는 이름이었다.

"처음 편지를 드리는 실례를 용서해주세요. 선생님의 이름을 '신류'라는 잡지에서 봐서, 큰마음 먹고 이렇게 편지를 보내게 되었습니다. 실은 저는 선생님께서 쓰신 글을 언제나 보고 있으며, 그에 대해 선생님께 편지를 드릴 마음은 있었지만 이건 선생님의 일과는 다른 용무로……."

오카모토는 이건 또 뭔가 생각했다. 하지만 읽어내려 갈수록, 점차 내용에 끌려 들어갔다.

"실은 여쭤보고 싶은 것이 있어서 편지를 쓰게 됐습니다. 마지막까지 읽어주시고 답장해주시면 감사하겠습니다. 이런 말씀을 드리는 건 '신류' 5월호의 표지 때문입니다. 이미 선생님도 보셨으리라 생각하지만, 산이 그려져 있었죠. 이 산 그림에 대해 마음에 걸리는 것이 있습니다.

여기서 저희 집에 대해 필요한 것만 말씀드리면, 제게는 올해 정년인 지방 공무원 부모님이 계시고, 회사에 다니는 여섯 살 연상의 언니가 있습니다. 언니는 노자키 하마에라고 합니다. 그런데 사실 언니가 지금 어디 있는지는 모릅니다. 언니는 약 2년 전 5월 8일 저녁, 집을 나가서 아직도 행방불명 상태입니다. 그때 언니는 27살이었습니다. 미혼이고 회사에 다니고 있었죠.

집을 나갈 때, 언니는 행선지를 확실히 밝히지 않고 작은 수트케이스 하나와 카메라를 가지고 회사에서 휴가를 받아 4박 5일 예정으로 여행을 떠났습니다. 언니는 여행을 좋아해서, 그해 연초 휴가에도 여행을 떠났습니다. 그때는 돌아와서 시코쿠 지방을 돌고 왔다고 했어요. 언니에겐 최근 3, 4년 행선지를 정하지 않고 혼자 나가 마음 내키는 대로 여행하는 버릇이 있었습니다. 5월에도 그런 여행을 떠나 돌아오지 않았고, 아직 소식을 모릅니다.

이렇게 쓰면 바로 언니의 연애관계를 떠올리실 것 같은데, 언니는 어렸을 때 연인이 죽은 후로 연애를 하지 않았습니다. 이건 언니가 사라진 이후, 여러 모로 조사해봤을 때도 역시 나오지 않은 사실이에요.

아무튼 언니의 실종 후, 경찰에도 신고를 하는 등 손을 써봤지만 아무래도 행방을 알 수가 없었습니다. 그저 언니가 재작년 5월 시코쿠를 여행했을 때 찍은 산 사진만이 남아 있었죠. 그건 어디서나 볼 수 있는 평범한 산으로 굳이 사진을 찍을 필요도 없었을 것 같지만, 언니는 그 사진을 소중한 듯 앨범에 붙여 두었습니다.

이건 제 직감이지만, 언니의 실종과 이 사진은 뭔가 관계가 있지 않을까 합니다. 물론 근거는 없지만요. — 아무튼 언니가 시코쿠에서 찍었다고 했으니, 그 앨범 사진을 복사해서 시코쿠 교통공사와 철도관리국, 각 시의 관광과에 보내서 문의했습니다만, 다들 그게 어디 있는 산을 찍은 건지 짐작이 가지 않는다는 답변만 해왔습니다. 난감하게도 산의 형태 자체가 평범하고 어디에나 있을 법한 데다 같이 찍혀 있는 잡목림에도 특징이 없습니다. 그래서 도저히 단서를 잡을 수가 없네요.

그러는 사이 전 이 산은 시코쿠가 아니라 다른 지방일지도 모른다는 생각을 했습니다. 그 산 외에는 시코쿠를 나타낸 풍경이 한 장도 없었으니까요. 언니는 신년 여행에서 돌아와서 분명히 시코쿠에 다녀왔다고 했지만, 어쩌면 다른 곳일지도 모른다는 생각에, 이번에는 전국 교통, 관광기관에 같은 방법으로 문의를 했습니다만 결과는 그전과 별반 다르지 않았습니다. 딱히 명산도 아니라 아무도 모른다고 하더군요.

다만, 언니에게 이런 일은 있었어요. 정월 여행에서 돌아온 이후 언니는 무척 밝아졌고, 또 생각에 잠기는 일이 많아졌죠. 그 전까지 언니는 굳이 말하자면 별로 감정을 보이지 않는 편이었기 때문에 소소한 변화라고 하면 그뿐이었습니다. 그 후로 회사를 조사했더니 언니 사무실 책상 안에 회사로 온 개인적인 편지나 엽서는 남아 있었는데, 그건 전부 친구나 지인이 보낸 것들로 언니의 실종에 관계된 것은 아니었습니다.

그렇게 제가 언니의 실종에 대해 모든 단서를 잃고 반쯤 포기했을 무렵, 문득 들어간 서점의 가게 앞에서 발견한 것이 '신류' 5월호 표지였습니다. 이리 말씀드렸으니 벌써 짐작하셨겠지만, 그 표지그림은 언니의 앨범에 있던 사진과 똑같았습니다. 그때 제가 숨을 삼키고 그 표지를 뚫어져라 쳐다본 모습을 상상해보세요.

전 잡지를 사서 돌아와, 표지그림과 사진을 비교해보았더니, 산 모양이 똑같았습니다. 물론 그림과 사진이니 각도가 다르긴 하지만, 중앙에 푹 꺼진 안부의 모양도 그렇고, 양쪽으로 솟아난

능선도 그렇고 전부 똑같아요.

저도 고민했습니다. 이런 산은 일본 어디에나 있을 테니 비슷한 산이 우연히 표지에 그려진 것에 불과할 것이라고 생각을 고쳤어요. 하지만 산 아래에 펼쳐진 잡목림도 그렇고, 이 그림이 어떤 장소를 스케치한 것이라고 하면 어떻게든 확인하지 않고는 넘어갈 수가 없었습니다. 만약 화가가 공상으로 그린 것이라면 어쩔 수 없지만 그걸 알 때까지는 포기가 되지 않았습니다.

전 이걸 '신류' 편집부에 문의해볼까 고민했지만, 왠지 두려워서 그럴 수 없었어요. 무엇이 두렵냐고 물으시면, 제 마음이지만 저도 정확한 이유를 모르겠습니다. 아무튼 막연하게 그곳에 무서운 비밀이 숨어 있을 것 같은 기분이 들어 물어볼 수가 없었습니다. 그럼 직접 화가에게 물어보면 되지 않느냐고 생각하시겠지만, 목차에 찍혀 있는 건 시로이 씨라는 화가의 이름 뿐, 주소도 뭣도 모릅니다. 그래서 생각다 못해 '신류'에 원고를 쓰신 선생님께 이 편지를 보내기로 했습니다. 선생님이시라면 편집부 사람에게 슬쩍 물어보실 수도 있을 테고, 아니면 화가분께 물어볼 수도 있지 않을까 생각했어요. 노파심에서 말씀드리지만, 어디에 여쭈어보시건 제가 이런 편지를 보낸 것, 그리고 언니나 그에 관련된 것은 절대 비밀로 해주시길 부탁드립니다. 바쁘실 텐데 거듭 죄송하지만 만약 그 장소나 지방을 아신다면, 또는 그 그림이 화가의 완전한 상상의 소산이라는 것이라도 알게 되시면 부디 알려주십사 부탁드리겠습니다."

오카모토가 생각에 잠기기 시작한 건 그 편지를 다 읽은 다음 부터였다.

시로이는 그 표지의 산 그림을 아오츠카 편집장이 가져온 사진을 보고 그렸다고 했다. 그리고 그때 아오츠카는 장소를 가르쳐주지 않았다고 했다.

이건 확실히 뭔가 이상하다. 왜 아오츠카는 그 장소를 말해주지 않았을까. 딱히 화가한테 말한다고 해서 뭔가 문제가 생기지는 않을 것이다. 뭔가 그곳에 비밀이 있는 것은 아닐까.

그러고 보니 나카무라가 와서 말한 기묘한 사실이 생각났다. 즉, 그때까지 '신류'의 표지그림은 여자 얼굴이었는데 갑자기 이 산 풍경으로 변했다는 것이다. 그것도 풍경은 그 한 달뿐이었고, 다음 달부터는 다시 여자 그림으로 돌아간다고 했다. 왜 그 한 권만 산 그림으로 했던 걸까.

오카모토는 처음에는 그 이유를 편집장에게 확고한 기준이 없는 탓으로 돌렸다. 잡지가 팔리지 않으니 표지를 바꾸자고 해서 미인 그림을 풍경화로 바꿨나 했는데, 그렇다면 좀 더 풍경화를 계속해볼 법도 하다. 일회성으로 끝내는 건 아무리 편집장이 분별력이 없다고 해도 이상하다. 아오츠카 편집장의 독단으로 뭐든 멋대로 할 수 있다고 해도 이건 좀 부자연스럽다.

그러자 오카모토는 나카무라의 말에 또 하나의 이상한 점이 있다는 것을 알아차렸다.

이치사카 사장은 요즘 잡지가 계속 적자라 역시 편집 비용을 삭감하려고 했으나, 최근 들어 다시 그것을 증액하기 시작했다는 것이다. 그렇다면 그건 그 산 표지가 나온 후부터 아닌가. 만약 그렇다면 그 그림은 이치사카의 심리에 뭔가 영향을 주었다고 볼 수도 있을 것이다. 아오츠카는 이치사카가 돈을 내지 않겠다고 하자 투덜거렸다고 했는데, 어쩌면 이치사카가 지갑을 열게 하기 위해 그 산 그림을 표지로 한 것일지도 모른다.

오카모토는 산 그림에 뭔가 비밀이 있다고 생각했다. 그 비밀은 편지를 보낸 노자키 치에코의 언니 하마에의 실종과도 연관되어 있다.

만약 그림과 사진 속의 산이 같다면, 그 장소에 노자키 하마에는 재작년 정월 연휴에도 가고, 5월 8일에도 갔을 것이다. 하마에는 그 사진을 앨범에 붙여놓았으면서 장소를 동생에게도 밝히지 않았다. 그곳에서 재작년 정월, 하마에의 신변에 무슨 일이 일어났다. 그녀는 그 사건을 잊을 수 없어서 5월 8일에 다시 그곳에 간 것이다. 하마에가 그 산을 시코쿠 지방이라고 한 건 거짓말이다. 거짓말을 해야 할 만큼 하마에에게는 중요한, 하지만 다른 사람에게 알려서는 안 되는 곳이다. 그 두 번째 찾은 곳에서 5월 8일 이후 노자키 하마에에게 무슨 일이 생겼다.

그것에는 아오츠카가 관련되어 있다. 아니, 사실은 이치사카 히데히코다. 아오츠카가 그것을 알고, 이치사카의 약점을 잡아 이치사카에게 돈을 내게 하여 잡지 발행을 시키고 멋대로 행동하는 것이리라. 아오츠카가 독불장군 편집장 흉내를 내는 것도,

편집 비용 대부분을 자신의 것으로 빼돌리고 있는 것도, 또 그에 대해 이치사카가 아무 말도 못하는 것도 그 때문인 것을 알 수 있다.

아니, 아직 뭔가 더 있을 것이라고 오카모토는 생각했다. 이치사카가 돈을 내기 꺼려한 것은 볼링장 경기가 나빠졌기 때문이다. 하지만 그 산 표지가 나오자마자 또 이치사카는 잡지에 돈을 내주게 되었다. 경기가 나빠진 장사꾼이 바로 돈을 내기 시작했다는 건 이상하지 않은가……

— 호기심 강한 오카모토는 다음 날, '신류샤'에 전화를 걸어 슬쩍 나카무라를 자택으로 불렀다.

8

이주일 후, 오카모토가 노자키 치에코에게 보낸 편지. 전략.

"……해서 표지의 산 소재지에는 이치사카와 아오츠카 모두 연관되어 있지만, 우선 아오츠카부터 조사해보기로 했습니다. 하지만 단서가 없었습니다. 신류사의 나카무라라는 편집자에게 어느 정도 사정을 털어놓았더니, 평소 아오츠카 편집장에게 울분을 갖고 있던 그는 흔쾌히 협력해주었습니다. 아오츠카는 호쿠리쿠 지방 출신이라는데 아무래도 잘 모르겠더군요. 그보다 아오츠카의 부인인 키쿠라는 여자가 연상이자 박색인데도 아오츠카를 쥐고 사는 건 뭔가 이와 관련 있는 게 아닐까, 하는 것에 생각이 미쳐 나카무라에게 키쿠가 도쿄에 오기 전에 어디 있었는지를 조사해보라고 했습니다.

나카무라는 곤란해했습니다. 평소 편집장의 부인과 별로 친하지 않아 조사할 방법이 없었으니까요. 그런데 2, 3일 후 아오츠카가 집에 물건을 놓고 왔다며 그것을 나카무라에게 가져오라고 시켰죠. 나카무라는 이것이 기회라는 생각에 아오츠카의 집에 가서 부인을 만나, 이것저것 아부를 늘어놓았다고 합니다. 부인은 기분이 좋아졌는지, 그를 집 안에 들이고 다과를 내어 주었습니다. 나카무라는 은근슬쩍 물어보았지만, 처음부터 순순히 말할 리가 없었죠. 그러는 사이 부인이 점점 수상쩍게 여기는 것 같아 오늘은 이만 돌아가겠다고 할 생각이었는데 은행원이 왔답니다. 부인은 그쪽으로 가서 돈을 맡긴 건지 찾는 건지, 아무튼 시간이 꽤 걸렸다더군요.

나카무라가 문득 집 안을 둘러보자 기둥에 편지꽂이가 있고 편지와 엽서 등이 빼곡하게 들어 있었답니다. 그는 현관을 신경 쓰면서 과감하게 그 편지류를 조사했고요. 그러자 '나가노현 XX군 산정온천, 시즈키관 히라타 후지코'에게서 키쿠 앞으로 온 엽서가 있었습니다. 나카무라는 지명에서 그곳이 산이 많은 지형이라는 것을 깨닫고 그것을 재빨리 호주머니에 넣었습니다. 엽서 문구는 별 거 없었고, 계절 인사와 산정온천도 2년 전과 변함없다는 것, 아오츠카 씨에게 안부 전해 달라는 내용이었습니다. 하지만 이걸로 키쿠와 아오츠카가 2년쯤 전에 나가노 현의 산정온천에 있었다는 것, 키쿠는 시즈키관의 여종업원을 했다는 사실을 알았습니다. 왜냐하면 키쿠는 아사쿠사의 닭 요릿집에 있었다고 했으니까요. 이 엽서를 가져온 것은 나카무라의 공입니다.

전 나카무라에게 휴가를 내라고 하고, 그를 데리고 신주쿠역에서 출발했습니다. 산정온천이란 곳은 웬만한 지도에는 실려 있지도 않았는데, 그건 중앙선 M역에서 남쪽으로 20킬로나 떨어진 곳에 있었기 때문입니다. 부근에는 또 하나 하류온천이라는 것도 있었어요.

우리는 M역에 도착해 버스로 산정온천에 갔습니다. 내린 버스 정류장의 바로 앞이 시즈키관이었죠. 문 앞에 깨끗한 개울이 있는, 시골 냄새 물씬 풍기는 산속 온천여관으로, 그 외에도 낡은 여관이 서너 군데 보였습니다. 여기는 분지입니다.

버스를 내렸을 때부터 우리는 주변 산을 둘러보았지만, 그 산은 보이지 않았습니다. 삼나무와 잡목림은 있었지만 이건 어디에 있는 걸까 생각했죠.

하지만 시즈키관의 2층으로 가, 버스길에 면한 장지문을 열어보고 깜짝 놀랐습니다. 정면에 딱 그 산 정상이 보이는 게 아니겠습니까. 중앙부분이 푹 들어간 것도 그렇고, 그 양쪽에 두 개의 언덕이 솟아 있는 것도 그렇고, 시로이 화백이 그린 '신류' 5월호 표지 그대로였습니다. 그리고 그것은 일본 어디에나 있을 법한 평범한 산이었습니다. 저와 나카무라는 숨을 죽이고 그 산을 바라보았습니다.

　그때 여종업원이 들어왔습니다. 저 산 이름이 뭐냐고 묻자 딱
히 이름은 없지만 다들 쌍둥이산이라고 부른다고 했습니다. 다
만 표지그림의 산은 좀 더 높고, 중턱까지 나와 있지만, 여기서
는 정상 근처밖에 보이지 않았습니다. 또 잡목림의 형태도 달랐
고요. 그래서 그 그림의 모티프가 된 아오츠카가 제공했다는 사
진은 다른 높은 곳에서 찍은 것이라는 걸 알 수 있었습니다.

　여종업원은 키쿠에게 엽서를 보낸 히라타 후지코로 그녀는 그
여관에서 일하고 있었습니다. 마침 점심시간이 되었는데 밥상을
보니 그릇에 산나물이 나오더군요. 도쿄에서 먹는 마른 나물이
아니라 신선한 것으로요. 후지코라는 종업원을 불러 키쿠 이야
기를 하자, 키쿠 씨는 2년 전까지 이곳에 있었다, 어떻게 키쿠 씨
를 아느냐고 후지코가 물어서, 아사쿠사의 닭 요릿집에서 만났는
데 그때 여관에서 일했다고 들었다고 말해두었습니다. 후지코는
밥상의 산나물을 바라보며 키쿠 씨와는 자주 이 나물을 캐러 다
녔다면서 장지문 틈으로 보이는 정면의 낮은 산 경사면을 가리켰
습니다.

　후지코가 제법 마음을 열었기 때문에 아오츠카 이야기를 꺼내
자 후지코는 그 사람까지 아느냐며 눈을 동그랗게 떴습니다. 손
님으로 온 아오츠카 씨와 키쿠 씨는 이 여관에서 친해졌다, 둘
은 낮에 산에서 만났다, 키쿠 씨는 나물을 캐러 갈 때 우리와 떨
어져 혼자 그 산길을 올라갔지만, 그게 아오츠카 씨와 만나기 위

해서라는 걸 다들 알고 있었다면서 웃었습니다. 하지만 후지코는 이치사카의 이름은 몰랐습니다.

저와 나카무라는 후지코에게 물어, 키쿠가 산나물 캐는 것을 핑계로 아오츠카와 다녔다는 산길을 올라갔습니다. 그 길 한쪽은 골짜기로 단안 절벽이었습니다. 계곡 바닥은 전면이 풀로 빼곡하게 덮여 있었고, 그 안에 낙석이 흩어져 있었습니다.

우리는 여기저기 돌아다닌 끝에 그 단안 절벽에서 가장 높은 15, 6미터는 될 법한 절벽 위로 올라갔습니다. 그곳에서 본 것은 분명 시로이 씨가 그린 표지그림의 모델이었습니다. 쌍둥이산의 V자형 산림은 실제로 우리 눈앞에 존재했던 것입니다.

아오츠카가 이곳에 서서 이 산 풍경을 찍은 것은 틀림없습니다. 그리고 이치사카도 이 장소에 선 적이 있고요. 이치사카의 경우는 재앙의 배경이었습니다. 그는 아오츠카가 이 장소를 상징하는 쌍둥이산 그림을 표지로 하자, 바로 편집 비용이라는 명목의 돈을 내어 주었으니까요. 아오츠카는 이치사카를 협박했던 겁니다.

여기서 저는 치에코 씨의 언니인 하마에 씨도 이 쌍둥이산의 사진을 앨범에 남겼다는 말에서, 이전에 이 장소에 왔다는 사실을 알았습니다. 처음에는 2년 전 정월 휴가 때 마음 내키는 대로 여행하는 것을 좋아한 하마에 씨가 근처 하류온천에 왔겠죠. 그곳에 그전까지는 생면부지였던 이치사카가 왔다가 하마에 씨와 연인이 되었다고 생각됩니다. 하마에 씨가 집에 돌아와서 시코쿠 지방을 돌았다고 말한 것은 그 비밀을 동생이나 다른 그 누구에게도 알리고 싶지 않았기 때문이겠죠.

그해 5월 8일에 언니는 또 '내키는 대로 떠나는 여행'을 갔지만, 그건 도쿄의 이치사카와 약속한 추억의 산속 온천으로 간 것이었어요. 약속은 미리 이치사카와 편지로 했을 테죠. 이치사카는 하마에 씨가 근무하는 회사로 편지를 보냈을 겁니다. 하마에 씨의 사무실 책상에 남아 있던 것은 다른 사람이 봐도 상관없는 엽서들로, 이치사카에게서 온 편지는 하마에 씨가 처분했겠죠.

어떻게 하마에 씨가 하류온천에 이치사카와 같이 묵었다는 것을 알았는가 하면, 이건 나중 일이지만, 산정온천에 묵었던 흔적이 없어서 하류온천을 조사해보니, 카와타 여관이란 곳에 그 두 사람으로 짐작되는 남녀가 5월 9일에 묵었고, 다음 날인 10일에 둘이서 산책을 나갔다가 남자만 돌아와서 여관에서 나갔다는 것을 알았기 때문입니다. 나카무라가 남자의 인상에 대해서 확인해보니, 이치사카가 틀림없었습니다. 또한 그해 정월 휴가에는 그두 사람이 따로 와서 각자 방을 잡았지만, 두 번째 5월에는 같이 와서 같은 방을 썼다고 여관에서는 말했습니다.

5월 10일, 하마에 씨는 이치사카와 함께 하류온천에서 산길을 걸어 단안 절벽 위까지 왔습니다. 제 상상이지만 정월에도 하마에 씨는 이곳에 혼자 왔다가, 역시 혼자 산책을 하러 온 이치사카와 알게 되었을 것 같습니다. 말하자면 추억의 장소니까, 하마에 씨는 쌍둥이산을 배경으로 이치사카를 찍으려 했죠. 하마에 씨는 사진을 좋아해서 좋은 구도를 찍는 것에만 정신이 팔려

뒤의 절벽 끝에서 발을 헛디뎌 추락했을 겁니다. 높이가 15, 6미
터나 되는 데다 아래에는 낙석도 있었어요. 아마 즉사했겠죠. 전
이치사카에게 살의가 있었다고는 생각하지 않습니다. 그럴 이유
가 없으니까요.

　하지만 하마에 씨가 막상 죽으니 이치사카는 당황했습니다. 그
에게는 처자식이 있었고, 도쿄에서는 체인 레스토랑과 볼링장
등을 경영하고 있는 사업가니까요. 그런 집안사정, 또 하마에 씨
는 실수로 추락한 것이지만 경찰에서 과연 과실사로 봐줄지도
알 수 없고 살의를 갖고 여자를 이곳으로 꾀어내어 절벽 위에서
밀었다고 생각해서 체포할지도 모르니까요. 그렇게 되면 자신은
사회에서 매장당한다. 이치사카는 그런 두려움 때문에 절벽을
내려가 하마에 씨의 시체를 어딘가에 숨겼을 겁니다.

　우리는 그런 추정을 했습니다. 다만 이 정경에서 아오츠카가
어떤 역할을 맡았는지는 도저히 모르겠습니다. 그가 '목격자' 입
장이라는 것만은 분명하지만요. 우리가 그 자리에서 한 추리는
바로 사실로서 거의 실증되었습니다. 나카무라가 계곡 바닥에
내려가 둘러볼 때, 벼랑 아래의 동굴을 포착하고 저를 불렀습니
다. 우리는 그 동굴 속에서 다리를 입구 쪽으로 하고 누워 있는
백골사체를 발견했습니다.

　— 지금 이치사카와 아오츠카가 도쿄에서 연행되어 이 시골
경찰서에서 취조를 받고 있습니다. 치에코 씨도 빨리 여기로 와
주세요."

이하윤

서울여자대학교 일어일문학과를 졸업.
SBS방송아카데미 일본어 영상번역 과정 수료.
일본 라이트노벨과 만화책을 다수 번역. 일본어 전문번역가

불과 해류

....

2012년 1월 20일 초판 발행

지은이   마쓰모토 세이초
옮긴이   이하윤
펴낸이   이경선
펴낸곳   해문출판사

등 록   1978년 1월 28일 제3-82호
주 소   서울시 서초구 서초동 1328-11 도씨에빛 2차 1420호
전 화   325-4721
팩 스   325-4725

....

값 13,000원
ISBN 978-89-382-0516-2 03830
※ 잘못 만들어진 책은 구입하신 곳에서 바꾸어 드립니다.

국립중앙도서관 출판시도서목록(CIP)

불과 해류 : 마쓰모토 세이초 단편소설 / 마쓰모토 세이초 [지음] ;
이하윤 옮김. -- 서울 : 해문출판사, 2012
   p. ;   cm

원표제: 火と汐
원저자명: 松本清張
일본어 원작을 한국어로 번역
ISBN 978-89-382-0516-2 03830 : ₩13000

일본 현대 소설[日本現代小說]

833.6-KDC5
895.635-DDC21   CIP2012000075